Marcello Simoni

Marcello Simoni, né en 1975, est un auteur italien. Diplômé de littérature et passionné d'histoire, il a travaillé comme archéologue et bibliothécaire. *Le Marchand de livres maudits*, le premier tome de sa trilogie médiévale, a connu un succès immédiat en Italie et en Espagne et a été traduit dans onze pays. Ce premier volume est suivi, chez Michel Lafon, de *La Bibliothèque perdue de l'alchimiste* (2014) et du *Labyrinthe du bout du monde* (2015).

LE MARCHAND
DE LIVRES MAUDITS

MARCELLO SIMONI

LE MARCHAND
DE LIVRES MAUDITS

*Traduit de l'italien
par Nathalie Bouyssès*

MICHEL LAFON

Titre original :
IL MERCANTE DI LIBRI MALEDETTI

Pocket, une marque d'Univers Poche,
est un éditeur qui s'engage pour la
préservation de son environnement et
qui utilise du papier fabriqué à partir
de bois provenant de forêts gérées de
manière responsable.

Le Code de la propriété intellectuelle n'autorisant, aux termes de l'article L. 122-5 (2ᵉ et 3ᵉ a), d'une part, que les « copies ou reproductions strictement réservées à l'usage privé du copiste et non destinées à une utilisation collective » et, d'autre part, que les analyses et les courtes citations dans un but d'exemple ou d'illustration, « toute représentation ou reproduction intégrale ou partielle faite sans le consentement de l'auteur ou de ses ayants droit ou ayants cause est illicite » (art. L. 122-4).
Cette représentation ou reproduction, par quelque procédé que ce soit, constituerait donc une contrefaçon sanctionnée par les articles L. 335-2 et suivants du Code de la propriété intellectuelle.

© Newton Compton Editori, 2011
Première publication en langue originale par
Newton Compton Editori, 2011
Tous droits réservés
© Éditions Michel Lafon, 2013, pour la traduction française.
ISBN 978-2-266-25308-6

À Giorgia...

Prologue

An du Seigneur 1205. Mercredi des Cendres.

Des rafales d'un vent glacial fouettaient l'abbaye de Saint-Michel-de-la-Cluse, faisant pénétrer entre ses murs une odeur de résine et de feuilles sèches. Elles annonçaient l'arrivée d'une tempête.

L'office du soir n'était pas encore terminé lorsque le père Vivïen de Narbonne décida de sortir du monastère. Incommodé par les émanations d'encens et le vacillement des chandelles, il passa le portail d'entrée et arpenta la cour enneigée. Le crépuscule étouffait les derniers quartiers de lumière diurne.

Une brusque rafale saisit Vivïen, qui fut parcouru d'un frisson. Le moine se blottit dans sa robe et plissa le front, comme s'il avait subi un outrage. Le sentiment de malaise qui l'accompagnait depuis le réveil ne semblait pas vouloir le quitter, il s'était même accru tout au long de la journée.

Persuadé que son angoisse se dissiperait avec un peu de repos, il dévia en direction du cloître, traversa la colonnade et pénétra dans l'imposant dortoir. Il fut accueilli par la lueur vacillante des torches éclairant une succession de cellules exiguës, pour le moins oppressantes.

Vivïen parcourut un dédale de couloirs et d'escaliers en frottant ses mains gelées. Il éprouvait le besoin de s'allonger, de ne penser à rien, mais devant sa cellule quelque chose d'insolite l'interpella. Un poignard au manche de bronze cruciforme était planté dans la porte. Un billet enroulé en dépassait. Le moine le fixa un moment, en proie à un terrible pressentiment, puis il s'arma de courage et se décida à le lire. Le message était bref et terrifiant.

Vivïen de Narbonne,
coupable de nécromancie.
Jugement rendu
par le Tribunal secret de la Sainte-Vehme.
Ordre des Francs-Juges.

Vivïen tomba à genoux, terrassé par la terreur. La Sainte-Vehme ? Les Illuminés ? Comment avaient-ils fait pour le dénicher dans cet asile retranché des Alpes ? Après tant d'années de fuite, il se croyait désormais en sécurité, pensant qu'ils avaient perdu sa trace. Mais non. Ils l'avaient retrouvé ! Quelle erreur !

Ce n'était guère le moment de pleurer sur son sort. Il fallait fuir, une fois encore.

Il se remit sur ses jambes chancelantes et ouvrit la porte de la cellule, rassembla en hâte quelques affaires et se précipita aux écuries, drapé dans un lourd manteau. Les corridors de pierre semblaient se rétrécir, attisant encore davantage sa peur.

Dehors, l'air avait fraîchi. Le vent hurlait, balayant les nuages et les rares feuilles des arbres décharnés.

Les frères s'attardaient au monastère, plongés dans la tiédeur sacrée de la nef principale.

Vivïen sella un cheval, l'enfourcha et parcourut au trot le bourg de Saint-Michel. De gros flocons de neige fondue tombaient sur ses épaules, détrempant le lainage de son vêtement. Ses seules pensées suffisaient pourtant à le faire frissonner. Il s'attendait à tout moment à une embuscade.

À l'entrée des remparts, un moine recroquevillé dans sa robe vint à sa rencontre : le père Geraldo de Pignerol, le cellérier. Il rejeta son capuchon en arrière, dévoilant une longue barbe de jais et un regard étonné. « Où vas-tu, frère ? Rentre, avant que la tempête ne fasse rage. »

Vivïen ne répondit pas et continua vers la sortie, priant pour qu'il soit encore temps de fuir. Aux portes l'attendait une charrette tirée par deux chevaux noirs comme la nuit, avec un homme assis, seul, sur le siège du cocher, un émissaire de la mort. Le fugitif le dépassa avec une feinte indifférence. Il garda le visage dissimulé sous son capuchon, veillant à ne pas croiser le regard du cocher.

Geraldo, en revanche, s'approcha de l'inconnu pour l'observer. C'était un individu imposant, vêtu d'un manteau noir et portant un large chapeau. Rien d'extraordinaire, à première vue, mais dès que le cellérier le regarda en face, il ne parvint plus à le quitter des yeux : le visage de l'homme était couleur de sang et déformé par un rictus satanique.

« Le Diable ! » s'écria le moine, en reculant.

Sans demander son reste, Vivïen avait talonné son cheval et s'était élancé au galop sur le coteau, en direction du val de Suse. Il aurait voulu fuir le plus rapidement possible, cependant la neige, mêlée à la boue, rendait le sentier impraticable et l'obligeait à se montrer prudent.

Le sombre cocher, qui avait reconnu le fugitif, excita les chevaux afin de les lancer à ses trousses. « Vivïen de Narbonne, arrêtez ! hurla-t-il rageusement. Vous n'échapperez pas indéfiniment à la Sainte-Vehme ! »

L'esprit submergé par un flot de pensées confuses, Vivïen ne se retourna pas. Il entendait derrière lui les roues de la carriole, de plus en plus proche. Elle le rattrapait ! Comment pouvait-elle se déplacer aussi vite sur un chemin si accidenté ? Ce n'étaient pas des chevaux, mais les démons de l'enfer !

Les paroles de son poursuivant ne laissaient aucun doute, il était l'émissaire des Francs-Juges. Les Illuminés cherchaient à s'emparer du livre ! Ils étaient prêts à tout pour l'obtenir. Ils ne reculeraient devant aucune torture, aucun sévice pour découvrir comment recourir et accéder à cet immense pouvoir : la Sagesse des Anges. Plutôt mourir !

Les larmes aux yeux, le fugitif agrippa la bride et incita le destrier à prendre plus de vitesse. Mais le cheval s'approcha trop du bord du ravin. Le terrain, ramolli par la neige fondue et la boue, s'effondra sous le poids de la monture.

L'animal glissa, précipitant Vivïen dans le vide. Les cris du moine, mêlés aux hennissements, résonnèrent tout au long de leur chute avant de se perdre dans le mugissement de la tempête.

La charrette s'immobilisa. Le cocher infernal mit pied à terre et scruta l'abîme. *Le seul désormais à savoir est Ignace de Tolède*, pensa-t-il. *Il faut le retrouver.*

Il porta sa main droite à son visage, tâtant une surface trop froide et trop dure pour être humaine. D'un geste presque réticent, il fit pression sur ses joues et retira le Masque rouge qui dissimulait ses traits.

PREMIÈRE PARTIE

Le monastère des mensonges

« Voici ce que me montrèrent les anges. Ces anges me révélèrent toutes choses et me donnèrent l'intelligence de ce que j'avais vu, qui ne devait point avoir lieu dans cette génération, mais dans une génération éloignée, pour le bien des élus. »

Livre d'Hénoch, I, 2.

1

Qui était réellement Ignace de Tolède ? Nul n'aurait su le dire avec certitude. Tour à tour considéré comme un sage et un homme cultivé ou comme un fourbe et un nécromant. Pour bon nombre, il n'était qu'un pèlerin, errant d'un pays à l'autre, en quête de saintes reliques – ou réputées telles – à revendre aux dévots et aux puissants.

Bien qu'il évitât de révéler ses origines, ses traits mauresques, adoucis par un teint clair, ne rappelaient que trop les chrétiens d'Espagne ayant vécu au contact des Arabes. Son crâne rasé et sa barbe couleur de plomb lui conféraient un air doctoral, mais ses yeux surtout attiraient l'attention : vert émeraude et pénétrants, enchâssés dans des rides géométriques. Sa tunique grise, recouverte d'un manteau à capuchon, exhalait le parfum des étoffes orientales, mélange de multiples arômes rapportés de ses nombreux voyages. Grand et sec, il marchait en s'appuyant sur un bourdon.

Tel était Ignace de Tolède, et c'est ainsi que le vit pour la première fois le jeune Uberto lorsque, au cours de la soirée pluvieuse du 10 mai 1218, la lourde porte du monastère de Santa Maria del Mare s'ouvrit avec fracas. Une grande silhouette encapuchonnée y pénétra, suivie d'un homme blond qui traînait une grosse malle derrière lui.

L'abbé Rainerio de Fidenza, qui finissait de dire les vêpres, reconnut aussitôt l'étranger au capuchon et se précipita à sa rencontre.

« Maître Ignace, il y a si longtemps ! commença-t-il d'un ton affable, en se frayant un chemin parmi les rangs de moines. J'ai reçu le message de votre arrivée. J'étais impatient de vous revoir.

— Vénérable Rainerio ! (Ignace esquissa une révérence.) Je vous quitte simple moine et je vous retrouve abbé. »

Rainerio était aussi grand que le marchand de Tolède, mais plus robuste. Son visage était dominé par un nez aquilin prononcé. Ses cheveux châtains tombaient en courtes mèches désordonnées sur son front. Avant de répondre, il baissa les yeux et se signa.

« Ainsi en a voulu Notre Seigneur. Maynulfo de Silvacandida, notre vieil abbé, a été rappelé à Dieu l'an dernier. Une grande perte pour notre communauté. »

À l'annonce de cette nouvelle, le marchand laissa échapper un soupir attristé. Il ne croyait guère à la vie des saints et doutait des vertus miraculeuses des reliques qu'il rapportait fréquemment des pays lointains. Mais Maynulfo, en effet, avait été un saint. Il n'avait jamais renoncé à la vie érémitique, pas même après sa nomination à la tête de l'abbaye. Il avait coutume de se retirer périodiquement loin du monastère pour prier dans la solitude. Il nommait un vicaire, emportait sa besace et gagnait un ermitage au milieu des cannaies de la proche lagune. Là, il chantait les psaumes et jeûnait.

Ignace se souvint de la nuit où il avait rencontré le bon père. À l'époque, il était en fuite et désespéré, et c'est précisément dans son ermitage qu'il avait trouvé refuge. Maynulfo l'avait accueilli et lui avait proposé son aide. Le marchand avait su qu'il pouvait lui confier son secret.

Quinze années s'étaient écoulées, et à présent la voix de Rainerio résonnait à ses oreilles, dissipant les souvenirs : « Il s'est éteint à l'ermitage, il n'a pas résisté à la rigueur de l'hiver. Nous avions tous insisté pour qu'il remette sa retraite au printemps, mais il disait que le Seigneur l'appelait. Sept jours plus tard, je l'ai retrouvé mort dans sa cellule. »

Du fond de la nef, on entendit des moines soupirer de chagrin.

« Mais dites-moi, Ignace, continua Rainerio, à qui n'avait pas échappé la façon dont le marchand s'était rembruni, quel est cet ami silencieux qui vous accompagne ? »

L'abbé considérait l'homme blond aux côtés du marchand. Un jeune homme, en réalité. Ses cheveux longs, légèrement ondulés, encadraient son cou planté sur de solides épaules. Ses yeux bleus semblaient ceux d'un enfant, mais ses mâchoires volontaires conféraient un air déterminé et une expression sévère à son visage.

L'homme fit un pas en avant et s'inclina pour se présenter. Il s'exprima avec l'accent de la langue d'oc, mâtiné d'une surprenante pointe orientale : « Willalme de Béziers, vénérable Père. »

L'abbé ne put réprimer un bref sursaut. Il savait pertinemment que la ville de Béziers avait été le repaire d'une secte d'hérétiques. Il eut un mouvement de recul

et dévisagea l'inconnu en marmonnant entre ses dents :
« *Albigensis…* »

En entendant ce mot, une moue revêche déforma le visage de Willalme. Ses yeux lancèrent des éclairs de rage, puis un sentiment de tristesse l'envahit, venu d'une douleur encore à vif.

« Willalme est un bon chrétien, il n'a rien à voir avec l'hérésie albigeoise ou cathare, intervint Ignace. Il a longtemps vécu loin de son pays. Je l'ai connu alors qu'il revenait de Terre sainte et nous sommes devenus compagnons de route. Il n'est ici que pour la nuit, certaines affaires l'appellent ailleurs. »

Rainerio scruta encore une fois le visage du Français, qui devait tant avoir à cacher sous ce regard fuyant, puis opina du chef. Il parut soudain se souvenir d'une chose et se tourna vers les derniers bancs du monastère. « Uberto ! appela-t-il, s'adressant à un jeune homme brun assis parmi les frères. Viens ici un instant, je voudrais te présenter quelqu'un. »

Uberto venait précisément de chercher à obtenir des moines des informations sur les deux mystérieux visiteurs. Un frère était en train de lui répondre à voix basse : « Le grand homme avec la barbe et la capuche, c'est Ignace de Tolède. On prétend que lors du sac de Constantinople, il a mis la main sur de saintes reliques, sur des livres précieux, ainsi que sur de sacrilèges ouvrages de magie… Il aurait rapporté le butin à Venise, en aurait tiré de grands profits et se serait attiré les faveurs de la noblesse du Rialto. Malgré sa réputation sulfureuse, au fond, c'est un homme bon. Ce n'est pas pour rien qu'il était l'ami de l'abbé Maynulfo. Ils entretenaient une intense correspondance. »

Répondant à l'appel de Rainerio, le garçon prit congé de son interlocuteur et rejoignit le petit groupe. Ignace choisit cet instant pour ôter son capuchon et découvrir son visage, comme pour observer le nouveau venu plus attentivement. Il étudia discrètement ses traits, ses grands yeux ambrés et ses épais cheveux noirs.

« C'est donc toi, Uberto. »

Le garçon le dévisagea à son tour. Il n'avait aucune idée de la manière dont il devait s'adresser à cet homme. Bien que plus jeune que Rainerio, l'aura hiératique qui émanait de sa personne imposait le respect. Fasciné, il baissa les yeux. « Oui, Mon Seigneur. »

Le marchand sourit. « Mon Seigneur ? Je ne suis pas un haut prélat ! Appelle-moi par mon prénom et tutoie-moi. »

Uberto se rasséréna. Il lança un regard en direction de Willalme, impassible et attentif.

« Dis-moi, le pressa Ignace, es-tu novice ?

— Non, intervint Rainerio. C'est un…

— Allons, Père abbé, laissez parler ce garçon.

— Je ne suis pas moine, mais frère convers, répondit Uberto, surpris de la familiarité avec laquelle le marchand s'adressait à Rainerio. Les frères m'ont trouvé alors que j'étais encore dans mes langes. J'ai été élevé et instruit ici. »

Le visage d'Ignace se voila un instant de tristesse, mais il reprit vite un air détaché.

« C'est un excellent scribe, ajouta l'abbé. Je lui confie fréquemment de courts codex à recopier ou des documents à remplir.

— Je me rends utile comme je peux, admit Uberto, plus par embarras que par modestie. J'ai appris à lire

21

et à écrire le latin. (Il hésita un instant.) Vous… tu as beaucoup voyagé ? »

Le marchand hocha la tête. On put lire sur ses traits toute la fatigue de celui qui a beaucoup voyagé. « Oui, j'ai visité bon nombre d'endroits. Si tu le souhaites, nous pourrons en parler. Je reste ici quelques jours, si l'abbé y consent. »

Le visage de Rainerio prit une expression paternelle.

« Mon cher, comme je vous l'ai écrit en réponse à votre lettre, nous sommes heureux de vous accueillir. Vous dormirez à l'hôtellerie, à côté du monastère, et vous pourrez dîner au réfectoire en compagnie de la famille monastique. Vous prendrez place à ma table ce soir même.

— Je vous en suis reconnaissant, mon père. À présent, je vous demanderai la permission d'aller déposer ma malle dans la chambre que vous nous avez assignée. Willalme la traîne depuis que le batelier nous a débarqués, et elle est extrêmement lourde. »

L'abbé hocha la tête, traversa le vestibule et se pencha à l'extérieur. Il cherchait quelqu'un. « Hulco, tu es là ? » cria-t-il, scrutant la dense et pluvieuse grisaille.

Un étrange individu s'approcha en titubant, voûté par le poids du fagot sur ses épaules. La pluie ne semblait pas le gêner. Ce n'était pas un moine. Sans doute un vilain, plutôt, ou l'un de ces serfs dévolus aux affaires domestiques du monastère. Ce devait être le dénommé « Hulco ». Il bredouilla quelques mots dans un dialecte incompréhensible.

Rainerio, visiblement agacé de devoir donner lui-même des ordres au serviteur, s'adressa à lui comme à un animal qu'on tenterait d'apprivoiser : « Bien, mon

garçon… Non, laisse tomber le bois. Pose-le là, là.
Très bien. Prends une brouette et aide ces messieurs à
porter cette malle à l'hôtellerie. Oui, là. Et veille à ne
pas la renverser. Parfait, accompagne-les. » Changeant
d'expression, il se retourna vers ses hôtes : « Il est
fruste, mais pas méchant. Suivez-le. Si vous n'avez
pas besoin d'autre chose, je vous attends dans un
moment au réfectoire pour le dîner. »

Ayant pris congé de Rainerio et d'Uberto, les deux
compagnons emboîtèrent le pas à Hulco qui, bien que
délesté de son fagot, marchait toujours voûté, l'allure
bancale, en enfonçant ses talons dans la boue.

Il avait cessé de pleuvoir. Les nuages avaient fait
place à la rougeur du crépuscule. Des hordes d'hiron-
delles aux cris perçants tournoyaient dans l'air, portées
par un vent exhalant des effluves de sel marin.

Devant l'hôtellerie, Hulco se tourna vers les deux
visiteurs. Les dernières lueurs du jour éclairaient son
corps disgracieux. Sous son bonnet loqueteux, on apercevait des touffes de cheveux hirsutes et un nez bis-
cornu. Une cotte sale et des braies élimées aux genoux
complétaient le misérable tableau. « *Domini illustris-
simi* », marmonna-t-il. S'ensuivit un indicible patois
signifiant : « Ces messieurs désirent-ils que je dépose
la malle à l'intérieur ? »

À leur assentiment, le bossu souleva la caisse de la
brouette et la traîna péniblement à l'intérieur du bâtiment.

L'hôtellerie était presque totalement bâtie en bois,
avec des murs recouverts d'un treillage. À l'entrée,
derrière son comptoir, se tenait un individu affublé
d'une cotte de toile de coton et d'yeux de chouette.

Ginesio, le tenancier, salua les pèlerins et déclara que l'abbé avait ordonné qu'on leur attribue la meilleure chambre. « Montez, la troisième porte à droite mène à votre logis, dit-il avec un sourire niais, et il indiqua un escalier conduisant à l'étage supérieur. Si vous avez besoin de quoi que ce soit, adressez-vous à moi. Bon séjour. »

Ignace et Willalme suivirent les instructions de Ginesio. Ils se retrouvèrent rapidement devant une porte en bois. Un vrai luxe, estima le marchand, accoutumé aux immenses dortoirs où les paillasses n'étaient séparées que par de simples rideaux.

Hulco, épuisé, restait campé derrière les arrivants.

« Ça va, merci, le libéra Ignace. Retourne à tes affaires. »

Reconnaissant, le serviteur posa la malle, salua d'une courbette et s'éloigna de son drôle de pas chaloupé.

Une fois seuls, Willalme demanda : « Que fait-on maintenant ?

— Avant tout, cachons la malle, répondit le marchand. Puis allons dîner. Nous sommes attendus à la table de l'abbé.

— Je crains de ne pas lui être très sympathique, à ton abbé », commenta le Français.

Ignace sourit. « Tu comptais peut-être t'en faire un ami ? »

Comme il s'y attendait, il n'obtint pas de réponse. Willalme était un individu peu disert.

Sur le seuil de la chambre, Ignace ajouta : « Souviens-toi, demain tu partiras à l'aube. Veille à ce que personne ne remarque la direction que tu prends. »

2

Le monastère de Santa Maria del Mare surplombait la lagune, non loin de la côte adriatique. Sans être particulièrement imposant, il dominait les espaces déserts entourés de canaux et de marais.

L'édifice remontait aux premières décennies de l'an mille. La façade présentait une succession de petites fenêtres qui étaient venues s'encastrer dans la construction. Elle était orientée à l'est. L'aile gauche, outre un modeste clocher, abritait un groupe de bâtiments adossés les uns aux autres : le réfectoire, les cuisines et le dortoir des moines. À droite, se trouvaient les écuries et l'hôtellerie, où s'arrêtaient des voyageurs de toutes sortes. La plupart gagnaient le monastère en se rendant de Ravenne à Venise. Ils s'acheminaient souvent vers des destinations sacrées, des monastères d'Allemagne et de France, ou rejoignaient le chemin de Saint-Jacques-de-Compostelle. Tandis que d'autres faisaient route vers le sud, en direction du temple de l'archange saint Michel, dans le Gargano.

Mais ce jour-là, l'hôtellerie était pratiquement déserte. Rien ne venait troubler l'ombre vespérale. Rien, sinon un homme à la grossière allure. Il avait attendu avec impatience, tapi, que tous se soient retirés pour le dîner – les moines au réfectoire et les serviteurs dans leurs taudis. Alors seulement, il avait quitté les étables et s'était introduit dans l'hôtellerie, rampant dans la pénombre pour gagner le logement dévolu au marchand de Tolède.

Il colla son oreille au battant pour s'assurer que personne ne se trouvait à l'intérieur, puis se glissa subrepticement dans la pièce. S'il avait bien compris, les hôtes étaient invités à dîner au réfectoire, à la table de l'abbé.

Il marchait le dos voûté, et ses talons faisaient grincer le parquet. Il regarda autour de lui, l'œil farouche, les pupilles luisant dans l'obscurité.

L'aménagement était spartiate : deux paillasses, une chaise et une petite table sur laquelle était posée une lampe à huile.

Mais où donc était la malle ? Elle regorgeait probablement de pièces d'argent, ou qui sait, de bijoux. Où l'avaient-ils fourrée ? Hulco fouilla avec le plus grand soin, veillant toutefois à ne rien déranger. En vain. Elle n'y était pas. Elle devait pourtant se trouver là !

« Bâtards de pèlerins ! » pesta-t-il, en furetant dans l'ombre.

3

Après dîner, le marchand s'installa à la table de son logis. Il alluma la chandelle et tira de sa besace une feuille de papier arabe. Il prit une plume d'oie, la trempa dans l'encrier, puis commença à écrire.

Willalme, quant à lui, se pelotonna sans attendre sur son grabat. Des années durant, il avait dormi dans la cale oscillante d'un navire, raison pour laquelle, malgré la fatigue, il mit un certain temps à s'endormir. Le lendemain, il devait se charger d'une importante affaire pour Ignace.

Quand le marchand eut fini d'écrire, il sortit de la malle un volumineux codex, approcha la lampe des pages de parchemin et se plongea dans la lecture. Il resta dans cette position quelques heures, la lueur de la flamme baignant son visage. Lorsque sa vue commença à se brouiller, il referma l'ouvrage et le déposa dans la malle. Il roula la lettre, la scella et la rangea dans sa besace, puis il éteignit la lampe et gagna sa paillasse dans l'obscurité.

Avant de s'étendre, il jeta un œil par la fenêtre où se profilait la silhouette du monastère. Il chassa un mauvais pressentiment et se coucha sans toutefois trouver le sommeil. Il pensait au visage de Maynulfo de Silvacandida : son front large, sa barbe, ses cheveux si blancs, et ses pacifiques yeux bleus. La nouvelle de sa mort l'avait pris de court. Bien qu'âgé, Maynulfo s'était toujours distingué par sa constitution robuste. La rigueur hivernale avait-elle vraiment pu lui être fatale ?

Le marchand se tourna nerveusement sur sa paillasse. Pauvre Maynulfo ! Il était depuis toutes ces années le sûr gardien de son secret. L'avait-il révélé à quelqu'un d'autre ? À Rainerio, par exemple. C'était une hypothèse plausible. Il lui fallait s'entretenir en privé avec le nouvel abbé, afin de déterminer ce qu'il savait. Mais il disposait de si peu de temps…

Il repensa à sa mission. Mission pour laquelle le comte l'avait rappelé d'urgence de Terre sainte. Il devait se lancer sur les traces d'un livre extraordinaire disparu depuis des siècles, clef de résolution de mystères inimaginables, au contenu capable de conférer un pouvoir dépassant l'entendement et d'ouvrir les portes d'un savoir auquel nul ne pouvait accéder, pas même le plus grand des alchimistes ou des philosophes. Il allait recevoir bientôt des instructions de Venise.

Il croisa ses doigts derrière sa nuque et fixa les poutres au plafond, semblables aux côtes d'un squelette gigantesque. Avant de céder au sommeil, il songea à un détail qui l'avait frappé après le dîner : au moment où il se retirait avec Willalme pour la nuit, il avait aperçu dans l'ombre de l'hôtellerie, Hulco et Ginesio avec des airs de conspirateurs. Ils mimaient avec les mains les dimensions d'un objet rectangulaire d'une grande contenance.

Le comportement des deux serviteurs appelait-il à plus de vigilance ? Le contenu de sa malle devait sans doute les intriguer au plus haut point. Peut-être l'un d'eux s'était-il même introduit dans la pièce pour le découvrir.

La fatigue prit le dessus et balaya ses pensées. Et du sommeil, plein de souvenirs et de vieilles peurs, naquit le délire. Soudain, Ignace entendit un bruit, un frottement, comme si on se déplaçait au pied de son lit. Puis, il sentit deux mains glisser sur les couvertures et s'y agripper. Surpris, il écarquilla les yeux et les observa, impuissant. Il sentait ses membres devenir aussi lourds et insensibles que ceux d'un vulgaire pantin.

Tandis que les mains se frayaient un chemin à travers les couvertures, quelque chose atterrit sur sa paillasse. C'était comme si une ombre s'était détachée de la nuit pour lui opprimer la poitrine. L'ombre se mua en cape noire, et ces mains, ces griffes d'une blancheur cadavérique qui dépassaient des manches, s'emparèrent d'un poignard cruciforme, et du capuchon surgit un visage. Non, pas un visage, mais... le Masque rouge.

Le marchand frémit. Il ne connaissait que trop ce masque.

Soudain, sa respiration s'arrêta et il se sentit sombrer. Le cauchemar se dissipa, laissant place à un brouhaha de voix et de sons. Il se retrouva en fuite : il franchissait les montagnes, un précieux bagage dans les bras, la peur lui rongeant l'estomac et les jambes, le vent glaçant son visage. La neige s'estompait dans le vert des conifères et le paysage se muait en colline, puis en plaine. Le soleil s'obscurcissait et les chemins de terre devenaient des labyrinthes, pour aller se perdre au milieu des fleuves et des cannaies. Les lagunes et les marais disparaissaient dans la brume.

Au loin, les cris des poursuivants se faisaient pressants, quand enfin, inespérée, la lumière…

Et un sourire bienveillant. Maynulfo de Silvacandida.

La nuit se dissipait dans la torpeur d'un ciel rosé. Dans le monastère, les frères chantaient les laudes.

Willalme était déjà debout. Ignace, bâilla, remerciant le ciel de lui avoir permis une fois encore de survivre à ses cauchemars. Il plongea sa main dans sa besace, en tira la lettre qu'il avait rédigée la nuit précédente puis la tendit à son camarade.

« Attention ! La mission n'est pas dangereuse, mais sois prudent. Ces lagunes ont des yeux et des oreilles. Malheureusement, je ne peux pas t'accompagner, tu le sais. Je ne veux pas courir le risque d'être reconnu, pour le moment. Suis mes instructions et tout se passera bien.

— Repose-toi, mon ami, et ne t'en fais pas, répondit Willalme. Je serai de retour sous peu. »

Le Français quitta l'hôtellerie et contourna le monastère sans se faire remarquer, empruntant le sentier menant aux berges. Il entendit soudain un bruit derrière lui et se cacha derrière quelques roseaux. Des vilains descendaient d'un coteau, les pieds et les bras crottés de boue. Parmi eux se trouvait Hulco, reconnaissable à son étrange démarche.

Ils se dirigeaient vers le monastère, portant un filet de pêche et des paniers de poissons frétillants. Le

Français attendit qu'ils s'éloignent ; il se releva et courut en direction d'une berge qui longeait un canal.

Un passeur attendait sur une grosse embarcation. Willalme sauta à bord, salua d'un signe de tête et tendit à l'homme quatre pièces de monnaie.

« Emmène-moi à l'abbaye de Pomposa. »

Le passeur acquiesça et, enfonçant une longue perche dans le lit du canal, poussa le bateau vers l'avant en direction du nord.

4

Après l'office de tierce, en milieu de matinée, Ignace quitta son logis et demanda à deux moines où il pouvait trouver Rainerio. Ils lui indiquèrent un bâtiment à proximité du monastère. Dans cette petite et massive construction parcourue d'élégants ornements en terre cuite, l'abbé administrait ses fiefs et s'occupait des questions économiques. On l'appelait le *Castrum abbatis*.

Un petit groupe de gueux se tenait au pied du bâtiment. Ignace les dépassa, franchit l'entrée principale, traversa le couloir du rez-de-chaussée, négligeant les accès aux pièces latérales, et atteignit enfin une porte en bois, située dans le fond. De l'autre côté, on entendait des voix.

Il frappa, mais n'obtint pas de réponse.

« Je souhaiterais m'entretenir avec l'abbé ! » clamat-il, appuyé contre l'huis.

À ces mots, la conversation à l'intérieur s'interrompit et une réponse tonna : « Est-ce vous, Maître Ignace ? Entrez, c'est ouvert. »

Le marchand s'avança et pénétra dans une salle plutôt accueillante. Sur les murs, courait une alternance d'icônes sacrées et d'armoires. Un coup d'œil aux bibelots révéla un aménagement de bon goût, quoique peut-être trop luxueux pour répondre aux préceptes de sobriété dictés par la règle bénédictine. Mais, souvent, les abbés aimaient s'adonner aux mêmes plaisirs futiles que les nobles.

Rainerio de Fidenza se trouvait au fond de la pièce, retranché derrière une table encombrée de registres et de parchemins. Assis sur un siège capitonné de velours rouge, il semblait occupé à dicter des notes à un jeune *secretarius*. Levant les yeux de son ouvrage, il s'adressa chaleureusement au nouveau venu : « Maître Ignace, approchez. Je viens juste de terminer. (Il congédia le *secretarius* sans égard.) File, Ugucio, nous continuerons plus tard. »

Le jeune moine se contenta de hocher la tête. Il referma le petit diptyque de tablettes de cire sur lequel il avait pris ses notes et sortit en tirant la porte derrière lui.

Rainerio sourit.

« Ignace, votre présence est un don du ciel. (D'un geste courtois, il invita son hôte à prendre place sur l'une des chaises, en bout de table.) Hier soir, au dîner, vous n'avez guère été bavard. Pas même une allusion aux raisons de votre visite.

— Hier, j'étais épuisé, se justifia le marchand en s'asseyant. Les voyages en mer affaiblissent le corps et l'esprit. Mais, après une bonne nuit de sommeil, me voilà en forme.

— Alors, racontez. Parlez-moi de vos voyages… »

Se délectant par avance de la teneur de la conversation, Rainerio s'abandonna contre le dossier de son siège et croisa ses mains sous son menton.

« Je ne vous savais pas si curieux à mon sujet », fit observer Ignace, cachant sa suspicion.

Le marchand de Tolède allait parler de lui, de ses voyages, mais, pour finir, il demanderait une contribution à l'abbé : un peu de vérité. Dès les premiers instants où il s'était trouvé face à lui, il avait senti que, derrière tant d'obligeance et d'égards, Rainerio lui cachait quelque chose. C'était une évidence. Ignace se doutait déjà de ce dont il s'agissait, mais, pour s'en assurer, il devait l'inciter à se trahir. Un entretien en tête à tête était la meilleure solution.

Réprimant un sourire malicieux, il narra comment il en était venu à assister à la quatrième croisade et à la ruine de Constantinople. Il évoqua le doge de Venise, qui avait incarné l'esprit de cette expédition, et les croisés qui l'avaient suivi. Pour s'emparer des richesses, ces hommes n'avaient pas hésité à massacrer des chrétiens d'Orient. Non sans honte, Ignace révéla qu'il avait lui-même pris part à cette entreprise. Et, bien qu'il n'ait tué ni blessé personne, il s'était enrichi en profitant du malheur d'autrui.

Il omit de raconter les scènes de guerre et de violence auxquelles il avait assisté, et s'attarda, en revanche, sur le charme de la Corne d'Or et des édifices byzantins. Mais il avait effectué bien d'autres voyages. Après avoir quitté Constantinople, il avait gagné la lagune de Venise, et en avait profité pour rendre visite à son ami Maynulfo et aux frères du monastère.

« C'est alors que nous fîmes connaissance, vous souvenez-vous, Rainerio ?

— Comment pourrais-je l'oublier ? répondit l'abbé. C'était en mars 1210, je venais d'être transféré de

Bologne. Vous étiez venu ici pour affaires, si mes souvenirs sont bons. Vous aviez rencontré le chapelain de l'empereur Othon IV, de passage dans la région, et vous lui aviez vendu quelques-unes de vos reliques. »

Ignace acquiesça. Il parla ensuite du temps où il avait quitté l'Italie pour la Bourgogne, et de l'époque où il avait retrouvé Tolède, ville de sa jeunesse. Il avait ensuite embarqué à Gibraltar, sillonnant la mer le long des côtes africaines, en direction d'Alexandrie.

Il ne mentionna pas la raison de ses constants déplacements. Il semblait n'avoir jamais trouvé la paix au cours de ses incessantes pérégrinations.

Rainerio l'écoutait attentivement, sans en perdre une miette.

« Vos récits sont à peine croyables, vous devriez les coucher par écrit, dit-il après un moment. Mais répondez à ma curiosité : votre métier consiste à découvrir et à récupérer des reliques de saints. À quels miracles avez-vous assisté en pareilles occasions ?

— Au cours de mes voyages, j'ai trouvé quantité de reliques, confirma le marchand. Mais cela n'a rien d'exceptionnel, vous pouvez me croire.

— Êtes-vous sérieux ? »

Ignace se pencha en avant et posa ses coudes sur la table.

« Les reliques ne sont que des objets ordinaires, dénués de propriétés miraculeuses. Des os, des dents, des lambeaux de vêtement… Comme on en trouve dans n'importe quel cimetière.

— Surveillez vos propos ! s'emporta son interlocuteur, frappant du poing sur la table. Les reliques sont le témoignage du sacrifice et de la dévotion des saints. Les fidèles prient en leur présence. »

Le marchand lut l'indignation sur son visage, ainsi que des sentiments plus profonds et menaçants.

« Vous avez peut-être raison, admit-il calmement. Mais lors de mes voyages, j'ai hélas découvert que des religieux abusaient parfois du culte des reliques, le faisant ressembler à de l'idolâtrie et à de la superstition.

— Sornettes ! Vous ne pouvez le prouver.

— J'en ai pourtant été témoin. Dans certains monastères, lorsque les reliques n'"exaucent" pas les prières des dévots, elles sont jetées dans les ronces ou dans la cendre. J'ai vu de mes propres yeux pratiquer ce rite à plusieurs reprises, et je vous assure qu'il s'apparente davantage à de la sorcellerie païenne qu'à de la liturgie chrétienne.

— C'est inouï !

— Je comprends votre indignation, mais je vous assure que c'est le cas. »

Rainerio, les yeux mi-clos, se signa.

« C'est la faute à ces temps obscurs. Ces temps de barbarie.

— C'est la faute de l'homme, rectifia Ignace. Lui seul décide de l'ombre ou de la lumière. En tout lieu et à tout moment. »

Il y eut un silence.

L'abbé effleura de son index la fossette de son menton. Il semblait impatient d'aborder un sujet précis. Incapable de se contenir plus longtemps, il lança : « Eh bien, Ignace, ne voulez-vous pas parler de votre secret ? »

Le marchand, qui s'attendait à cette question, haussa les sourcils et étudia l'expression agitée de son interlocuteur.

« Si fait, répondit-il. Mais faites-moi d'abord part de ce que vous a révélé Maynulfo de Silvacandida à ce sujet. Je ne tiens pas à vous ennuyer en répétant ce que vous savez déjà.

— J'en sais peu, en vérité. (Rainerio se carra dans son siège, une lueur trouble dans le regard.) Maynulfo m'a confié que vous aviez caché quelque chose d'éminemment précieux dans ce monastère… Quelque chose que, tôt ou tard, vous viendriez récupérer.

— Cela, beaucoup le savent ici. Il va falloir vous montrer plus précis pour en connaître davantage.

— Maynulfo s'était promis de tout me révéler, se justifia l'abbé. Malheureusement, sa disparition soudaine ne lui en a pas laissé le temps.

— Eh bien, après tout, il n'y a aucune urgence à ce que vous en soyez informé », déclara le marchand, secrètement apaisé. Maynulfo avait respecté le serment, en ne révélant pas le secret, même à son successeur.

« Mais je suis l'abbé supérieur ! objecta Rainerio, laissant soudain transparaître la nervosité qui le rongeait. Je suis en charge de ce monastère. Je dois savoir ce qui se trame entre ses murs.

— Je vous assure qu'il ne s'agit de rien d'important, Révérend Père, l'amadoua Ignace, tandis que résonnait dans son esprit le ton péremptoire et courroucé de ses propos. Soyez patient. Je partirai dans quelques jours pour régler certaines affaires. À mon retour, d'ici quelques mois tout au plus, je vous dévoilerai le secret. Je vous en donne ma parole. »

Pour toute réponse, l'abbé grogna, dépité. Bien maigre consolation que celle qui venait de lui être offerte.

5

À l'approche de l'abbaye de Pomposa, Willalme aiguisa son regard et tenta de la distinguer par-delà la parcelle verdoyante qui couronnait les collines. Il aperçut la flèche de l'édifice, admira sa forme élancée, puis leva les yeux plus haut encore, subjugué par la blancheur des cirrus épars dans le ciel.

La paix de ces lieux le ravissait, mais il se rappela qu'il devait rester sur ses gardes : il était en mission pour Ignace. Le marchand n'avait pas osé confier sa correspondance à un messager de Rainerio, de peur que l'abbé n'en lise le contenu avant de l'adresser au destinataire. Il avait donc choisi de la faire expédier secrètement depuis la voisine Pomposa, où nul ne le connaissait.

Tandis que le Français était plongé dans ses réflexions, le passeur, entre deux coups de perche, observait le fourreau de l'épée recourbée qui dépassait de son manteau. On aurait dit l'arme d'un Sarrasin. Il veilla à ne pas se faire remarquer, cependant son air intrigué ne passa pas inaperçu. Willalme se tourna soudainement, le transperça d'un regard glacé et recouvrit l'épée d'un geste brusque. Le batelier détourna aussitôt les yeux. Personne, pas même un chien enragé, ne l'avait jamais regardé de cette façon.

Aux alentours de midi, le Français comprit qu'il était arrivé à destination. À peine l'embarcation toucha-t-elle la rive, qu'il mit pied à terre et congédia le passeur.

Tandis qu'il s'acheminait vers l'abbaye, il se souvint avoir entendu Ignace parler de cet endroit : c'était l'un des temples bénédictins les plus renommés de la Péninsule, connu sous le nom de *monasterium in Italia primum*. Non que cela eût une grande importance pour lui.

Il aborda un moine, le saluant poliment.

« Pardon, mon père, je dois impérativement faire parvenir une lettre à Venise. Et j'aimerais passer la nuit ici en attendant la réponse. Il s'agit d'une affaire urgente, précisa-t-il, suivant les recommandations d'Ignace. À qui puis-je m'adresser ?

— Demande au père gardien, mon fils, lui répondit le bénédictin. Mais, si tu fais vite, tu pourras confier ta lettre à ces marins, là-bas. Tu les vois ? Ils se rendent à Pavie, mais feront d'abord escale à Venise. »

Après l'avoir remercié, Willalme se dirigea au pas de course vers les hommes de mer. Ils étaient occupés à arrimer des sacs de sel sur un bateau amarré à la berge d'un canal.

6

Ignace regardait Rainerio de biais, dans l'attente d'un signe de congé. Soudain, l'unique porte de la pièce s'ouvrit sur un petit moine trapu au visage rubicond couronné d'une calotte de cheveux noirs. Il devait avoir la soixantaine passée, mais ses traits joufflus faisaient penser à ceux d'un cupidon.

Le nouveau venu salua le marchand d'une révérence, puis se tourna vers l'abbé d'un air impatient. Il s'exprima dans un latin mâtiné de toscan.

« *Pater*, on vous attend au réfectoire. Le déjeuner va être servi.

— Je ne pensais pas qu'il était si tard. (Rainerio désigna le marchand.) Voici Ignace de Tolède, un ami qui vient de loin. Vous l'aurez sans doute remarqué hier soir, au réfectoire, assis à mes côtés.

— J'ai entendu parler de vous, Maître Ignace. L'abbé Maynulfo de Silvacandida vous tenait en haute estime. (Le moine se demanda quelle était cette mauvaise humeur qui accentuait les cernes de Rainerio. Il paraissait contrarié, et il n'aimait pas le voir dans cet état.) Je suis Gualimberto de Prataglia, copiste et bibliothécaire. Pardonnez mon intrusion. Ai-je interrompu quelque chose d'important ? »

Le marchand secoua la tête. « Absolument pas, nous avions terminé. »

Avec un soupir contrarié, Rainerio posa ses mains sur les accoudoirs de son siège et se leva. Au moment de sortir, il se tourna vers le moine.

« Nous accompagnez-vous pour le déjeuner, Père Gualimberto ? »

— Hélas, non… Je souffre toujours de ces insupportables brûlures d'estomac. Je vous demanderai la permission de me retirer au *scriptorium* jusqu'à none, si possible.

— Accordée. Et vous, Ignace, me tiendrez-vous compagnie au réfectoire ? »

Avant de répondre, le marchand échangea un coup d'œil complice avec Gualimberto.

« Je crains de n'avoir pas grand appétit non plus, Révérend Abbé. Je crois que je vais profiter de l'occasion pour demander au père Gualimberto de me montrer la bibliothèque, s'il y consent.

— Ce sera un honneur, intervint le moine. Si l'abbé est d'accord, naturellement.

— *Placet* », répondit Rainerio, distant, avant de quitter la pièce.

Ignace et Gualimberto gagnèrent l'étage supérieur du *Castrum abbatis*, où se trouvait l'entrée de la bibliothèque. Avant d'y pénétrer, ils parlèrent de la pluie et du beau temps près d'une fenêtre géminée, pour profiter de la fraîcheur du dehors.

Gualimberto continuait à se plaindre de ses maux d'estomac qui, visiblement, le tourmentaient depuis plusieurs mois, et Ignace l'écoutait patiemment. Il appréciait sa compagnie, et surtout, il lui était reconnaissant de lui avoir offert une excuse pour s'éloigner de Rainerio. Ce moine l'intriguait beaucoup, mais son attention ne tarda pas à être happée par une scène du dehors qu'il saisit depuis la fenêtre : Hulco et Ginesio complotaient à nouveau près de l'hôtellerie, et semblaient très agités.

Ils manigançaient quelque chose, il en était certain.

Ignace ne mit pas longtemps à en tirer des conclusions. Réfléchissant à la hâte, il se tourna vers Gualimberto.

« Révérend Père, j'ai le remède à votre ulcère à l'estomac.

— Vraiment ?

— Il suffit de préparer une décoction de certaines racines.

— Et savez-vous lesquelles ?

— Elles sont rares, mais j'en possède quelques-unes. Elles se trouvent dans ma chambre. Si vous avez la patience d'attendre un moment, je serais ravi de vous les offrir. »

Gualimberto mordit à l'hameçon.

« Vous êtes bien aimable.

— Mais je vous demanderai une faveur, poursuivit Ignace sans quitter la fenêtre des yeux. Pourriez-vous m'indiquer une issue secondaire ? »

Pour justifier sa requête, il indiqua les mendiants postés devant l'entrée : « Voyez-vous ces gueux là-bas ? Ils ne cessent de m'importuner et je ne tiens pas à m'exposer à un regrettable incident en tombant sur eux. »

Le bibliothécaire fit un signe de tête compréhensif et le prit par le bras. « Suivez-moi. Le *Castrum abbatis* possède également une sortie par l'arrière. »

7

Hulco avait traîné toute la matinée devant l'hôtellerie, jetant vers celle-ci des regards furtifs. De temps à autre, Ginesio se penchait à la fenêtre du bâtiment et lui répondait en gesticulant comme un mime.

Une heure environ s'était écoulée depuis que le marchand de Tolède avait quitté son logis. Hulco l'avait surveillé, feignant d'enlever le foin des étables à l'aide d'une fourche. Et il l'avait vu prendre la direction du *Castrum abbatis*.

Il était temps d'agir.

Il retira le fumier de ses pieds et de ses genoux puis pressa le pas vers l'hôtellerie. Ginesio lui ouvrit et il se glissa à l'intérieur.

« Qu'est-ce que tu fabriques ici ? bredouilla-t-il en refermant la porte. Tu ne peux pas entrer maintenant ! Le blond est toujours dans la chambre. Je ne l'ai pas vu redescendre.

— Mais je l'ai vu, moi, à l'aube. Il a filé, marmonna Hulco. Je l'ai vu par hasard, tantôt, en portant la pêche à la remise. Il s'est caché derrière un buisson, puis a couru en direction du canal. Je l'ai suivi du coin de l'œil. »

43

Cependant, Ginesio hésitait.

« Tu ne peux pas y aller maintenant, c'est bientôt l'heure du déjeuner. L'Espagnol va quitter le bâtiment d'un instant à l'autre. Il se peut qu'il repasse ici.

— Tu vas voir que l'abbé va l'inviter à sa table, comme hier au soir.

— C'est possible, mais cette fois tu n'as pas droit à l'échec. Vérifie sous les lits, les lattes se soulèvent. Il se peut qu'ils l'aient cachée là, sous le plancher.

— Et pourquoi tu n'y es pas allé toi-même ? C'est toujours moi qui me charge du sale boulot !

— Je ne peux pas me compromettre, je gère cette hôtellerie. »

Ginesio marqua une pause. « *Il* a dit que tu devais y aller, toi. »

À ces mots, Hulco eut un léger sursaut. « Dans ce cas, je ferai comme *il* l'ordonne. »

Les deux compères remarquèrent alors l'abbé Rainerio qui sortait du *Castrum abbatis*. Il se dirigeait vers le réfectoire, mais seul. Il marchait voûté, l'air renfrogné.

« Et l'Espagnol, où est-il ? demanda Ginesio.

— Il est là, regarde. À la fenêtre. »

Ginesio suivit l'index de son comparse vers un point précis du *Castrum abbatis*. Devant une fenêtre géminée du deuxième étage, il vit deux personnes en grande conversation : le père bibliothécaire et le marchand de Tolède.

« L'Espagnol discute avec le père Gualimberto… s'étonna-t-il.

— Tu vas voir qu'ils vont rester là un bon bout de temps, en tout cas suffisamment, ricana Hulco, impatient d'exécuter *ses* ordres. Je file. Toi, veille à ce que personne n'entre. »

Ginesio n'eut pas le temps de répondre, son acolyte s'était déjà précipité vers l'escalier.

Hulco arriva au logis du marchand. Inutile d'agir en silence, il n'y avait personne dans les parages. L'entrée franchie, il affûta son regard en direction du lit. Cette fois, la malle était bien là, s'offrant à la vue. Il n'avait eu aucun mal à la trouver.

Il s'avança, ses doigts noirs en avant, et s'apprêtait déjà à se baisser vers la malle lorsqu'une lame tranchante et froide lui effleura la gorge. Un couteau !

Il n'eut pas le temps de réagir qu'une main lui saisit le poignet droit et l'immobilisa. Les os de son dos craquèrent.

Hulco sentit qu'on le traînait en arrière. L'homme qui l'enserrait était grand, et se déplaçait avec légèreté. On entendait à peine ses pas.

C'est la fin, pensa-t-il.

La lame commença à faire pression. Le métal pénétra dans la chair, traçant une ligne rouge sur la peau crasseuse. Elle s'arrêta soudain, et une voix se fit entendre derrière le serviteur : « Si je te trouve encore à farfouiller dans cette chambre, je te tranche la gorge. »

Hulco comprit à qui il avait affaire. Comment diable le marchand s'y était-il pris ? Comment avait-il fait pour rentrer si vite, sans que Ginesio parvienne à le retenir ? Pour se faufiler plus discrètement qu'un chat, cet homme était sans doute un nécromant.

Mais déjà le servant était traîné vers la porte, et alors seulement le couteau s'écarta de son cou. La lame était maculée de son sang. Ignace l'essuya longuement sur la tunique de la fripouille puis l'agrippa par les épaules et le poussa d'un vigoureux coup de pied au derrière.

Hulco se retrouva le nez contre le parquet du couloir. Il posa ses mains sur le sol et se tourna le plus vite possible pour assaillir son ennemi, mais se releva aussitôt pour bondir. La lame du couteau vint lui chatouiller le menton. Le marchand, penché sur lui, maniait celle-ci avec nonchalance, comme s'il jouait avec une plume en argent.

« Tu crois vraiment qu'un brigand de ton espèce pourrait me rouler sous mon nez ? (Ignace esquissa un sourire moqueur, mais le ton de sa voix était intimidant.) Fiche le camp, avant que je me ravise. »

Le bossu recula, mais le marchand l'arrêta par le collet. « Et tiens-toi-le pour dit ! » s'exclama-t-il, faisant scintiller la lame sous ses yeux. Puis il le laissa filer.

Hulco tressaillit, il porta la main à son cou ensanglanté et s'éclipsa piteusement.

Ignace le regarda s'éloigner. Il rangea le couteau dans une poche intérieure de sa tunique, ouvrit la malle et sortit d'un petit sac de cuir les racines pour Gualimberto. Il quitta la pièce, descendit calmement l'escalier et, dans l'entrée de l'hôtellerie, passa devant les deux compères avachis derrière le comptoir, tout au récit de l'événement.

Ginesio le regarda comme s'il avait vu un fantôme, puis se tourna vers Hulco qui tressaillait encore.

« Je t'assure que je ne l'ai pas vu entrer ! Je ne sais pas comment il a fait ! »

Ignace ricana, satisfait, et s'en retourna au *Castrum abbatis*.

Ils ne remettraient plus les pieds dans sa chambre, il en était certain.

8

L'abbé venait d'entrer au réfectoire et les moines retardataires s'empressaient de lui emboîter le pas. Uberto était l'un d'eux. Il traversait la cour en compagnie du vieux père Tommaso de Galeata, qu'il soutenait par le bras.

Le vieil homme peinait à marcher et titubait à chaque pas sur ses jambes maigres et arquées. « C'est mon dernier printemps, mon fils. Le Seigneur me rappelle à lui. » Il serinait cette ritournelle depuis presque dix ans.

Le garçon sourit, un peu absent. Un instant plus tôt, il avait vu un homme sortir par l'arrière du *Castrum abbatis*, courir vers l'hôtellerie et emprunter un escalier extérieur longeant le bâtiment. Ginesio, planté devant l'entrée principale, ne l'avait pas vu. L'homme avait disparu. Il devait s'être faufilé par une fenêtre du deuxième étage.

« Cet homme, c'était Ignace, le marchand de Tolède. » Uberto s'était fait la réflexion à voix haute.

« As-tu vu le pèlerin Ignace ? demanda le vieil homme dans une quinte de toux.

— Il semblerait. »

Le moine se racla la gorge. « C'est un personnage bien mystérieux, cet Ignace. Je l'ai connu personnellement quand il a débarqué ici la première fois. Il semblait vraiment désespéré, à cette époque. »

Uberto, fasciné par le sujet, se tourna avec douceur vers Tommaso : « Dis-moi, grand-père, que sais-tu de lui ? »

« Grand-père » : ainsi le garçon avait-il coutume de s'adresser au vieillard, qui, plus que quiconque, s'était occupé de lui depuis son plus jeune âge.

Le vieux moine marqua le pas et respira l'air tiède de la mi-journée. « En ce temps-là, il s'était enfui d'Allemagne. Voilà ce que me confia Maynulfo de Silvacandida, en me recommandant de n'en souffler mot à personne. Tu es le premier à qui j'en parle. Ce sont là des affaires délicates, qui ne m'ont été révélées que par bribes. »

Uberto hocha la tête, reconnaissant de la confiance que lui témoignait le vieil homme.

Tommaso revint alors sur les années de la vie d'Ignace que très peu connaissaient. « Tout a commencé en 1202, quand le marchand de Tolède a rencontré un certain Vivïen de Narbonne, un moine errant à la réputation douteuse. Les deux hommes prirent le risque de s'associer en affaires avec un autre prélat de Cologne, vraisemblablement l'archevêque en personne. Ils lui montrèrent de précieuses reliques, récupérées Dieu sait où, de par le monde. »

Uberto demanda de quelles reliques il s'agissait, mais le vieil homme ne put lui répondre.

Serrant plus fortement le bras de son jeune compagnon, Tommaso poursuivit son récit.

« Pour des raisons que j'ignore, l'affaire n'aboutit pas. Il semblerait, d'ailleurs, que leur commanditaire ait été membre d'un impitoyable tribunal secret établi en Allemagne dont les disciples sont disséminés un peu partout dans le monde.

— Un tribunal secret ? De quoi s'agit-il ?

— Je n'en ai pas la moindre idée, et je crois que mieux vaut n'en rien savoir. »

Le vieil homme toussa encore, puis parla de nouveau d'une voix rauque.

« Ignace n'eut d'autre choix que de s'enfuir, mais il fut traqué par ces mystérieux inquisiteurs. Il traversa la France, franchit les Alpes et, après avoir quitté Venise, trouva refuge dans notre monastère. Accueilli par l'abbé Maynulfo, il demeura caché ici quelque temps, avant de repartir pour l'Orient.

— Et Vivïen de Narbonne, qu'est-il devenu ?

— Les deux compagnons se sont séparés lors de leur fuite. Maynulfo ne me révéla pas ce qu'il advint de Vivïen, probablement parce que lui-même l'ignorait, et je crois qu'Ignace ne l'a jamais su non plus. »

Uberto ouvrait déjà la bouche, prêt à formuler une nouvelle question, mais Tommaso le devança : « Il est tard. Hâtons-nous mon fils, sans quoi nous resterons l'estomac vide. »

9

Gualimberto de Prataglia attendait devant l'entrée de la bibliothèque. Il tournait en rond, l'air songeur et les mains jointes sur son ventre, lorsqu'Ignace refit surface.

« Me voici, mon père. »

Le marchand lui montra la petite sacoche de cuir contenant les racines.

« Vous dites qu'elles sont efficaces ? s'informa Gualimberto.

— Vous n'ignorez pas que les plantes et les racines ont des propriétés curatives, vous le savez fort bien, j'imagine. (Ignace fronça le sourcil.) Maintenant, si ce n'est pas trop indiscret, pourquoi n'appréciez-vous pas l'abbé Rainerio ? »

La question était si inattendue que le moine vira au cramoisi.

« Mais non ! Comment pouvez-vous…

— Ne mentez pas, de grâce. (Le marchand prit un ton confidentiel.) J'ai remarqué avec quel mépris vous vous adressiez à lui. »

La réponse qu'il recevrait serait sincère, il en était persuadé – conscient d'avoir instauré une complicité secrète avec cet homme.

« Ne me jugez pas mal, je vous en prie, bredouilla Gualimberto. Seulement, comme beaucoup de frères, je ne me fais pas à ses manières hautaines. (Il se mordit les lèvres, mais fut néanmoins incapable de garder le silence.) D'autre part, Rainerio n'était pas digne de prendre la succession de Maynulfo. Il l'a usurpée par le mensonge. »

Ignace l'encouragea d'un signe compréhensif, sans le presser de questions. Il était sûr que, dans un climat de confiance, les révélations viendraient d'elles-mêmes.

Le moine, se repentant peut-être d'avoir trop parlé, baissa les yeux.

« Venez, dit-il, comme s'il voulait l'accueillir chez lui. Permettez-moi, à présent, de vous montrer la bibliothèque. »

La bibliothèque du *Castrum abbatis* était à l'état d'abandon. L'humidité suintait de partout, bien que les fenêtres aient assuré une aération discrète. Dégradés par le temps et l'usure, les livres dégageaient une odeur de moisissure, rendant l'air irrespirable.

Jetant un regard à travers les portes des *armaria*, Ignace entrevit les œuvres d'Augustin, d'Isidore de Séville, de Grégoire le Grand et d'Ambroise. La grande majorité du fonds concernait les Saintes Écritures, mais des auteurs païens, comme Sénèque et Aristote y avaient également bonne place.

Le marchand parcourait les ouvrages, lisait quelques phrases en passant, tout en évoquant des textes absents, des œuvres rares aux contenus étranges dont Gualimberto n'avait jamais entendu parler.

Le bibliothécaire l'écoutait attentivement, se demandant qui était cet individu. Il avait un accent indéfinissable : castillan principalement, pensait-il, mais teinté de vagues inflexions mauresques.

« Vous êtes très instruit, constata-t-il après un moment. Où avez-vous étudié ?

— Au *Studium* de Tolède, répondit le marchand en soufflant nonchalamment sur ses doigts couverts de poussière. J'ai bénéficié des enseignements de Gérard de Crémone.

— Le fameux Gérard, qui se rendit en Espagne pour étudier les textes occultes des Maures ! Un grand *magister*, s'enthousiasma le moine, presque euphorique. Vous avez donc, sans doute, été initié aux mystères de l'alchimie et des sciences hermétiques ? »

Les lèvres d'Ignace esquissèrent un rictus sournois.

« S'il vous plaît, mon père, parlons d'autre chose. Mieux vaut éviter certains sujets. »

Gualimberto sembla déçu.

« Vous avez raison. Cependant, je tiens à vous mettre en garde. Les hommes de votre intelligence sont souvent incompris, et une proie facile en des lieux tels que celui-ci. Ne vous fiez à personne dans ce monastère. Surtout pas à Rainerio de Fidenza.

— C'est la deuxième fois que vous mentionnez son nom. (Ignace l'interrogea du regard.) Avez-vous des preuves de sa mauvaise foi, ou simplement des soupçons ? Parlez sans crainte.

— Des soupçons ? Les mêmes que ceux que vous nourrissez, j'imagine. (Un petit sourire malicieux se dessina sur les lèvres charnues de Gualimberto.) Je parie que vous n'avez pas cru au récit du décès de Maynulfo de Silvacandida.

52

— Qu'entendez-vous par là ?

— Que c'est une fable. Maynulfo n'a pas péri à cause du froid hivernal. Rainerio vous a menti, comme il a menti à tout le monde, du reste.

— Lourdes accusations… Que serait-il arrivé au vieil homme dans ce cas ?

— Nul n'a vu son cadavre, à l'exception de Rainerio. (Les yeux du moine s'écarquillèrent soudain, fébriles.) Le bruit court au monastère que Maynulfo a été tué alors qu'il était en prière à l'ermitage… et que son corps a été tenu hors de la vue des frères, car il présentait des coups de couteau. »

Frappé par de telles révélations, Ignace saisit Gualimberto par le bras et l'attira à lui d'un geste brusque. Le moine sursauta de surprise et opposa une résistance, mais l'emprise de son interlocuteur était trop forte pour qu'il s'y soustraie. Il entendit la voix du marchand murmurer à son oreille et comprit qu'il ne s'agissait pas d'une menace mais d'un besoin de confidentialité.

« Connaît-on le responsable ? lui demanda Ignace.

— Non, s'empressa de répondre le bibliothécaire. (L'étau qui l'étreignait se resserra, l'invitant à poursuivre.) Mais… avant la mort de Maynulfo, Rainerio avait accueilli à l'hôtellerie un individu étrange, un moine au visage atrocement balafré. Peu de gens l'ont vu. Il a mystérieusement disparu après le décès du vieil abbé. »

Ignace le libéra de son emprise. « Son nom ? »

Gualimberto recula d'un pas et baissa les yeux.

« J'ai fouillé dans les papiers de Rainerio… Je sais que je n'aurais pas dû, mais la curiosité l'a emporté sur la bienséance. (Il soupira.) J'ai découvert que l'abbé entretenait une abondante correspondance avec cet homme. C'est un frère dominicain nommé Scipio Lazarus. Il semble très influent à Rome, mais aussi à Toulouse, en Languedoc.

— Scipio Lazarus, répéta le marchand qui entendait ce nom pour la première fois.

— D'après la lettre que j'ai lue, Rainerio doit sa nomination abbatiale à cet homme. Il lui est, par conséquent, redevable. »

Ignace caressa sa barbe, pensif.

« La mort de Maynulfo de Silvacandida et la nomination de Rainerio ont un lien avec ce Scipio Lazarus, c'est certain. Le nouvel abbé ne doit être qu'une marionnette entre ses mains.

— C'est évident. Néanmoins, dans ces lettres, j'ai appris autre chose. Vous concernant…

— C'est-à-dire ?

— Scipio Lazarus s'intéresse à vous de façon malsaine, et exige que Rainerio l'avise de toute information qu'il pourrait glaner à votre sujet. »

À ces mots, Ignace se sentit pris dans une toile d'araignée dont il ne discernait pas les contours. Le monastère de Santa Maria del Mare n'était plus un abri sûr pour lui, et encore moins une cachette idéale pour son secret.

Il devait donc partir au plus vite.

10

Les jours suivants, Ignace attendit tranquillement le retour de Willalme. On le voyait parfois monter à la bibliothèque pour échanger quelques mots avec Gualimberto, mais il ne chercha que rarement la compagnie de l'abbé.

Lorsqu'il flânait dans la cour, il croisait fréquemment le jeune Uberto. Passé les salutations d'usage, les deux hommes commencèrent à discuter et nouèrent une amitié singulière, digne de la relation entre un disciple et son *magister*.

Le garçon avait grandi au monastère mais se sentait très différent des frères. Et, bien qu'il lui soit interdit de s'éloigner de la communauté, il n'était ni moine ni servant. On l'avait exhorté plusieurs fois à entrer dans les ordres, mais il avait toujours refusé. Il était trop rationnel pour succomber à l'attrait de la vocation. Par ailleurs, même s'il éprouvait de l'affection pour l'ensemble de sa famille monastique, il ne voyait personne, ici, qui puisse incarner une figure de référence. Les moines vivaient dans un monde qui leur était propre, un monde de silence et d'isolement, où l'on accordait peu d'importance à la vie telle qu'elle était en dehors du monastère, ou aux sentiments ordinaires.

Le marchand de Tolède était différent, il avait un caractère difficile et exigeant, pourtant, avec lui, Uberto se sentait à l'aise.

Ignace, par certains aspects, lui ressemblait. C'était un homme rationnel et curieux, naviguant entre le monde laïc et le monde religieux. Sans compter qu'il avait beaucoup voyagé, ce qui présentait un grand attrait aux yeux du garçon.

Leur complicité s'accrut encore au fil des jours et de leurs conversations. Le marchand lui enseigna même l'art des échecs, quoique d'une manière plutôt étrange : il considérait l'échiquier comme une allégorie de la vie, et à mesure qu'il décrivait les déplacements des pions, il en profitait pour établir un parallèle avec les comportements humains, et ce qui pouvait arriver à un individu s'il ne savait pas interpréter correctement les événements.

Uberto était ravi. Dès lors, il comprit qu'Ignace n'était pas un homme ordinaire. Le marchand avait une vision très personnelle de la vie, il se retranchait toujours derrière un sourire insaisissable, et un regard qui observait sans se laisser observer. Et, comme nous aurons bientôt le loisir de le découvrir, ses actes étaient toujours dictés par un secret dessein.

Une semaine plus tard, une embarcation accosta dans les environs du monastère de Santa Maria del Mare.

Willalme était de retour.

11

Il était déjà midi lorsque Uberto fut convoqué au bureau de l'abbé. Dès qu'il fut informé de la nouvelle, il se précipita à l'étage inférieur du *Castrum abbatis*, s'interrogeant quant aux raisons de cet entretien. Il trouva l'abbé en compagnie d'Ignace, tous deux installés face à face, autour de la table. Ils lui firent signe de s'asseoir. Le visage du marchand était impénétrable, mais Rainerio paraissait serein.

Le jeune homme les dévisagea avec attention, puis s'assit.

L'abbé se racla la gorge et parla le premier : « Mon fils, tu dois te demander la raison de cette convocation… Je n'irai pas par quatre chemins. Maître Ignace a reçu une requête urgente et s'apprête à nous quitter. Ses affaires le conduiront d'abord à Venise, puis Dieu sait où. » Il marqua une pause, peut-être pour trouver les mots justes.

Uberto, impatient de connaître la suite, se pencha sur sa chaise, jetant aux deux hommes des regards perplexes.

Rainerio reprit la parole.

« Ignace m'a demandé si je connaissais quelqu'un

disposé à le suivre en tant qu'assistant, ou plutôt en tant que *secretarius*. Comme il me l'expliquait à l'instant, son compagnon, Willalme de Béziers, est un ami sûr, mais analphabète. (Il attendit un signe d'acquiescement de la part du marchand, avant de conclure.) Or, il a émis une préférence pour toi. Il te considère intelligent et assez cultivé. Tu ferais l'affaire.

— Décide en toute liberté, Uberto, spécifia Ignace. Personne ne te force. »

Le jeune homme fut si surpris qu'il dut se dominer pour ne pas défaillir. Les mots qu'il venait d'entendre résonnaient dans son esprit, générant en lui un enthousiasme débordant. Comment refuser une telle proposition ? L'opportunité de quitter le monastère et de parcourir le monde s'offrait enfin à lui. C'était son vœu le plus cher !

« J'accepte, bien volontiers, répondit-il d'une voix tremblante et sans trop réfléchir.

— Alors, c'est décidé, décréta l'abbé. Ignace de Tolède veillera sur toi. »

Le marchand se leva et posa sa main sur l'épaule du garçon.

« Es-tu sûr ? C'est une décision importante, ne la prends pas à la légère.

— J'en suis sûr, confirma Uberto, euphorique.

— Parfait. (L'homme semblait satisfait.) Nous partirons demain, après le chant des laudes. Va préparer ta besace et ne te charge pas trop : nous voyagerons léger, recommanda-t-il. Je dois encore m'entretenir quelques minutes avec l'abbé, et régler officiellement avec lui les modalités de ton départ. »

Le garçon hocha la tête et salua, encore sous le choc de cette incroyable nouvelle.

12

La nuit se diluait dans un matin gris et sans clarté. Un vent faible chatouillait les bouquets de roseaux.

La proue du bateau était dotée d'une tente capable d'accueillir six personnes. La coque, privée de quille, était constituée d'ais de bois maintenus par des lanières de cuir, de la résine et du goudron.

Ignace monta à bord, suivi d'Uberto et de Willalme. Le timonier s'avança, balayant la grisaille de sa torche, et s'enquit de la direction.

« Venise », se borna à annoncer le marchand, prenant place dans la cabine des passagers.

Le nautonier donna les ordres aux quatre rameurs et s'installa à l'arrière, au timon. Les bateliers commencèrent à ramer, générant une succession de clapotements, qui, de confus, se firent de plus en plus cadencés.

Sur la rive, quelques moines, drapés dans leurs robes noires, les saluaient de discrets signes de tête. Uberto les fixa jusqu'à ce que leurs silhouettes deviennent indistinctes dans le lointain, comme des sortes de mirages. Il ne les reverrait pas avant longtemps.

Ignace jeta un regard perplexe en direction du monastère de Santa Maria del Mare. Dès que possible, il reviendrait.

Il ne laisserait pas la mort de Maynulfo impunie.

13

Au sein du *Castrum abbatis*, Rainerio de Fidenza congédia Hulco et Ginesio après un bref entretien. Ils avaient échoué dans une entreprise fort simple, et lui avait failli être démasqué : il aurait suffi qu'Ignace, alors qu'il pointait son couteau sous la gorge d'Hulco, lui demande le nom de son commanditaire... Par chance, le marchand n'y avait pas pensé. Il avait sans doute supposé que les deux lascars avaient eux-mêmes pris l'initiative de s'introduire dans son logis. C'était l'un des avantages de la fonction d'abbé : l'on vous soupçonnait rarement de quoi que ce soit.

Plongé dans ce genre de pensées, Rainerio s'enfonça dans son fauteuil et s'abîma dans la réflexion, les doigts croisés sous le menton. Il songeait aux dernières paroles rapportées par les serviteurs : « Il est parti sans emporter la caisse. Nous savons où il l'a planquée. »

Il resta immobile dans la pénombre, à méditer sur la mission que lui avait confiée Scipio Lazarus, tant d'années auparavant, dans la quiétude d'un cloître bolonais. Puis, il se leva et se dirigea vers la bibliothèque, prêt à mener sa croisade à bien.

L'heure était tardive. Des fenêtres géminées, on apercevait le ciel étoilé. L'abbé se mit à errer entre les murs déserts et finit par atteindre le recoin le plus caché de la bibliothèque. Il scruta l'ombre, avançant au milieu des couinements de rats, muni d'une lampe à huile. Brusquement, en éclairant le plancher, il distingua quelque chose…

Le rapport de Ginesio et d'Hulco se révélait juste : Ignace avait confié sa malle à Gualimberto pour qu'il la garde secrètement dans la bibliothèque jusqu'à son retour.

L'abbé posa la lampe par terre et s'empara d'un gros marteau qu'il avait emporté. Quelques coups suffiraient pour faire céder le cadenas qui scellait la malle. L'outil rangé, Rainerio souleva le couvercle et approcha la lampe. Il allait enfin découvrir les secrets d'Ignace, ces secrets qui, jadis – il en était persuadé –, avaient été révélés à Maynulfo de Silvacandida.

La malle ne contenait ni argent ni bijoux, mais une grande quantité de livres. Il les sortit, un à un, pour les examiner soigneusement, jetant un regard inquisiteur à leur titre. Avec surprise et indignation, il reconnut des livres condamnés tels que le *De scientia astrorum* d'Alfraganus, le *De quindecim stellis* de Massahalla, le *Liber de spatula* d'Hermès et le *Centiloquium* d'Albumasar – ainsi que de nombreux autres textes rédigés en arabe, inconnus de lui. Au fil des pages, il découvrit des hiéroglyphes aux significations occultes et des illustrations aux couleurs criardes, presque agressives.

Les rumeurs disaient donc vrai ! Ignace était réellement nécromant ! Et si Rainerio nourrissait encore quelques doutes, le contenu d'un petit ballot, au fond de la malle, acheva de les balayer. L'abbé le dépaqueta et, après s'être signé à plusieurs reprises, en sortit une statuette en or. Il n'avait jamais rien vu de tel. Il s'agissait d'une idole : un homme barbu, doté de quatre bras, avec une couronne surmontée de têtes d'animaux, le phallus érigé comme un satyre, et six ailes garnies de plumes et entièrement recouvertes d'yeux. Une inscription aux pieds de l'idole précisait : « Hor aux yeux multiples, qui s'apparente aux anges chérubins. »

Mais les pupilles de Rainerio voyaient bien autre chose que des chérubins. Les avertissements des Pères de l'Église, qui condamnaient les idoles païennes et les assimilaient aux démons, résonnaient dans son esprit. Ces divinités étaient des émissaires de Satan, et leur impureté les rendait froides et lourdes, par conséquent sujettes à l'attraction lunaire. Elles se tapissaient dans les ténèbres, impuissantes à s'élever vers les chœurs célestes, et passaient leur existence à errer entre les nuages et les vagues de la mer, telle la brume portée par le vent, nuisant aux hommes.

Rainerio s'épouvantait de telles pensées, mais sa haine à l'égard d'Ignace était plus intense encore. Une haine mêlée de crainte, comme toujours quand on se trouve face à l'Inconnu.

Néanmoins, il se ressaisit et poursuivit son investigation. Il extirpa encore de la malle un rouleau de documents maintenus par un lien de cuir – la correspondance du marchand – et en examina le contenu. Il s'agissait, pour la plupart, de lettres en provenance de Venise, de Naples et de diverses villes d'Espagne. L'une d'elles portait une date récente : elle remontait au lundi précédent, soit trois jours avant le départ d'Ignace, de Willalme et d'Uberto.

Son contenu se limitait à quelques lignes.

« *In nomine Domini, anno 1218, mensis maii 14*

Maître Ignace, je fais suite à votre lettre envoyée ces jours derniers depuis l'abbaye de Pomposa. Je vous remercie de la diligence avec laquelle vous avez répondu à ma requête. La rencontre est prévue dimanche prochain, à la basilique Saint-Marc, après la messe du matin.

Préparez-vous à un long voyage. Je vous révélerai tous les détails lors de notre entretien.

Comte Enrico Scalò »

DEUXIÈME PARTIE

La philosophie occulte

« Il est vrai, sans mensonge, certain et très véritable : ce qui est en bas est comme ce qui est en haut ; et ce qui est en haut est comme ce qui est en bas, pour faire les miracles d'une seule chose. »

Hermès Trismégiste, *La Table d'émeraude.*

14

La basilique Saint-Marc surmontée de ses cinq coupoles se dressait majestueuse sur la place, entre le palais du doge et les tentes du marché. Uberto admira les marbres, les colonnes et les chapiteaux disposés avec grâce et symétrie, conférant à l'imposant édifice un mouvement tout à la fois aérien et enraciné dans le sol. Il était dommage que le côté occidental de la basilique fût en cours de construction et entièrement recouvert d'échafaudages.

Le jeune homme remarqua, au premier niveau, sur un soubassement de marbre, les fenêtres de la crypte. Elle devait être immense, pas comme celle de son petit monastère perdu au milieu des lagunes. Ignace posa une main sur son épaule et le conduisit devant l'édifice, se frayant un chemin parmi la foule braillarde. Au-dessus du portail, quatre chevaux de bronze luisaient au soleil de cette fin de matinée.

« Prodigieux, n'est-ce pas ? Ils proviennent du butin de la quatrième croisade » expliqua le marchand en les lui désignant.

Devant tant de magnificence, Uberto se sentit submergé par un sentiment d'infériorité. Il se trouvait face

67

à un édifice majestueux, au cœur de la cité maritime qui avait défié et vaincu la superbe Constantinople. Et lui, pauvre frère convers sans expérience du monde, ne pouvait s'empêcher d'éprouver stupéfaction et ravissement.

Avant de pénétrer dans la basilique, le marchand s'approcha de Willalme.

« Attends ici et veille au grain, lui dit-il à voix basse. Moi, je rentre avec le gamin. »

Le Français hocha la tête. Sans un mot, il quitta ses compagnons et alla s'asseoir sur les marches devant la façade, se mêlant à la foule des passants et des mendiants.

Après avoir dépassé le faisceau lumineux éclairant le vestibule, Ignace et Uberto entrèrent dans la pénombre de la basilique. Ils suivirent le pavement de mosaïque jusqu'au centre de la nef principale. De là, on se rendait parfaitement compte que les quatre ailes de l'édifice formaient une croix. Chaque aile se divisait, à son tour, en trois nefs délimitées par des rangées de colonnes parallèles.

Uberto leva le nez au plafond revêtu de mosaïques d'or. Plus bas, des ombres muettes erraient parmi les arcades, à la lueur des candélabres.

Soudain, Ignace bomba le torse, attira l'attention d'Uberto d'une petite bourrade et se racla la gorge. Un homme au front haut et aux cheveux couleur de cendre, vêtu d'une tunique jaune brodée, de braies noires et de chaussures de cuir, s'avançait vers eux. Sur ses épaules, il portait un manteau de velours rouge. C'était le comte Enrico Scalò, une de ses vieilles connaissances, un riche patricien, ami du doge et membre du

Conseil des Quarante, l'un des plus importants organes du gouvernement.

Ignace le salua avec déférence : « Très heureux de vous revoir, Mon Seigneur. (Puis il ajouta, conscient de flatter le narcissisme de cet homme :) Radieux, comme toujours. Vous m'expliquerez un jour le secret de votre forme.

— Tout le secret, Maître Ignace, réside en la bonne chère et les jolies femmes, fanfaronna le gentilhomme, avant de devenir soudain sérieux. Je suis heureux que vous ayez répondu à mon appel. J'ai une mission importante à vous confier.

— Je suis tout ouïe. Ah ! veuillez m'excuser… (Le marchand désigna son compagnon.) Je vous présente mon nouveau secrétaire. Uberto. »

À ces mots, le jeune homme se courba en une savante révérence, comme on le lui avait enseigné au monastère de Santa Maria del Mare.

Scalò hocha la tête.

« Relève-toi, mon garçon. »

Uberto obéit, ébauchant un timide sourire. Dans son esclavine de toile brute, il se sentait bien misérable face à cet élégant patricien.

Le gentilhomme se tourna de nouveau vers le marchand : « À propos, Ignace, je louais l'autre soir, en compagnie de l'évêque, la valeur d'un de vos dons. Vous souvenez-vous de la Bible illustrée que vous m'aviez envoyée l'an dernier ? La voici, regardez, je l'ai sur moi. »

Le comte serrait un vieux livre entre ses mains. Il l'ouvrit et Uberto put en admirer les miniatures, des images sacrées, certainement l'œuvre d'un enlumineur d'Alexandrie.

« Je m'en souviens fort bien, admit Ignace, se remémorant surtout le prix dérisoire qui lui avait été payé pour cette Bible. J'ai eu bien du mal à me la procurer. »

Le noble opina du chef. « Le doge a beaucoup apprécié cet ouvrage, et a souhaité qu'une de ses plus belles miniatures soit reproduite parmi les mosaïques de Saint-Marc. Venez, je vais vous la montrer. »

Ce disant, le comte les conduisit vers l'aile occidentale de la basilique. Il emprunta un passage sous la colonnade de marbre, passa devant un portail et atteignit l'atrium, en cours de rénovation.

« Aujourd'hui dimanche, les artisans ne travaillent pas », expliqua le gentilhomme en se frayant un passage parmi les échafaudages et les pierres de taille.

Il s'arrêta devant une petite coupole. Bien que la décoration ne fût pas terminée, on pouvait voir une mosaïque représentant trois anges ailés, en présence d'un personnage masculin.

Ignace nota aussitôt la ressemblance avec l'une des miniatures du codex alexandrin.

Uberto observa la figuration des anges. Il remarqua, à leur droite, les contours d'un arbre.

« On dirait une scène de l'Ancien Testament, annonça-t-il sans avoir été sollicité. Elle représente les trois anges qui apparurent à Abraham.

— Regarde bien le quatrième homme sur la gauche, mon garçon, rétorqua le gentilhomme. Ce n'est pas Abraham, mais le Père Céleste. La mosaïque évoque le troisième jour de la Création. Ces êtres ailés, que tu qualifies d'anges, incarnent les jours qui se sont écoulés depuis le commencement de l'œuvre divine. Ils symbolisent le temps. »

Uberto rougit. Quelle piètre impression il avait dû faire. Voilà ce qu'on gagnait à parler à tort et à travers.

« Cependant, renchérit Ignace, l'index pointé vers le haut, ces créatures ailées sont bien plus mystérieuses qu'il n'y paraît. »

Le regard du gentilhomme se fit plus aigu.

« Expliquez-vous.

— Pour moi, ce ne sont pas de simples symboles, mais des anges à part entière. Leur rôle de "maîtres du temps" renvoie au pouvoir d'Aiôn, la divinité païenne de l'*æternitas*. Tout comme à lui, on attribue aux anges la faculté de régner sur le cours du temps, les jours et les saisons.

— Mais comment font-ils ? demanda Uberto.

— En déplaçant les roues célestes autour de la Terre. (Le marchand lança un regard significatif au garçon.) Si tu fais se mouvoir le soleil et la lune, tu entraînes la succession du jour et de la nuit, du chaud et du froid. »

Scalò tâta son menton de ses doigts, l'air songeur. Brusquement, il saisit Ignace par le bras, comme s'ils étaient de vieux compagnons de taverne, et le reconduisit vers l'intérieur de la basilique. Se tournant en direction d'Uberto, il s'écria : « Mon garçon, tu ne vois pas d'inconvénient à ce que nous te laissions seul un moment ? Je dois m'entretenir en privé avec ton *magister*.

— Je ne serai pas long, Uberto, le rassura le marchand. Visite la basilique en attendant. »

Le garçon se contenta d'esquisser un signe de tête.

Les deux hommes gagnèrent l'abside et descendirent dans la crypte.

Ni l'un ni l'autre n'avaient remarqué un individu dissimulé dans les galeries supérieures. Très grand, vêtu de noir, un chapeau à large bord lui tombant sur le visage, il s'était penché à plusieurs reprises au-dessus des parapets de marbre pour épier les trois hommes. Seul Willalme, depuis son poste d'observation, l'avait repéré.

Bien décidé à le suivre, le Français était monté à l'étage supérieur de la basilique, mais il l'avait perdu de vue dans les galeries. Où était-il donc passé ? De l'endroit où il se trouvait, Uberto aurait pu le remarquer : il lui aurait suffi de se tourner vers le chœur pour le voir ramper dans la pénombre en direction de la crypte, par un accès opposé à celui qu'avaient emprunté Ignace et Scalò.

Mais le regard du jeune homme était attiré par un tout autre lieu.

15

La crypte était divisée en trois nefs : la grande nef centrale, et deux nefs latérales, plus petites. De massives arcades en ogive soutenaient les plafonds et redescendaient vers le sol, en s'appuyant sur des colonnes de marbre ou contre les murs. La lueur des chandelles creusait péniblement les blocs de pierre humide, générant des vacillements furtifs dans l'ombre des niches.

On se serait cru à l'intérieur d'un gros organe palpitant. Les voûtes frémissaient comme de gigantesques artères tétanisées par un cruel et éternel manque d'air.

Plus Ignace cherchait de l'air, plus il sentait ses poumons se comprimer. Il mit cette sensation sur le compte de l'inquiétude : l'idée que Rainerio de Fidenza et le fantomatique Scipio Lazarus soient impliqués dans l'assassinat de l'abbé Maynulfo ne cessait de le hanter. Il jeta un œil autour de lui, le front voilé de sueur. Par le passé, il s'était introduit en ce lieu dans bien d'autres dispositions, admirant les trésors conservés dans les entrailles de pierre de la basilique. Il s'était amusé à observer les rais de lumière qui filtraient de l'extérieur et dansaient le long des murs, tels des doigts d'enfants curieux. Désormais, tout lui semblait différent.

Aux côtés de Scalò, il parcourut le chœur, puis ils s'arrêtèrent au centre de la crypte. Là, les rayons du soleil pénétraient par les petites fenêtres de l'abside, trouant l'obscurité.

« Habituellement, la crypte est fermée. (La voix du comte tonna sous les voûtes.) J'ai fait en sorte qu'on nous l'ouvre, afin que nous puissions parler en toute discrétion.

— Me direz-vous enfin pour quelle raison vous m'avez fait venir de si loin ? demanda le marchand.

— J'y viens, mais en premier lieu, faites-moi part de ce que vous savez sur les anges. Vos connaissances sont précieuses au-delà de ce que vous pouvez imaginer. »

L'expression d'Ignace trahit pour la première fois un soupçon d'impatience.

« Quel rapport cela a-t-il ? »

Le comte le fixa gravement. « Un rapport plus grand que vous ne l'imaginez. »

Le sens de ce discours échappait au marchand d'un naturel plus que méfiant. Aussi répondit-il vaguement, afin d'évaluer sur quel terrain glissant il s'engageait. Il s'exprima selon les préceptes d'Isidore de Séville et de saint Augustin, issus tous deux de la culture canonique.

« Le mot grec "ange", *melachim* en hébreu, signifie "messager", autrement dit : intermédiaire entre Dieu et les hommes. Les Sabéens de Harran s'y réfèrent par un mot très proche : *malā'ika*. Selon les Écritures, ils se divisent en neuf ordres, mais Platon atteste lui aussi de la présence de *dæmones* dans le ciel, et admet l'existence de créatures tout à fait semblables.

« — C'est tout ? » insista Scalò.

Le marchand plissa le front.

« Personnellement, je trouve quelques similitudes entre les archanges et les *Amesa Spenta*, les "Immortels Bienfaisants" vénérés par les mages persans… Mais que voulez-vous savoir exactement, Mon Seigneur ?

— Soit ! (Le comte se pencha en avant, comme s'il s'apprêtait à lui faire une confession de la plus haute importance.) J'ai reçu, il y a quelques mois, une lettre d'un moine français. Il prétend posséder une innovation antérieure au règne de Salomon, elle serait infaillible pour évoquer les anges. Il demande si je suis désireux de connaître le secret, naturellement en échange d'une compensation raisonnable. »

Ignace n'aurait jamais imaginé qu'un homme tel que Scalò eût pu nourrir de tels intérêts.

« Ne voudriez-vous pas parler, par hasard, de ces "têtes magiques" faites de cire et de paille ?

— Des têtes magiques ?

— Oui. On prétend que certains investigateurs de l'occulte parviennent à canaliser les essences angéliques dans ces têtes fétiches pour communiquer avec elles. Voulez-vous parler de cela ? »

Le gentilhomme sembla intéressé par le sujet, mais répondit par la négative.

« Ces têtes de cire n'ont rien à voir. La lettre du moine français fait allusion à un ouvrage, copié de certains manuscrits persans, qui décrirait la méthode pour invoquer les anges. Ainsi invoquées, les créatures surnaturelles seraient disposées à révéler les secrets des pouvoirs célestes. On parle de procédés similaires en Égypte, pour autant que je sache.

— On en parle partout. Les savants désignent cette science sous le nom de théurgie.

— Je vois. »

Ignace fixa le comte d'un air sceptique, bien que le sujet l'ait distrait de son inquiétude.

« Comment s'intitule ce livre mystérieux ?

— L'*Uter Ventorum*.

— L'*Uter Ventorum*, « L'Outre des Vents »… Jamais entendu parler. Voyons si j'arrive à comprendre… (Le marchand croisa ses bras sur sa poitrine et rumina tête basse.) Les anges chevauchent les vents, et on les prétend constitués d'une substance éthérée semblable à l'air, mais plus légère. Concernant l'outre, la seule chose qui me vienne à l'esprit, c'est celle qu'Éole offrit à Ulysse, après y avoir emprisonné les vents. L'outre serait donc la méthode, le talisman, en mesure de retenir les anges, de les contraindre à se manifester.

— Je suis de votre avis.

— Cependant, l'ouverture de l'outre ne fut guère bénéfique à Ulysse, objecta Ignace. Et puis, comment pouvez-vous être sûr qu'il ne s'agit pas d'une escroquerie ? Comment pouvez-vous accorder votre confiance si facilement ? »

Le comte fronça les sourcils.

« C'est vous qui déterminerez si je puis accorder ma confiance ou non.

— Que voulez-vous dire ?

— Pour conclure l'affaire, le propriétaire du livre a expressément sollicité votre médiation. Il souhaite s'entretenir exclusivement avec vous. Et ne remettra l'*Uter Ventorum* qu'à vous. Il prétend bien vous connaître et depuis fort longtemps. Comprenez-vous à présent pourquoi j'ai exigé vos services ? Du fait que vous connaissez ce moine, vous serez probablement à même de juger de sa crédibilité.

— Peut-on savoir de qui il s'agit ? demanda Ignace, de plus en plus sur les charbons ardents.

— Vivïen de Narbonne. C'est ainsi qu'il prétend s'appeler. »

Ignace fut comme giflé par ce nom. Un flot de souvenirs le submergea.

« Vivïen… Il y a si longtemps que je n'ai plus de ses nouvelles, il a disparu depuis tant d'années. »

Il s'adossa à une colonne, le regard perdu dans le vide. Émergea du fond de sa mémoire un visage aux traits aristocratiques qui s'affinaient encore autour du menton. Il avait été l'un de ses compagnons de route les plus singuliers : un moine animé d'une curiosité sans limites pour les sciences occultes et qui, pour cette raison, avait failli, à plusieurs reprises, être pourchassé comme hérétique. Effectivement, se dit le marchand, la découverte d'un livre aussi extraordinaire que l'*Uter Ventorum* s'accordait parfaitement avec sa personnalité.

Vivïen de Narbonne avait non seulement été pour Ignace un ami, mais aussi son associé en affaires. Ils avaient ensemble importé d'Orient quantité de reliques et de livres précieux, souvent commandés par de riches seigneurs de France et d'Allemagne. Tout s'était bien passé jusqu'à cette livraison pour Adolphe, l'archevêque de Cologne. Sans raison apparente, un événement d'une très grande gravité s'était produit : les deux compagnons avaient découvert qu'ils étaient traqués par une société secrète et terrifiante, la Sainte-Vehme, redoutée dans toute l'Europe. Le chef de ces émissaires se faisait appeler Dominus, plus connu sous le nom du Masque rouge.

Les deux hommes, ayant échappé de justesse à la mort, s'étaient repliés sur l'Italie. Mais, avant de franchir les Alpes, ils s'étaient séparés pour brouiller les pistes. Pendant des années, ils étaient restés en contact, échangeant des lettres, puis, Ignace avait brutalement cessé de recevoir des nouvelles de son ami.

Le marchand se souvint que Vivïen connaissait ses vingt années de relations d'affaires avec le comte Scalò ; sans autre moyen de le retrouver, il s'était adressé au gentilhomme vénitien. Dominant ses émotions, Ignace recouvra rapidement son sang-froid.

« Oui, Vivïen de Narbonne est non seulement un ami cher, mais aussi un homme digne de confiance. Mais comment être sûr que la lettre est de lui et non l'œuvre d'un imposteur ? »

À ces mots, Scalò lui tendit un petit objet, déclarant que Vivïen l'avait joint à la lettre comme preuve de son identité. Un fragment mince et blanc, brillant comme de la nacre et strié de rainures.

« C'est une de ces coquilles que recueillent les pèlerins de Saint-Jacques-de-Compostelle pour prouver qu'ils sont allés sur la tombe de l'apôtre Jacques. J'ignore quelle signification elle peut avoir pour vous. »

Après s'être emparé de l'objet, Ignace glissa ses doigts sous le col de sa tunique et en sortit un pendentif en tous points semblable au fragment du comte.

Il réunit les morceaux. Ils s'assemblaient parfaitement.

« Un souvenir de notre amitié, expliqua le marchand en examinant la coquille comme s'il tenait entre ses doigts une hostie brisée. J'ai connu Vivïen à Saint-Jacques, il y a de nombreuses années. »

Scalò hocha la tête.

« Mon Seigneur, vous m'avez convaincu, affirma Ignace. Quel est le lieu de rencontre prévu par Vivïen ? »

16

Willalme entra dans la crypte, convaincu que l'homme en noir s'y était introduit pour espionner Ignace. Mais qui pouvait-il être ? À son allure et à sa carrure, il aurait pu penser qu'il s'agissait d'un homme d'armes, mais ses vêtements, quelconques, ne permettaient pas de l'identifier.

Les petites flammes des chandelles étiraient les ombres sur la pierre et les faisaient danser comme des êtres vivants. Le Français avança en rasant les murs, silencieusement, les yeux larmoyants à cause de la forte odeur d'encens et de suif. Il parcourut presque toute la nef orientale, puis aperçut soudain l'inconnu à l'affût derrière une colonne, immobile. Il épiait la conversation entre le marchand et Scalò.

Willalme se tapit dans l'ombre tel un félin et considéra l'ennemi, décidément singulier. En plus de son large chapeau qui dissimulait son visage, un voile noir lui recouvrait la bouche et le nez ; ses yeux étaient étroits, couleur de glace, cerclés d'un incarnat si pâle qu'il en semblait blanc.

En s'approchant, le Français racla, par inadvertance, les semelles de ses souliers sur le sol. Il baissa les yeux une fraction de seconde, pour tenter de comprendre comment il avait pu provoquer pareil bruit... et, lorsqu'il releva la tête, il était déjà trop tard : l'homme en noir fonçait sur lui. Willalme esquiva son assaut, agrippa son bras gauche et tenta de l'immobiliser. Mais l'agresseur était fort ; se libérant d'un coup sec, il dégaina un poignard.

Le jeune homme déjoua une estocade au flanc, bloqua le poignet de son ennemi et tenta de le repousser contre le mur. Mais il dut reculer, et, ce faisant, trébucha sur un lourd candélabre qui se trouvait derrière lui. L'objet tomba sur le sol, fendant l'air d'un fracas métallique.

Un soudain bruit de ferraille résonna sous les voûtes de la crypte.

Ignace interrompit la conversation.

« Que se passe-t-il ?

— Quelqu'un nous observe ! » s'exclama Scalò.

Guidés par le bruit, ils s'élancèrent.

Ils trouvèrent Willalme étendu sur le sol, s'employant à repousser l'attaque d'un agresseur. L'homme en noir, penché sur lui, tentait de lui enfoncer son poignard dans la gorge.

Ignace était sur le point d'intervenir quand le Français réussit à éloigner son adversaire d'un coup de genou au côté droit. L'homme poussa un gémissement étouffé et fut projeté en arrière sans toutefois perdre l'équilibre. Il se releva prestement, le poignard en avant, et transperça les nouveaux venus d'un regard menaçant.

Le marchand perçut la rage de cet individu, ainsi que son indécision. Et, bien qu'il ne parvînt pas à

81

distinguer ses traits, il l'étudia attentivement. Grand et robuste, il était certainement habitué à porter l'armure. Son allure n'était pas celle d'un homme d'armes ordinaire, mais rappelait plutôt les chevaliers de l'armée des croisés. Ces guerriers avaient une démarche particulière, les jambes écartées et le buste en avant. De plus, l'homme en noir devait avoir l'habitude de manier des armes plus lourdes, épées ou massues, car il paraissait peu à l'aise avec un simple poignard.

Le temps sembla s'arrêter, puis l'homme en noir se tourna brutalement et se précipita vers la sortie.

Le comte Scalò resta pétrifié. Le marchand, quant à lui, porta secours à Willalme, toujours étendu sur le sol.

« Tout va bien ? lui demanda-t-il, inquiet.

— Il est en train de filer ! » brailla le Français, se relevant précipitamment.

Mais l'homme avait déjà quitté la crypte.

« Par l'enfer, Uberto ! » s'écria Ignace en réalisant qu'il avait laissé seul le jeune homme au niveau supérieur.

Willalme s'élança à ses trousses, talonné par le marchand.

17

En extase devant la beauté de Saint-Marc, Uberto parcourait la nef centrale, admirant les mosaïques, les colonnes et les fresques. Il n'avait jamais rien vu de tel.

Il perçut soudain un bruit confus, balaya la pièce des yeux pour en déterminer la provenance, et remarqua un homme vêtu de noir qui courait dans sa direction, talonné par Willalme et Ignace. Le garçon n'eut pas le temps de saisir ce que ses amis lui criaient. L'homme en noir lui fonçait déjà dessus ! Il l'expédia à terre d'un coup de coude, puis courut vers la sortie.

Uberto, frappé en pleine poitrine, se cogna la tête en tombant.

Lorsque Ignace et Willalme se penchèrent sur lui, l'étranger avait déjà franchi le portail de la basilique.

« Il va bien, il est seulement évanoui, constata le marchand en examinant le visage pâle du garçon. (Puis, il se tourna vers le Français.) Rattrape ce chien galeux ! »

Il n'en fallut pas plus à Willalme, qui s'élança à l'extérieur de l'église. Devant lui, se dressaient les tentes du marché, éparpillées sur la place en une mosaïque gigantesque. Il plongea dans la foule, se frayant un passage parmi les étoffes, les odeurs et les étals, écrasé par la chaleur de la mi-journée.

La densité de la foule le ralentissait. Il renversa une femme et quelques pots de vinaigre tombèrent à terre ; il continua malgré tout son chemin, parmi les plaintes, les cris et les litanies.

Au milieu de cette marée humaine, un souvenir jaillit soudain dans son esprit : une armée de guerriers chrétiens amassés sur lui, sur le pont d'un navire croisé. L'image s'évanouit comme un mirage.

Il chercha le fugitif du regard, mais il était trop tard. Il avait perdu la trace de l'homme en noir.

Miséricorde ! Il jura entre ses dents.

18

L'homme en noir avait tourné dans une ruelle adjacente à la place, lorgnant derrière lui pour vérifier que le Français ne le suivait pas.

Quand il fut à une distance raisonnable du marché, il ôta le voile qui lui dissimulait le visage, révélant ses traits nordiques. Il avait les mâchoires prononcées, un nez fin, et une moue sévère resserrait sa bouche. La peau de son visage était aussi parcheminée que l'écorce d'un arbre.

Il erra à travers les *calli* pour achever de perdre un éventuel poursuivant. Et, lorsqu'il fut certain de l'avoir semé, il se pencha au-dessus du canal et héla une gondole.

L'embarcation s'avança, laissant derrière elle une traînée scintillante dans l'eau olivâtre. L'homme se hissa à bord, bredouilla quelques mots et s'assit à l'avant. Le batelier acquiesça et répéta la destination, pour s'assurer qu'il avait bien compris les paroles de son passager. « Au pont du Rialto », chantonna-t-il d'une voix monotone.

L'homme opina et détourna le regard, observant le va-et-vient sur les quais humides. Il pressa délicatement son côté droit. Il lui faisait mal. *Ce Français était coriace*, pensa-t-il. Pour un peu, ce dernier lui aurait cassé le bras.

La gondole traversa le quartier Saint-Marc, bercée par les ondulations chatoyantes des canaux, puis glissa le long du Grand Canal, jusqu'au Rialto.

« Accoste près du Campo San Bartolomeo », grommela le passager.

La barque s'approcha de la berge, heurtant sa coque contre le bord. L'homme mit pied à terre après avoir payé le nautonier.

Sa destination était la maison d'Henricus Teotonicus, le neveu du collecteur suprême de Ratisbonne. L'endroit, fréquenté par la bourgeoisie commerçante, qui investissait dans les échanges avec Constantinople et la monnaie vénitienne, notamment, était aussi une plaque tournante pour des affaires d'un tout autre genre.

L'homme laissa le Campo San Bartolomeo derrière lui et continua en direction de la résidence d'Henricus Teotonicus, un palais dominant les édifices alentour et auquel on accédait par une galerie en pierre d'Istrie.

Dans le clair-obscur de la colonnade, était posté un détachement de gardes élégamment vêtus.

L'homme en noir s'arrêta devant eux. « Je dois parler à Henricus Teotonicus », dit-il sans préambule.

Le plus grand du groupe, un gaillard musclé au visage glabre, s'avança. Il portait un chaperon, un surcot de velours noir, et des guêtres de cuir montant jusqu'aux genoux. Il arborait sur le côté une grosse dague germanique, le *sax*. Il parut reconnaître le nouvel arrivant, esquissa un salut et répondit avec déférence :

« Il est sorti pour affaires, Mon Seigneur. Il sera de retour dans la soirée.

— Et Rudolf, son *secretarius* ? »

Le garde indiqua une fenêtre du palais donnant sur les arcades.

« Il est à son cabinet. »

L'homme en noir fit un signe de tête. Il prit congé des factionnaires, traversa la colonnade et franchit l'entrée. Il emprunta deux volées de marches en terre cuite, qui le conduisirent à une porte familière. Il frappa.

De l'intérieur, une voix se fit entendre :

« Qui est là ?

— J'apporte du pain frais et d'excellents conseils. »

De l'autre côté, il n'y eut pas de réponse. La porte s'ouvrit. Dans une antichambre, se tenait Rudolf, un vieil homme sec aux longs cheveux noirs. Il reconnut son visiteur sur-le-champ.

« C'est vous, Slawnik. Entrez, je suis seul. »

Slawnik franchit le seuil, et referma la porte derrière lui. Il traversa l'antichambre, pénétra dans une pièce à peine plus lumineuse, puis ôta alors son chapeau et prit place sur une chaise, tout en portant à nouveau la main à son flanc endolori.

Rudolf remarqua son geste.

« Vous êtes blessé ?

— Ce n'est rien, ça va passer. »

Le *secretarius* hocha la tête. Il s'assit sur un lit d'appoint recouvert de paperasses et appuya ses maigres coudes sur ses genoux.

« Alors, les avez-vous trouvés ?

— Oui, la putain a dit vrai. Ils s'étaient donné rendez-vous aujourd'hui, à la basilique Saint-Marc. Je les ai espionnés. Vivïen de Narbonne est toujours en vie...

— Et le livre ?

— Il l'a toujours, apparemment. Le comte Scalò a chargé Ignace de Tolède de le récupérer.

— Excellent ! (Rudolf frappa de son poing la paume de sa main.) Après toutes ces années, nous les avons retrouvés, et avec le livre en prime ! Mais, dites-moi, savez-vous quelle direction prend l'Espagnol ? Et où se cache cet animal de Vivïen ?

— Je ne l'ai pas découvert, grogna Slawnik, contrarié de devoir admettre un tel manquement devant un subalterne d'Henricus Teotonicus. Un homme d'Ignace de Tolède, un guerrier français, m'a surpris. J'ai dû m'enfuir avant la fin de leur entretien.

— Vous ont-ils reconnu ?

— Non. Mais ils savent désormais qu'ils sont suivis. Ils seront sur leurs gardes. »

Rudolf se leva d'un bond et gesticula nerveusement.

« Et comment comptez-vous vous y prendre pour découvrir où se cache le livre ?

— Ce ne sont pas vos affaires. (Slawnik lui intima le silence d'un regard qui ne souffrait pas de réplique.) Faites appeler la putain. Demandez-lui d'organiser une autre « rencontre » avec le comte Scalò, afin que je puisse l'interroger personnellement.

— Entendu. (Le *secretarius* recula, intimidé.) Vous devrez cependant rester prudent. Enrico Scalò est *avogador* de Venise. Nous ne pouvons nous offrir le luxe de commettre des erreurs... Vous connaissez la position de notre seigneur, Dominus, à ce sujet.

— Comme je vous l'ai dit, ce ne sont pas vos affaires. (L'écuyer leva le menton et le toisa avec arrogance.) Contentez-vous de vous arranger avec la putain, je m'occupe du reste. »

19

Uberto, toujours allongé sur le sol, commençait à revenir à lui, son visage reprenait des couleurs.

Il se trouvait juste sous la coupole de l'Ascension du Christ. Il avait l'impression qu'elle allait lui tomber dessus d'un instant à l'autre.

Penché sur lui, Ignace lui soutenait la tête avec prévenance : « Bois, tu te sentiras mieux », dit-il en lui tendant une gourde.

Après avoir bu l'eau à petites gorgées, Uberto tenta de se relever, mais il fut pris d'un étourdissement. D'être resté allongé sur le pavement froid de Saint-Marc lui avait engourdi les membres. Il porta une main à sa tête douloureuse.

« Que s'est-il passé ? bredouilla-t-il.

— Un homme t'a poussé et tu es tombé.

— Quel homme ?

— C'est ce que nous aimerions savoir. »

Ignace le prit par l'épaule.

« Allez, maintenant essaie de te relever. »

Uberto recouvra progressivement l'équilibre et se redressa.

« Es-tu sûr que ça va ? lui demanda le marchand. Ta tête a pris un sacré coup.

— Tout va bien. Enfin, je crois. »

Le comte Scalò, resté jusque-là silencieux, s'avança. Toute jovialité avait quitté son visage, il semblait perturbé.

« Quelque chose te revient au sujet de l'homme qui t'a poussé ?

— Pas vraiment. (Uberto plissa le front, s'efforçant de se souvenir.) Il était vêtu de noir et fort comme un bœuf. Je ne l'ai pas vu de face.

— Souhaitons que Willalme ait eu plus de chance », espéra Ignace.

À ce moment-là, le Français fit son entrée dans la basilique, l'air contrarié. Il avança, levant les bras au ciel.

« Il s'est volatilisé comme un fantôme, grogna-t-il. Je regrette. »

Le marchand se rembrunit.

« Nous sommes dans un bien vilain pétrin. Qui pouvait être cet homme ? Comte, nourrissez-vous des soupçons ?

— Quelqu'un de mon rang a immanquablement des ennemis dont il doit se méfier. (Scalò se gratta la tête.) Mais je n'imagine personne pouvant porter quelque intérêt à ce dont nous parlions.

— C'est pourquoi nous devrons nous montrer prudents », ajouta Ignace, estimant qu'il serait peut-être plus sage d'abandonner l'entreprise naissante. (Mais l'*Uter Ventorum* et sa promesse d'un pouvoir et d'un savoir universels et infinis piquait maintenant son intérêt, et il allait retrouver Vivïen… Caressant sa barbe, il se tourna vers Uberto.) Quoi qu'il en soit, je

90

ne suis plus certain de vouloir t'emmener. La situation a changé, elle n'est plus aussi sûre que je le pensais.

— *Magister*, tu ne peux pas me tenir de telles paroles, se plaignit le garçon. J'ai vu plus de choses en deux jours que durant toute ma vie ! Je promets de ne pas te gêner, je t'en prie.

— Nous verrons. (Ignace le regarda, dubitatif, tandis que le mot *magister* résonnait dans son esprit, générant un malaise. Puis il se tourna vers Scalò.) J'accepte la mission. Mais il me reste à connaître le lieu où je dois rencontrer Vivïen de Narbonne. »

À ces mots, le comte retrouva toute sa belle humeur.

Il tira de sous son manteau une escarcelle sonnante et la tendit au marchand.

« Paiement en gros vénitiens, comme à l'accoutumée. Ceux-là maintenant, et le double à la livraison. (Avant de poursuivre, il s'assura que personne ne l'épiait alentour.) Le père Vivïen vous attend à l'abbaye bénédictine de Saint-Michel-de-la-Cluse, entre Turin et la Bourgogne. Soyez très prudent. »

Ignace hocha la tête et rangea l'argent dans sa besace. « Je sais où se trouve cet endroit. Je partirai dès demain. »

20

La nuit était tombée. Après un ennuyeux souper en compagnie de l'évêque et d'autres éminences, le comte Scalò voulut s'accorder quelques heures de distraction. Aux alentours de minuit, il monta sur sa gondole, drapé d'un manteau gris.

« En route, Gigin, conduis-moi où tu sais, ordonna-t-il. J'ai besoin de me changer les idées. »

Le nautonier lui adressa un petit sourire complice et commença à ramer.

La gondole quitta les canaux du Rialto, glissant entre les bancs de brume qui flottaient au fil de l'eau. Elle s'éloigna des quartiers nobles. Aux palais et aux ponts de pierre succédèrent peu après des bâtiments de bois et d'argile, des maisons de marchands, d'artisans et d'usuriers. Les cloches de Saint-Marc tintaient encore clairement, mais les torches le long des canaux commençaient déjà à se raréfier et à se noyer dans une obscurité de plus en plus dense, parfois inviolée.

L'embarcation fendit le rideau laiteux, laissant un filet d'eau frémissante dans son sillage. Elle accosta devant un palais d'où provenaient des musiques et des rires de jeunes filles. Le comte sortit de sa torpeur. Il attendit que la gondole s'immobilise, puis débarqua, dissimulant son visage dans son manteau.

« S'il te plaît, Gigin, patiente ici. »

Sans attendre de réponse, Scalò entra dans le bordel. Il traversa une petite antichambre et pénétra dans un salon aux murs rouges. L'odeur du vin se mêlait aux parfums des prostituées qui s'employaient à divertir les patriciens et les notables, assis autour des tables ou allongés sur des banquettes.

Il sentit son estomac se dénouer et toute la tension de la journée le quitter. Très vite, il fut libéré de ses soucis. Il ne pensait plus à l'homme en noir apparu dans la crypte de Saint-Marc. Après tout, qu'avait-il à craindre ? Il n'était pas un simple plébéien. Il était *avogador del Comun* ! Membre du Conseil des Quarante ! Une demi-douzaine de vassaux, établis dans les fiefs de Constantinople, lui devaient obéissance. Le doge lui-même le révérait.

Il pensa à Ignace de Tolède. D'ici quelques heures, le marchand prendrait la direction des Alpes, et bientôt l'*Uter Ventorum* lui reviendrait... Mais, pour l'heure, au diable les tracas, il était temps de s'amuser. Il jeta un œil autour de lui, tandis que ses appétits reprenaient le dessus.

Il traversa la salle avec une désinvolture croissante, reconnaissant quelques visages au passage. Il aperçut un neveu du doge et un riche seigneur vénitien, tous deux éméchés et dansant avec des filles à demi nues. Il les salua discrètement, et les deux hommes lui rendirent son salut d'un simple signe de tête. Ici, la coutume voulait que personne ne s'appelle par son nom.

Il les dépassa et gagna un fauteuil dans un coin tranquille de la salle. Aussitôt, deux prostituées vinrent se coller à ses côtés. Une brune et une blonde, extrêmement jeunes. Elles lui demandèrent laquelle il préférait ou s'il désirait se distraire avec les deux en même temps. Le comte rejeta la tête en arrière, sourit et déclara qu'avant de faire son choix, il désirait tâter la marchandise. Ce disant, il glissa ses mains sous leurs jupes et commença à les caresser... « Et aucune de vous ne m'apporte à boire ? Allons, ne disiez-vous pas vouloir vous occuper de moi ? »

À ce moment-là, une troisième femme apparut et lui porta aux lèvres un gobelet de vin. Son allure était raffinée, presque aristocratique. Mais ses yeux noirs et sa bouche charnue ne trahissaient que trop ses véritables talents. Elle était vêtue d'une robe couleur pourpre qui moulait ses hanches et lui descendait jusqu'aux pieds. Un profond décolleté exhibait la rondeur de ses seins.

La femme portait sur ses épaules une petite guenon noire, cadeau d'un marchand d'Alexandrie. Un présent exotique pour une enseignante d'amour. Elle sourit malicieusement. « Du vent, les filles ! Le seigneur est déjà occupé avec moi. »

Le gentilhomme invita d'un geste la nouvelle venue à prendre place à ses côtés.

« Altilia, tu ne permets à aucune femme de m'approcher. Pour un peu, je commencerais à croire que tu es jalouse.

— Si Votre Grâce n'apprécie pas ma présence, elle n'a qu'à le dire, lui susurra-t-elle à l'oreille, en l'effleurant de ses lèvres. Dans le cas contraire, je resterai, pour votre plus grand plaisir. »

Les deux putains capitulèrent et s'éloignèrent, en quête d'autre clientèle.

« Reste, Altilia. Tu sais bien que tu es ma préférée. (Le comte lui caressa le cou en ricanant.) Et puis, me voici esseulé. »

Elle retint sa main avant qu'elle ne glisse sur son sein.

« Pas ici, Mon Seigneur, soupira-t-elle. Suivez-moi dans un lieu plus retiré, de manière que je puisse vous satisfaire comme il se doit. (Elle passa sa langue sur ses lèvres avec gourmandise.) Ce soir, je suis en veine de fantaisies… »

Altilia l'aida à se lever et le conduisit à l'étage supérieur de la maison close. Ils passèrent devant des portes d'où provenaient des chuchotements, des petites voix et des gémissements de plaisir, puis entrèrent dans une chambre mal éclairée, imprégnée d'essences enivrantes.

Le comte s'installa au bord du lit. Les couvertures n'étaient pas défaites, comme c'était parfois le cas dans les bordels de périphérie, mais impeccables et parfumées, conformément aux habitudes des maisons de rendez-vous pour clients fortunés. Sacrebleu, il n'aurait certes pas couché là où venait de se vautrer un vilain !

Altilia laissa filer la guenon et dansa pour Scalò. L'animal grimpa sur un perchoir en bois et s'y pelotonna.

La putain porta ses mains à ses pieds, saisit les pans de sa robe et les souleva lentement, dévoilant lascivement ses chevilles, ses cuisses et son ventre. Lorsqu'elle fut nue, elle s'approcha du comte et s'assit sur ses genoux. L'homme fit glisser ses mains sur ses seins, puis sur ses hanches.

Altilia, servante et maîtresse, lui tendit une coupe de vin.

« Buvez, Mon Seigneur, buvez ! Que votre plaisir soit décuplé… »

Le comte prit la coupe, qu'il porta à ses lèvres et vida d'un trait, puis il la laissa choir à côté du lit. Il s'allongea, sans se soucier de l'arrière-goût légèrement amer au fond de sa gorge. Au-dessus de lui, Altilia lui ôtait ses braies avec un regard brûlant plein de promesses. Il ferma à demi les yeux, se délectant par avance des délices qui allaient suivre, mais soudain son excitation retomba. Ses membres se relâchèrent, se firent mous et insensibles, un étrange fourmillement envahit sa langue, et son esprit se troubla.

Déconcerté par ces curieuses sensations, le comte chercha une explication sur le visage de la putain. « Altilia… qu'est-ce qui m'arrive ? lui demanda-t-il. Que m'as-tu fait boire ? »

Mais Altilia, à califourchon sur lui, restait muette. Ses yeux noirs, cruels et sournois, le fixaient. Le comte n'eut d'autre choix que de les fixer à son tour ; il les vit rétrécir, rétrécir de plus en plus, jusqu'à disparaître dans les ténèbres de son inconscient.

Dehors, le corps de Gigin flottait, sans vie, près de la gondole.

21

Uberto reposait sur sa paillasse, dans la chambre d'un hôtel de Venise. Cette nuit-là, il ne parvenait décidément pas à fermer l'œil. Il incriminait l'espèce de stupeur dans laquelle il avait baigné depuis son départ. Le voyage avait chamboulé sa notion du temps : il ne savait plus quand manger ni dormir. C'était un phénomène habituel, lui avait assuré Ignace. Uberto avait grandi en passant ses journées au rythme de la vie monastique, articulée autour des offices du matin, de l'après-midi et du soir. C'était une question de temps, il s'habituerait.

À vrai dire, le garçon ne s'était toujours pas remis du traumatisme de sa mésaventure du matin. Il faudrait du temps – des jours – pour que la silhouette menaçante de l'homme en noir fonçant sur lui cesse de hanter ses nuits. Mais il n'avait pas osé en parler à Ignace, convaincu que le marchand n'aurait pas toléré ses lamentations et l'aurait renvoyé sans hésiter au monastère.

Il toussa. Sa poitrine meurtrie lui faisait encore mal et il peinait à respirer. Il n'avait rien dit à ce sujet non plus, ni à propos du gros hématome noir apparu sur son flanc. Il serra ses bras sur sa poitrine et s'efforça de dormir. Demain, il se sentirait mieux.

Avant de fermer les yeux, il observa ses compagnons. Willalme était plongé dans le sommeil mais, de temps à autre, il se tournait dans ses couvertures, probablement tourmenté par quelque mauvais rêve. Ignace, en revanche, restait immobile, recroquevillé sur le côté. Peut-être ne dormait-il pas non plus. Son corps dégageait une étrange tension, comme si un agrégat de pensées gravitait autour de lui.

Uberto repensa à la destination du voyage : l'abbaye Saint-Michel-de-la-Cluse, un monastère bénédictin juché sur un mont nommé « Pirchiriano », à un jour de marche de Turin. Malgré ses airs de forteresse, c'était une étape pour les pèlerins faisant route vers la France. Entre ses murs, logeaient plus de deux cents moines de nationalités différentes, notamment des Espagnols, des Bourguignons et des Italiens. Vivïen de Narbonne vivait parmi eux.

Il ne savait rien d'autre. Ce qui l'intriguait le plus, c'était le contenu du mystérieux livre.

« Est-ce un texte sacré ? avait-il demandé quelques heures plus tôt au marchand.

— Non, lui avait-il été répondu sèchement.

— Alors, de quoi s'agit-il ? » avait insisté le jeune homme.

Les yeux d'Ignace s'étaient étrécis, deux fentes vertes et intimidantes.

« De choses que tu ne pourrais pas comprendre. »

Uberto avait été déçu par cette réponse, mais le marchand n'était pas décidé à en révéler davantage.

La nuit vénitienne fut longue pour Uberto, l'insomniaque. Elle le fut plus encore pour le comte Enrico Scalò.

22

Le comte se réveilla en sursaut. Il aurait volontiers continué à dormir, s'il n'avait été assailli par de désagréables brûlures d'estomac. Il avait dû absorber une boisson frelatée avant de s'endormir. Hébété, il peinait à raisonner, à évoquer ses souvenirs. Ses membres étaient engourdis, comme restés trop longtemps dans une position peu naturelle.

Il tenta vainement d'ouvrir les yeux. Ils avaient été bandés, et ses mains étaient coincées, liées aux accoudoirs d'un fauteuil. Mais ce qui l'effraya le plus, ce furent ses pieds et ses jambes, immobilisés dans une sorte de cylindre métallique, qui s'élargissait à hauteur des genoux.

L'image d'une étrange botte de fer s'imposa à l'esprit du comte. Bien qu'il s'y efforçât, il ne parvenait pas à en comprendre l'utilité.

Ses brûlures d'estomac firent place à la nausée, engendrée par un sentiment d'impuissance. Le digne Enrico Scalò, *avogador* de Venise, fut pris de panique. Il sentit, humide et froide, l'odeur de moisissure. Il n'était pas dans son palais du Rialto, mais plus probablement dans un cachot. Un clapotis lointain parvint à ses oreilles. Il devait se trouver à proximité d'un quartier portuaire.

Tout à coup, il se souvint : on l'avait drogué ! C'était Altilia, la garce !

S'il l'avait eue à sa merci en cet instant…

Soudain, il entendit, en provenance d'une pièce contiguë, un bruit de pas se rapprocher. Puis… un grincement de gonds, et une porte s'ouvrit devant lui. Un courant d'air vicié le cingla au visage.

« C'est toi, Altilia ? » risqua le comte d'une voix mal assurée.

Les syllabes tintèrent comme des gouttes de stalactites dans une grotte calcaire.

La réponse jaillit des ténèbres, métallique : « Altilia n'est pas là. »

Scalò tressaillit et d'atroces fourmillements envahirent sa poitrine. « Qui êtes-vous ? » bredouilla-t-il.

Pas de réponse.

« Qu'attendez-vous de moi ? poursuivit le prisonnier, avant d'exploser : Je suis *avogador* de Venise, tonnerre de Dieu ! Vous ne pouvez me traiter ainsi ! »

Ses paroles se perdirent dans les ténèbres.

Brusquement, d'autres pas se firent entendre, une multitude de pas. De nombreuses personnes entrèrent, une dizaine, peut-être davantage. Quelles dimensions ce lieu pouvait-il avoir ? À en juger par le brouhaha, les personnes présentes s'installaient sur une rangée de chaises, comme dans une sorte de tribunal.

« Que se passe-t-il ? sursauta le comte.

— Vous êtes devant le Tribunal secret de la Sainte-Vehme. (C'était la voix qui lui avait parlé un instant plus tôt : un homme à l'accent slave.) Cette réunion a été organisée à votre intention.

La Sainte-Vehme ? rumina Scalò. Bien que membre du Conseil des Quarante, il n'avait que rarement entendu ce nom. Il savait qu'il désignait une congrégation d'origine germanique, composée de fanatiques prompts à condamner leur prochain au nom d'une foi dévoyée. Ils se faisaient appeler les « Francs-Juges » ou les « Illuminés ». Il n'en savait guère davantage et n'aurait jamais imaginé que certains d'entre eux puissent être installés à Venise.

« Libérez-moi ! grogna-t-il avec ce qu'il aurait voulu être de l'autorité. Savez-vous qui je suis ? Cette séquestration ne demeurera pas impunie.

— Cette nuit, vous êtes seul, Comte. Et dépourvu de tout privilège, avertit la voix. Vous êtes seul, devant *nous*. »

Scalò grinça des dents. Son autorité était remise en cause.

« Qu'attendez-vous de moi, peut-on savoir ?

— Qu'avez-vous dit ce matin à Ignace de Tolède ? demanda le Slave. Répondez, et il ne vous sera fait aucun mal.

— Ce ne sont pas vos affaires. (Le prisonnier agita ses mains ligotées.) Libérez-moi, bon Dieu ! Dans votre intérêt. »

Il n'y eut pas de réponse. Sans préavis, deux grosses mains s'emparèrent de ses cuisses et les écartèrent, de manière à créer un espace entre ses mollets prisonniers de la jambière métallique. Mais l'espace libre faisait justement défaut. On lui planta ensuite un pieu entre les genoux, qu'on ficha à travers la partie évasée de la botte et poussa vers le bas. L'écorce ligneuse racla la peau nue, l'éraflant jusqu'aux chevilles.

Le comte gémit en sentant un oppressant rétrécissement à l'intérieur de la botte. Il perçut un intense fourmillement dans les mollets. Ses jambes palpitèrent comme si ses veines, dans l'impossibilité de pomper le sang, étaient sur le point d'exploser. Le prisonnier tenta de bouger ses pieds mais comprit qu'il n'avait pas l'espace suffisant pour le faire.

Son orgueil blessé, ou peut-être le désespoir, lui donna le courage de protester :

« Vous n'êtes qu'une bande de lâches ! Je suis noble, bon sang ! Vous n'avez pas le droit de me tourmenter de la sorte !

— Vous feriez mieux de répondre, Comte, l'exhorta le Slave. Le temps nous est compté. Qu'avez-vous dit à Ignace de Tolède ?

— Je vous paierai grassement si vous me laissez filer, insista Scalò. La somme qu'il vous plaira. Je suis un homme extrêmement riche. »

Aucune réponse. On lui écarta de nouveau les cuisses, à grand-peine cette fois, et un deuxième pieu fut inséré entre ses genoux, toujours vers l'intérieur de la botte.

Le comte frémit. Que comptaient-ils faire ? Il n'était plus possible d'enfiler quoi que ce soit entre ses mollets. Il n'y avait plus de place. Et son tortionnaire dut s'en rendre compte, car il abandonna l'entreprise à mi-parcours.

Un nouveau bruit se fit entendre, un frottement métallique sur le parquet. S'ensuivit un déplacement d'air causé par un objet lourd, comme si quelqu'un brandissait une masse ou... un marteau. Au moment où ce mot fit mouche dans l'esprit du prisonnier, un coup alla frapper la partie supérieure du pieu, à l'entrée de la botte.

Le comte pencha son visage bandé en avant et vida ses poumons dans un cri déchirant. Puis il serra les dents, comme pour contenir sa douleur, et ce, avec une telle force qu'un filet de sang perla aux coins de sa bouche.

Se frayant un chemin entre la chair et les os, le piquet s'enfonça de plus d'un empan, écrasant et broyant tout ce qui entravait son passage.

Le supplice ne faisait que commencer. Scalò ne put voir le terrible marteau s'abattre une seconde fois, mais il en perçut le coup.

Le pieu s'enfonça plus profondément encore, réduisant tibias et talons en charpie. Un abominable gargouillement y répondit, et un flot de sang gicla hors de la botte de torture.

La souffrance fut telle que, si le comte en avait eu la possibilité, il n'aurait pas hésité à s'amputer lui-même de ses jambes pour s'en délivrer. Il réalisa qu'il avait uriné et déféqué sous lui, mais il était désormais au-delà de l'humiliation. D'intolérables et lancinantes douleurs lui remontaient des pieds jusqu'à l'aine, sans qu'il pût désormais précisément identifier où finissaient ses membres et où commençait la botte de torture.

Dénué de toute compassion, la voix du Slave le menaça :

« Parlez et vous en aurez terminé de ces souffrances.

— Je dirai tout ce que vous voudrez... »

Le halètement du prisonnier faisait penser au souffle d'un cheval au galop.

« Répondez donc, que savez-vous de l'*Uter Ventorum* ?

— Je sais simplement qu'il sert à invoquer les anges… Ces anges qui confièrent à l'homme un savoir occulte perdu depuis des siècles… dit le comte, sans même tenter de mentir.

— Comment le savez-vous ?

— Un certain Vivïen de Narbonne me l'a révélé… Il me l'a écrit dans une lettre, il y a quelques mois. »

Un brouhaha sourd s'éleva en arrière-fond du silence.

« Quelles sont vos relations avec cet homme ?

— Je ne le connais pas. C'est lui qui m'a contacté, qui a commencé à m'écrire…

— Et qu'attend de vous ce Vivïen de Narbonne ? Quel est le rôle d'Ignace de Tolède ?

— Vivïen souhaite que j'acquière le livre, l'*Uter Ventorum*. J'ai envoyé Ignace de Tolède à sa rencontre, pour qu'il l'achète à ma place… Ainsi en a décidé Vivïen de Narbonne. J'ignore pourquoi… »

Le brouhaha s'amplifia…

« Le marchand de Tolède a réapparu ! Il souhaite retrouver son compagnon ! Ils veulent s'enfuir avec le livre !

— Silence ! »

L'accent caverneux du Slave vibra dans la pièce.

« Où se cache Vivïen ? Parlez, Comte !

— Au monastère de Saint-Michel-de-la-Cluse », gémit Scalò suppliant.

La sueur brillait sur ses tempes et il les sentait battre désespérément. Il cesserait bientôt de souffrir, et il bénissait le Seigneur.

« Le jurez-vous sur votre honneur ? Sur votre vie ?

— Je le jure sur tout ce que vous voulez ! Saint-Michel-de-la-Cluse ! Maintenant, libérez mes jambes, je vous en conjure !

— À vos ordres, Comte, dit le Slave. Vous êtes au bout de vos souffrances. »

Scalò eut un sourire hébété, on lui retira son bandeau des yeux.

23

Willalme et Uberto embarquèrent à l'aube. Le vaisseau leva l'ancre, franchit le pont mobile du Rialto avec une nuée d'autres bateaux, et quitta Venise pour s'aventurer dans les eaux des affluents du Pô. Le marchand avait choisi cette embarcation, car elle était exempte de taxes et sans escale.

Uberto n'était jamais monté à bord d'un navire. Il errait sur le pont, jetant des regards curieux et écoutant le rude parler des marins.

« Où débarquons-nous ? demanda-t-il à Ignace, qui déambulait à ses côtés.

— Ce bateau emporte des cargaisons de sel à Pavie, répondit le marchand. Là, nous descendrons à terre, puis nous continuerons à cheval vers le nord-ouest, jusqu'à notre destination. »

Le garçon hocha la tête, le regard déjà tourné vers l'avant de l'embarcation. Là, se tenait Willalme, appuyé au bastingage. Il semblait triste, même si, par moments, son regard s'animait d'une rage soudaine, comme s'il était hanté par des souvenirs trop douloureux pour être réprimés.

Ignace devina les réflexions d'Uberto et posa sa main sur son épaule. « Un jour ou l'autre, il te racontera son histoire, dit-il. Alors, tu comprendras. »

Le garçon opina du chef et détourna son regard de Willalme, pour ne pas violer son recueillement. Il écouta un moment le gargouillis du fleuve, tandis que les rives verdoyantes défilaient sous ses yeux, puis pivota vers le marchand : « J'y ai pensé toute la nuit. Au livre, j'entends. Ne veux-tu vraiment rien me dire ? »

Un sourire furtif traversa le visage de l'homme.

« Ce sont des choses qui te dépassent, mon garçon. Pour l'instant, contente-toi de savoir qu'il s'agit d'un manuscrit infiniment rare et précieux, et tout aussi dangereux.

— S'il est vraiment si dangereux, peut-être vaudrait-il mieux en ignorer l'existence et le laisser où il se trouve.

— Il nous faut, au contraire, le récupérer coûte que coûte. Ses pages détiennent peut-être le secret de la véritable sagesse, le savoir ultime que seul Salomon a peut-être connu. Elles ne doivent pas tomber entre de mauvaises mains qui pourraient en faire un usage funeste. »

Uberto le toisa de biais : « Je croyais que la véritable sagesse résidait dans la Bible. »

D'un geste plein d'emphase, Ignace écarta les bras et fixa les nuages.

« Je parle d'un autre type de sagesse : celle des astronomes babyloniens, des Chaldéens et des mages persans. Un savoir qui pourrait révéler les mystères cachés au plus profond de notre âme.

— Tu fais allusion aux trois Rois mages ? »

Le marchand sourit. « Qui a dit que les mages étaient trois, et rois, de surcroît ? Les Évangiles n'en parlent pas. Les mages étaient douze sages habillés de blanc qui vivaient dans les montagnes pour observer les étoiles. Ils menaient une vie frugale. Le célèbre Zarathoustra fut leur prophète. »

Le garçon le regarda, sceptique.

« Personne ne m'en a jamais parlé. Comment savoir si cela est vrai ?

— Peut-être au cours de ce voyage auras-tu le loisir de le découvrir. (Ignace le fixa de ses yeux d'émeraude. Il ne voulait rien lui imposer, simplement éveiller sa curiosité. Il savait pertinemment qu'on ne peut enseigner la vérité : on ne peut que chercher à l'atteindre, l'acquérir au terme d'une quête individuelle, exigeante, patiente, et libérée des préjugés et du dogmatisme.) Les mages furent baptisés les « adorateurs du feu » car, au sommet de leurs temples, brillaient des feux mystérieux. C'étaient des hommes très sages et très puissants. (Il hésita un instant, puis ajouta :) Ils devaient leur sagesse à l'enseignement des entités célestes dont le secret s'est perdu.

— Je ne comprends pas. À quoi fais-tu référence ?

— Au mystère contenu dans l'*Uter Ventorum*. Tu auras maintenant compris que nous ne cherchons pas un simple livre, mais une porte d'accès à un monde perdu depuis des siècles, sinon des millénaires. (Après une brève réflexion, le marchand s'assombrit.) Un mystère que nous ne sommes pas les seuls à vouloir connaître : l'homme en noir, rencontré à Venise, est probablement guidé par les mêmes intérêts. Peut-être plus encore que nous. »

24

Le sourire ambré du matin colorait les toits de Venise, mais chez Henricus Teotonicus, l'obscurité régnait encore, prisonnière des lourdes tentures des fenêtres. Slawnik fut accueilli par un domestique tassé par le poids des ans, qui le pria d'attendre dans le cabinet de travail. Son maître venait de se réveiller, mais allait descendre sans tarder pour le recevoir.

Le cabinet était vaste, faiblement éclairé par la petite flamme d'un chandelier. L'écuyer se dirigea vers la lumière, avançant à tâtons parmi les objets dissimulés dans la pénombre. Il s'assit sur le rebord d'une table ronde, au milieu de la pièce, sans se donner la peine de se mettre à l'aise. Il pressa les bouts de ses doigts sur ses yeux, puis les porta à ses tempes. Il massa sa peau en mouvements circulaires, repensant, en même temps, aux événements des dernières heures.

Il serrait, dans sa main gauche, le bandeau qui avait été retiré des yeux d'Enrico Scalò. Il le contempla avec satisfaction, tel un trophée, puis son regard glissa vers son index, où scintillait une bague en or. Elle lui avait été offerte, bien des années plus tôt, par son père mourant. Elle portait, gravée, sur sa face une fleur de gentiane, emblème d'une famille bohême tombée en disgrâce.

Pendant des décennies, la ruine s'était abattue sur la dynastie de Slawnik, et pour tenter de redorer le blason de cette dernière, il s'était mis au service d'un homme extrêmement puissant. Son seigneur siégeait dans les hautes sphères d'une société secrète implantée sur l'ensemble du Saint-Empire romain. Et lui, en tant que son serviteur, avait été accueilli au sein de la même confrérie et s'était vu confier une charge importante. Il avait aussi appris à appeler son seigneur par le nom secret de « Dominus ».

Le Bohême entendit une porte grincer et aperçut la silhouette massive d'Henricus Teotonicus. Il le regarda traverser la pièce et s'installer derrière la table, l'air sérieux, à peine éclairé par la lueur du chandelier. C'était un gros homme, drapé dans une robe de chambre brodée de motifs orientaux, et sa tête en sueur était couronnée de touffes de cheveux roussâtres. Ses yeux gris, très étrécis, surplombaient des joues rebondies et un goître charnu. Slawnik l'avait toujours trouvé répugnant, bien qu'il fût un appui solide pour sa mission.

Henricus posa ses poings sur la table. Ses mains étaient si épaisses que les jointures en étaient creusées de petites fossettes. Avant de s'exprimer, il inspira profondément, avec difficulté. La graisse semblait écraser ses poumons.

« A-t-il parlé ? s'enquit-il, en regardant avec une inquiétude non dissimulée le bandeau que l'écuyer serrait entre ses doigts.

— Oui. (Slawnik lui décocha un sourire cruel.) Je sais enfin où se trouve l'*Uter Ventorum.* »

Effrayé par ce regard, Henricus battit en retraite et toussa nerveusement. Bien qu'il nourrît des ambitions cachées de commandement, il ne brûlait pas d'envie d'être mêlé à des interrogatoires sadiques.

« Qu'avez-vous l'intention de faire, à présent ?

— Suivre Ignace de Tolède et trouver le livre. Dominus souhaite l'avoir, à tout prix.

— Vous avez raison, Dominus doit être servi, haleta l'obèse. (Sa voix ressemblait à un râle.) Qui vous accompagnera ?

— J'irai seul. Je sais où trouver de l'aide au besoin. Prévenez les autres d'attendre ici, à Venise.

— Comptez sur moi. »

Henricus s'abstint de toute objection. Bien que l'homme qui se trouvait devant lui fût son inférieur par le grade et la lignée, il jouissait d'une autorité et d'une liberté d'action non négligeables. Dominus l'avait décidé ainsi : il freinait l'ambition des membres des classes supérieures. Mais les choses changeraient avec le temps, se dit Henricus. Il œuvrait déjà en ce sens...

« Je n'ai rien d'autre à vous rapporter, continua le Bohême. Occupez-vous maintenant de me faire transférer dans un lieu proche, d'où je puisse continuer à cheval, à l'écart des marais.

— Quand désirez-vous partir ?

— Sur-le-champ. (Slawnik, sur le point de se lever, se ravisa.) Je vous demanderai un dernier service. Avant de me mettre en route, j'aimerais savoir combien de navires ont déjà levé l'ancre, ou s'apprêtent à le faire, à destination des terres intérieures. Ignace de Tolède a probablement embarqué sur l'un d'eux. »

25

Au cinquième jour de navigation, peu avant midi, Ignace et Willalme se reposaient dans la cale tandis qu'Uberto se tenait appuyé à bâbord.

Remontant le fleuve à contre-courant, l'embarcation tressautait sans cesse et avait parfois tendance à tanguer vers l'avant. Le garçon, de plus en plus incommodé par ce mouvement, découvrait qu'il n'avait pas le pied marin. Son estomac suivait le rythme des balancements du navire, et chaque secousse lui occasionnait de nouvelles nausées. Par chance, le vent était favorable. Ils atteindraient bientôt la jonction du Tessin.

Uberto ressassait les paroles d'Ignace. Il ne pouvait s'empêcher de songer aux mages persans, à leurs cérémonies, célébrées dans les temples du feu, sur les monts d'Orient. Qu'avait voulu dire le marchand, en soutenant que leur sagesse provenait des entités célestes ? Pourquoi ne s'était-il pas exprimé plus clairement ?

Uberto n'avait toujours pas compris ce qu'Ignace attendait réellement de lui, et cela le préoccupait. Pour éviter d'y penser, il se pencha sur le bastingage et entreprit d'observer ce qui se passait sur les bords du fleuve. De petites scènes de vie champêtre défilaient sous ses yeux : des paysans donnaient la chasse à un sanglier, un bouvier menait ses bœufs à l'abreuvoir, des femmes lavaient du linge sur la rive, un troupeau de moutons paissait dans un pré, un berger somnolait à l'ombre d'un hêtre…

Il remarqua qu'un nombre croissant de bateaux côtoyait le leur. Pavie ne devait plus être loin.

Ignace venait de se réveiller. Il n'avait aucune idée de l'heure, ni du temps qu'il avait passé à dormir. Ses narines étaient saturées de l'odeur des résines tapissant la coque. Il se dirigea vers le pont et croisa Willalme, absorbé dans un jeu de dés avec les marins. Il ne l'avait pas vu sourire depuis bien longtemps. Il se souvint de leur rencontre, à bord d'un bateau croisé, au large de Saint-Jean-d'Acre. Il l'avait trouvé dans la cale, pendu au bout d'une corde, tel un animal agonisant. « Aide-moi », l'avait-il imploré d'un filet de voix. Et Ignace lui avait porté assistance, comme l'aurait fait à sa place Maynulfo de Silvacandida.

Revenant au présent, il s'achemina vers la poupe et trouva Uberto, à bâbord, près du gouvernail. Après l'incident de la basilique Saint-Marc, il aurait préféré le renvoyer chez lui, par mesure de sécurité, mais un doute l'assaillait. Le commanditaire de l'espion rencontré à Venise pouvait également surveiller le monastère de Santa Maria del Mare, être de mèche avec Rainerio de Fidenza et le mystérieux Scipio Lazarus. Auquel cas, en renvoyant le jeune homme, le marchand risquait de l'exposer à de graves dangers.

Mais poursuivre le voyage n'était guère plus raisonnable, car Ignace n'excluait pas que l'homme en noir se soit lancé à leur poursuite. Sans compter que cet individu avait réveillé de vieilles peurs en lui. Ce

113

poignard cruciforme… Cependant il n'était sûr de rien, n'ayant qu'entrevu l'arme.

Ignace s'efforça de cacher son angoisse. Il ne voulait pas qu'Uberto décèle son inquiétude. Il devait s'en tenir aux plans et se déplacer rapidement, sans attirer l'attention. Peut-être s'alarmait-il outre mesure.

Chassant ces pensées, il s'approcha du jeune garçon.

« Comment te sens-tu ?

— Mon estomac ne me laisse aucun répit.

— As-tu réussi à dormir ?

— Un peu.

— Détends-toi, nous arrivons. (Le marchand indiqua une basilique non loin.) Regarde. »

Peu après, le navire procédait aux manœuvres d'accostage.

La basilique San Pietro in Ciel d'Oro se dressait aux abords de Pavie. Uberto n'eut que peu de temps pour l'admirer, et fut déçu de devoir repartir sans pouvoir contempler ses fameux plafonds dorés qui lui avaient valu d'être nommée *ad cœlum aureum*.

Après avoir acheté trois chevaux, les voyageurs passèrent au trot devant la basilique. Tout en se débattant avec sa monture, Uberto en admira le portail. Il était surmonté d'une lunette, qui représentait un ange tenant entre ses mains une fleur et un globe et qu'entouraient deux suppliants, un paysan et un monarque.

Détachant ses yeux de la sculpture, le garçon remarqua que Willalme tenait son cheval par la bride.

« Garde tes pieds bien soudés aux étriers et ne tire pas par à-coups sur les rênes, lui recommanda le Français. Ainsi, le cheval cessera de faire des siennes. »

Uberto sourit et suivit le conseil.

Tous deux partirent au galop en direction de Turin.

26

Une semaine s'était écoulée depuis qu'Ignace avait quitté le monastère de Santa Maria del Mare. Rainerio de Fidenza avait vécu ces jours dans une profonde inquiétude, après ce qu'il avait découvert à son sujet. Non seulement Ignace était un nécromant, un adorateur du diable, mais un hérétique l'accompagnait ! Qu'on lui dise ce qu'on voudra, ce Willalme de Béziers exhalait l'odeur putride et nauséabonde du cathare.

La question, pour l'heure, était de savoir ce qu'un noble vénitien tel qu'Enrico Scalò pouvait avoir de commun avec des ribauds de cette espèce. Rainerio supposa qu'Ignace l'avait abusé en lui faisant miroiter Dieu sait quelle camelote. Ou, pire encore, il complotait pour répandre le germe de l'hérésie parmi les hauts rangs du Rialto.

Bien qu'il fût certain d'avoir découvert la corruption d'Ignace, Rainerio ne parvenait pas à étancher sa jalousie. Pourquoi Maynulfo l'avait-il tant aimé, au point d'être le dépositaire de son secret ? Et, ce secret, était-il caché dans la malle ou ailleurs, dans l'enceinte du monastère ?

Après avoir lu la lettre adressée par le comte Scalò au marchand, Rainerio avait immédiatement écrit au recteur de l'église des Saints-Cosma-et-Damiano de l'île de Murano, près de Venise, pour le prier de lui organiser une rencontre avec le comte. Il tenait à le mettre en garde au sujet d'Ignace. Et, dans le cas où il essuierait un refus ou un traitement hostile de Scalò, il tenterait malgré tout d'obtenir d'autres informations sur le marchand pour les communiquer à son bienfaiteur, Scipio Lazarus.

Quelques jours plus tard, la réponse du recteur de l'église de Murano arriva, et son contenu dépassait ses plus sombres attentes. Rainerio lut et relut ces lignes en plissant le front. La lettre disait qu'il ne serait plus possible de s'entretenir avec le comte Scalò, car il avait été retrouvé, à l'aube du lundi précédent, pendu au mât d'un navire, les jambes broyées.

Un terrible drame. On n'avait pas retrouvé le coupable de ce crime, mais un marin jurait sur les reliques de saint Marc avoir assisté à la pendaison : elle était l'œuvre d'un groupe d'hommes en noir, aux visages masqués. Le marin avait tenté de porter secours à la victime, mais on l'avait sommé de déguerpir, sous peine de connaître le même sort.

Rainerio froissa la lettre, passablement irrité. La coïncidence de la rencontre entre Scalò et Ignace était trop évidente pour être fortuite. Assassin ! Cet Espagnol était également un assassin ! Il devait immédiatement en informer Scipio Lazarus. Lui saurait quoi faire.

Après s'être emparé fébrilement de l'encrier et du parchemin, Rainerio commença à écrire. Et tout en

116

alignant ses mots, il pensait au long trajet qu'allait parcourir cette lettre. Depuis un certain temps déjà, Scipio Lazarus ne se trouvait plus au couvent dominicain de Bologne, mais à Toulouse, en l'église Saint-Romain.

Il l'avait rencontré en l'an 1210 du Seigneur, aux premiers jours de janvier, il venait de neiger. Rainerio attendait au sein du cloître de San Niccolò, emmitouflé dans un manteau de laine brute. Scipio Lazarus était sorti de l'ombre des arcades, voûté, le visage couvert de son capuchon. Rainerio savait peu de choses à son sujet. On disait qu'il avait été l'un des premiers religieux à embrasser le mouvement dominicain, sur les traces de frère Dominique de Guzmán. Il semblait jouir d'amitiés très influentes, tant auprès de la curie romaine qu'à l'étranger.

« Êtes-vous Rainerio de Fidenza ? lui avait demandé Scipio Lazarus.

— Oui, mon père. Quelle est la raison de cette convocation ? »

À ces mots, l'individu avait relevé son capuchon, dévoilant un visage atrocement défiguré par d'horribles cicatrices. Rainerio se souvint avec embarras avoir eu le mouvement de recul d'un enfant apeuré. Il n'avait d'ailleurs jamais rien vu de tel avant ce jour, et pensait ne jamais rien voir de pire.

« N'ayez pas peur de mon apparence. (De honte, Scipio Lazarus avait détourné le regard. Il savait pertinemment qu'il était repoussant.) Je souhaitais vous rencontrer. Je sais que vous aspirez au titre d'abbé.

— Comment le savez-vous ?

— Je suis en mesure de vous offrir cette charge, avait poursuivi Scipio Lazarus, ignorant la question. Je connais un monastère sur l'Adriatique, suffisamment riche, administré par un très vieil abbé… Il me suffira de vous faire transférer là-bas, où vous patienterez jusqu'à son décès… qui ne saurait tarder. Je me chargerai ensuite de favoriser votre succession.

— Vous me flattez, mais pourquoi souhaitez-vous m'aider ? Je ne vous connais pas, et je n'ai rien à vous offrir en échange de pareilles promesses.

— Je vous demanderai bien peu en échange : votre concours pour résoudre une affaire épineuse qui me tient particulièrement à cœur.

— Expliquez-vous…

— Je suis à la recherche d'informations concernant un marchand espagnol, qui est en relation avec le monastère dans lequel je propose de vous établir comme abbé, et où, tôt ou tard, il retournera. Je vous demande d'enquêter à son sujet, et de me rapporter ce que vous découvrirez. »

Rainerio n'avait pas vu là un bien grand sacrifice.

« S'il ne s'agit que de cela, je m'en chargerai avec joie, avait-il répondu, sans y réfléchir à deux fois. Comment s'appelle l'homme sur qui je dois enquêter ?

— Ignace de Tolède. »

Scipio Lazarus avait égrené les syllabes comme s'il crachait des graviers.

Dès lors, la vie de Rainerio s'était déroulée sans anicroche. Sur la recommandation de Scipio Lazarus, il avait immédiatement été transféré au monastère de Santa Maria del Mare et, quelques années plus tard, avait succédé à Maynulfo de Silvacandida en qualité d'abbé, suscitant la déception de frères bien plus méritants.

Le moment était venu pour Rainerio de payer son bienfaiteur de retour, de lui révéler ce qu'il avait découvert au sujet du marchand de Tolède, après toutes ces années de patiente attente.

27

Le voyage jusqu'à Turin dura quatre jours. La compagnie d'Ignace avait cheminé sans perdre de temps, s'arrêtant chaque nuit dans des hospices pour pèlerins. Ce faisant, ils avaient réussi à se restaurer et à dormir avec une certaine régularité.

Ayant quitté l'enceinte de Turin, ils remontèrent la Doire Ripaire jusqu'aux sentiers du val de Suse. Là, ils trouvèrent quantité d'hôtelleries, de tavernes, mais aussi de granges, bondées de pèlerins en provenance de la Via Francigena ; ils durent donc dormir à la belle étoile, au pied du mont Pirchiriano. Le lendemain, en quelques heures, ils atteindraient l'abbaye de Saint-Michel-de-la-Cluse.

Ils allumèrent un feu, mangèrent de la viande séchée et du pain rassis, puis se couchèrent devant les braises.

Uberto était épuisé, mais heureux. Le marchand lui avait promis qu'au retour ils voyageraient plus tranquillement, et qu'il lui permettrait de visiter les villes qu'ils avaient laissées derrière eux. Il inspira profondément. L'air, différent de celui des lagunes où il avait grandi, plus léger, chargé d'une odeur de résine et d'aiguilles de pin, lui chatouillait les narines.

Il songea un instant au mystère qui les attendait à Saint-Michel-de-la-Cluse, puis il ferma les yeux et s'endormit.

Le jour n'était pas encore levé quand il ouvrit l'œil. Un bruit de pas sur l'herbe l'avait réveillé : quelque chose remuait près de lui. Il leva la tête et regarda alentour, somnolant. À la lumière éthérée de la lune, il distingua une masse poilue, recroquevillée à ses pieds. Il se frotta les yeux pour mieux voir. La bête était trop grosse pour être un sanglier.

Brusquement, la créature réalisa qu'elle était observée, laissa choir le sac qu'elle fouillait et s'approcha du jeune garçon. Elle avait un visage humain, mais son corps était entièrement recouvert de fourrure.

Uberto ouvrit la bouche, mais aucun son n'en sortit. Il se rappela l'image d'un monstre, vue un jour dans un bestiaire. Il s'efforça encore de crier, et cette fois y parvint. « *Homo lupus !* » s'exclama-t-il, gesticulant pour tenir la créature à distance.

Réveillé par ce cri d'alerte, Willalme sauta sur ses pieds et regarda en direction d'Uberto. Dans l'obscurité, il distingua un brigand recouvert d'une peau de loup qui menaçait le garçon. Il tenta d'intervenir, en vain : un deuxième brigand le surprit par-derrière, lui ceignant la poitrine de ses bras. Il serrait fort, mais le Français parvint à se dégager. Il porta ses mains à son flanc gauche, empoigna son cimeterre et le dégaina d'un coup sec. Là-dessus, il enfonça le pommeau dans le ventre de son agresseur, qui accusa le coup et s'écroula avec un grognement. C'était un énergumène vêtu de haillons.

Entre-temps, Ignace s'était levé et avait attrapé son bourdon. Il s'apprêtait à voler au secours d'Uberto, mais Willalme fut plus rapide : il tourna sur lui-même avec l'agilité d'un chat, et alla frapper l'homme-loup en pleine face, du plat de son épée. Un an plus tôt, il l'aurait décapité, en faisant vibrer sa lame, mais le marchand lui avait appris à respecter la vie d'autrui. Le lascar tomba à la renverse, saignant abondamment du nez.

Le Français revint vers l'autre brigand, celui qui l'avait agressé de dos. Comme l'homme se relevait, il le repoussa d'un coup de pied à l'abdomen et lui pointa le cimeterre sur la gorge. « Bande de bâtards ! rugit-il. Fichez le camp ou je vous saigne comme des gorets ! »

Uberto observait l'épée du Français. C'était un sabre recourbé, plus petit que les espadons des chevaliers chrétiens. Il n'avait jamais vu qu'il la portait.

Les menaces du Français et les coups d'Ignace incitèrent les deux brigands à s'enfuir. Les deux lascars se traînèrent péniblement en direction de la vallée, plongeant tels des animaux sauvages dans les buissons. Le marchand les suivit du regard jusqu'à ce qu'ils disparaissent au milieu des arbustes. « Si nous ne nous étions pas avisés de la présence de ces deux-là, ils nous auraient volé les chevaux et nos provisions. Sans compter qu'ils auraient pu nous tuer pendant notre sommeil. »

Willalme se tourna vers l'orient.

« Filons, il n'est guère prudent de rester ici. Et puis, le jour est levé maintenant. »

Uberto regarda vers le nord, étudiant la dernière partie du chemin qui les attendait. En haut du mont Pirchiriano, se profilait la silhouette de Saint-Michel-de-la-Cluse.

Ils rassemblèrent rapidement leurs maigres bagages et se mirent en route.

28

Sous un soleil de plus en plus aveuglant, Ignace allait en tête, sur les parois rocheuses.

Encore troublé par l'incident survenu quelques heures plus tôt, Uberto chevauchait derrière lui, aux côtés de Willalme. Ces brigands lui avaient flanqué une sacrée frousse. « Je n'ai jamais vu d'épée comme la tienne », dit-il au Français.

Sortant de son mutisme habituel, Willalme lui sourit.

« C'est un cimeterre. Les guerriers maures en font usage. (Et ce disant, il sortit l'arme du fourreau dissimulé sous son manteau. La lame présentait des bigarrures allant en s'estompant de la nervure à la partie tranchante.) Elle est forgée en acier de Damas, introuvable en Occident.

— Où as-tu appris à te battre ? demanda Uberto, étonné d'avoir réussi à faire parler son compagnon et, qui plus est, à l'avoir mis de bonne humeur.

— Sur un bateau de pirates », répondit Willalme, avec un clin d'œil.

Le garçon, visiblement impressionné, l'observa un moment. Quel homme mystérieux ! Peut-être plus encore que le marchand. Il faisait penser à un noble chevalier, avec ses longs cheveux blonds et son regard déterminé.

*
* *

La voix d'Ignace se fit entendre. « Le voilà enfin », annonça-t-il, pointant l'index vers le haut.

Uberto regarda devant lui et vit, non loin, un imposant mur d'enceinte. Derrière les remparts, se dressait le monastère de Saint-Michel-de-la-Cluse, géant de pierre étouffé par une forêt de bâtiments blottis tout autour. Dans son ensemble, la structure paraissait déséquilibrée, et c'était compréhensible, car elle n'avait certainement pas été facile à construire, ainsi à flanc de précipice.

Les trois compagnons prirent place derrière une file de pèlerins, agglutinés devant la grille d'enceinte, et attendirent de pouvoir entrer.

Ayant franchi les fortifications extérieures, ils eurent l'impression de pénétrer dans le bourg d'un château. Les rues étaient fréquentées par une multitude de moines, de marchands et de vilains.

Leurs chevaux confiés aux bons soins d'un palefrenier, ils s'acheminèrent à pied vers le monastère. Pour la première fois de leur périple, le visage du marchand trahissait clairement son impatience.

Ignace s'approcha d'un groupe de moines, les salua respectueusement et leur demanda où trouver le père Vivïen de Narbonne. À cette question, les bénédictins se consultèrent les uns les autres. S'avança alors le plus âgé, un homme décharné, au profil d'ascète. Et, passant ses doigts sur ses joues creusées par le jeûne, il répondit : « Nous ne le connaissons pas. Mais cela peut se comprendre, tant de moines résident ici. Demandez au vieux cellérier, le père Geraldo de Pignerol. Il vit ici depuis fort longtemps et connaît tous les membres de la communauté. À cette heure, vous le trouverez près de l'entrée du monastère. »

Le marchand remercia, esquissant un salut. Les moines le bénirent et s'éloignèrent.

Les trois compagnons prirent la direction du monastère, empruntant un escalier creusé dans la roche. Ils arrivèrent sur un terrain herbeux, jonché de pierres, à quelques enjambées duquel se dressait le temple de Saint-Michel Archange. Ils s'arrêtèrent devant l'entrée, ornée de magnifiques bas-reliefs zodiacaux.

« Ce portail a été sculpté il y a presque un siècle », déclara une voix rocailleuse qui les prit de court.

Ignace, Uberto et Willalme se tournèrent de concert. Un vieux moine, de petite taille, aux yeux vifs et au visage parcheminé leur faisait face.

Le vieillard poursuivit son discours.

« N'est-il pas magnifique, ce portail ? Je m'arrête chaque jour pour le contempler. Son auteur fut un certain Nicholaus, qui ornementa également la cathédrale de Ferrare. Pour la plupart des gens, il était espagnol, mais je le crois originaire du Languedoc. Peut-être cathare, lui aussi. (Il ricana de sa bouche édentée.)

— Seriez-vous, par hasard, le père Geraldo de Pignerol ? lui demanda Ignace.

— En effet, c'est moi. Que puis-je pour vous, vénérables pèlerins ?

— Nous cherchons un moine répondant au nom de Vivïen de Narbonne…

— Vivïen de Narbonne ? (Le visage de Geraldo s'assombrit et il regarda attentivement les trois étrangers.) Qui êtes-vous pour le chercher ? s'enquit-il, d'une voix inquiète qui fit trembler sa longue barbe blanche.

— Nous sommes ses amis, répondit le marchand, dérouté par la réaction du vieil homme. Il nous a écrit une lettre il y a quelques mois et nous sommes venus jusqu'ici pour le voir.

— Impossible ! s'exclama le moine horrifié. Vivïen de Narbonne est mort depuis treize ans. »

29

Slawnik chevauchait depuis deux semaines environ. Il ne s'était accordé que peu de haltes, pour manger et reposer son destrier. Ses genoux et son aine le faisaient souffrir, et il ressentait un picotement irritant dans le bas du dos. Ses yeux se fermaient tout seuls à cause de la fatigue. Il se savait presque à destination et décida de faire halte près d'un groupe de masures.

Il mit pied à terre, attacha son cheval à une clôture et se rinça le visage dans un abreuvoir. L'eau fraîche le revigora. La lumière de la mi-journée filtrait des montagnes, éclairant les versants et les sentiers du val de Suse. Quelque part, par-delà la chaîne rocheuse, Dominus attendait ses nouvelles avec impatience.

Le marchand devait, à son départ, avoir environ un jour d'avance sur lui. Il les avait rattrapés, se dit le Bohême, contemplant les sommets qui brillaient au soleil comme des lames de cobalt.

Derrière lui, un bruit de pas assourdi se fit entendre dans l'herbe.

Slawnik se tourna brusquement, la main sur le poignard, mais se retrouva face à un enfant blond au visage crasseux. Il le fixait, immobile et silencieux, probablement intrigué par son allure imposante. Le Bohême lui lança un regard sévère, mais pas menaçant. Il lui fit penser à lui, lorsqu'il était enfant et qu'il ne connaissait pas encore la violence des armes.

« J'ai faim. Dis à ton père de m'apporter à manger », lui ordonna-t-il, ses iris de glace déjà dirigés ailleurs.

L'enfant ne sembla pas s'effrayer. « Mon père est mort l'hiver dernier », grommela-t-il, sans détacher son regard du cavalier noir.

Son père à lui aussi était mort, songea Slawnik. Il y avait tant d'années, et depuis lors il se sentait seul. « Comment est-ce arrivé ? » demanda-t-il, sans montrer trop d'intérêt.

Le petit masqua ses émotions derrière une moue courroucée.

« Les brigands l'ont tué.

— Alors, c'est toi qui me porteras à manger », conclut le Bohême, posant ses mains gantées sur ses genoux.

Sans répondre, l'enfant se précipita dans une masure en face de l'étable. Peu après, il en ressortit, une écuelle de soupe de seigle et un quignon de pain dans les mains. Une jeune femme avec un châle noir apparut à la fenêtre. Belle, mais le visage pâle, creusé par la douleur et l'angoisse.

Slawnik s'empara de la nourriture sans remercier. Il mangea en silence, sans cesser de regarder l'enfant. Son repas terminé, il rendit l'écuelle, monta en selle et dit : « Grandis, deviens fort et venge ton père. Tue-les tous, sans pitié. »

Il talonna son cheval et partit au galop.

L'enfant resta immobile, l'écuelle entre les mains, à l'observer tandis qu'il s'éloignait.

Slawnik prenait la direction de Saint-Michel-de-la-Cluse. Il n'était plus très loin.

30

Ignace restait hébété devant la trogne flétrie de père
Geraldo. La phrase résonnait dans sa tête – « Vivïen
de Narbonne est mort depuis treize ans ! » – sans qu'il
lui trouve d'explication logique. Les regards ébahis
d'Uberto et de Willalme trahissaient la même déception.

Tout semblait s'écrouler. Si Vivïen était mort, qui
avait donc contacté le comte Scalò en son nom ? Et
comment expliquer le pendentif ? Le marchand fut pris
de vertige, puis se reprit. Il procéda par déduction : soit
le père Geraldo mentait, soit quelqu'un le manipulait.

Il fit signe à ses compagnons de garder leur calme,
puis se tourna vers le moine :

« Le connaissiez-vous ?

— Nous étions amis, répondit Geraldo, surpris par
le changement de ton de son interlocuteur.

— Êtes-vous sûr qu'il est mort ?

— Je l'ai vu tomber avec son cheval du flanc de la
montagne. J'ai entendu les cris jusque dans la vallée.
Je suis on ne peut plus sûr. »

Ignace s'abstint de répondre. Il percevait dans les
paroles du vieil homme quelque chose d'étrange. Du

ressentiment, mais aussi de la peur. Il lui cachait quelque chose.

« Révérend Père, vous souvenez-vous de l'endroit où il vivait ? Où se trouvait son logement ? Si cela ne vous dérange pas, j'aimerais le visiter… »

Geraldo croisa les bras.

« Les cellules des moines sont interdites aux pèlerins.

— Écoutez, insista le marchand. Vivïen possédait un ouvrage précieux qu'il avait promis de m'offrir, et j'aurais plaisir à le récupérer en souvenir de lui. J'en appelle à l'hospitalité bénédictine… Et, naturellement, je compenserai cette faveur par une offrande. »

Pour donner plus de poids à ses paroles, il glissa sa main dans sa besace et fit tinter les pièces de son escarcelle.

Le moine plongea ses mains dans la broussaille de sa barbe blanche.

« D'après moi, Vivïen n'a rien laissé de la sorte, mais nous pouvons tenter notre chance. Peut-être ma mémoire me joue-t-elle des tours. (Il soupira, conciliant.) Venez, suivez-moi dans les quartiers des frères. Veillez toutefois à ne pas faire de bruit, ne troublez pas leur recueillement. »

Geraldo les conduisit à un grand bâtiment contigu au monastère. Ils parcoururent un dédale de couloirs faiblement éclairés, chargés d'une puissante odeur d'encens et de cire fondue qui contrastait avec l'air pur de l'extérieur.

Malgré les murmures qu'on devinait derrière les portes closes, il régnait surtout un calme inquiétant, un étrange sentiment de vide. Uberto frissonna. Willalme s'en aperçut et lui donna une petite tape sur la joue.

« Nous y voilà. (Geraldo ouvrit une porte.) Voici la cellule de Vivïen, plus personne ne l'occupe. De grotesques rumeurs circulent à son sujet... (Il sourit, embarrassé.) Les moines sont plus impressionnables que les enfants. »

Ils entrèrent. La pièce, exiguë et nue, ne contenait qu'une paillasse et une armoire couverte de poussière. Ignace s'avança, ouvrit les portes en grand et examina le contenu : un encrier sec, une lampe à huile avec une mèche de lin brûlée, quelques palimpsestes, un livre de psaumes et une paire de sandales usées.

Sur la dernière étagère du bas, se trouvait un volume dont le marchand s'empara. Il le feuilleta plein d'espoir. Il était écrit en arabe. Il lut quelques mots, vérifia le titre sur le frontispice puis, déçu, le rejeta dans l'armoire.

« Ce n'est pas ce que je cherche. C'est le *Liber scalarum*.

— Qu'est-ce que le *Liber scalarum* ? demanda Uberto, devançant Geraldo.

— Il relate le voyage de Mahomet guidé par l'archange Gabriel, répondit Ignace. D'après ce livre, le prophète visita les enfers et les cieux. Malheureusement, ce n'est pas le texte que nous cherchons. »

Le moine ne put réprimer une moue incrédule et réprobatrice.

« Je ne pensais pas que Vivïen s'adonnait à de pareilles lectures. »

Vous n'avez encore rien vu, s'abstint de lui répondre le marchand, qui se mit en quête d'indices. Assurément, si l'*Uter Ventorum* s'était un jour trouvé dans cette pièce, il n'y était plus.

L'œil d'Ignace s'arrêta soudain sur une petite icône en bois accrochée au mur, au-dessus de la paillasse.

Elle représentait, dans un style byzantin, un personnage à tête de chien, vêtu d'une tunique orientale, les mains jointes en un geste de prière.

« Je n'ai aucun souvenir de cette icône, déclara Geraldo.

— C'est saint Christophe, le protecteur des pèlerins, commenta Ignace.

— Vraiment ? intervint Uberto. Pourquoi a-t-il une tête de chien ?

— Peut-être parce que l'on raconte qu'avant de se convertir au christianisme, Christophe était un mangeur d'hommes. En Égypte, il est aussi assimilé à Anubis, le dieu de la Mort. »

Le marchand avait l'intuition que ce Christophe Anubis pouvait représenter bien plus qu'il n'en avait l'air. Peut-être était-ce un indice laissé sciemment. Il s'approcha de l'icône et la détacha du mur, pour l'étudier de plus près.

Il vit alors qu'au verso avait été gravée une phrase en latin.

LEGITE IN MEO SEPVLCRO QVOD SCRIPSI IN VITA MEA

Ignace s'autorisa un sourire de triomphe et traduisit : « Lisez sur mon tombeau ce que j'ai écrit au cours de ma vie. » Son visage arborait une expression impénétrable. « Père Geraldo, dit-il alors, je dois vous demander un dernier service. Menez-moi sur la tombe de Vivïen de Narbonne. »

Le moine ne pouvait pas refuser d'accéder à cette requête.

Geraldo, Ignace et ses compagnons parvinrent à un vaste espace à ciel ouvert, délimité par une muraille circulaire.

« C'est le cimetière des moines, expliqua le vieil homme. (Après s'être signé, il traversa ce lieu désert et s'arrêta devant un crucifix en bois.) Voici la tombe de Vivïen de Narbonne. Mais son corps ne repose pas ici. On ne l'a jamais retrouvé après sa chute dans le précipice. Priez pour lui, si vous le souhaitez. Je vous attends à l'entrée. »

Geraldo s'éloigna du tombeau, les mains jointes. Il était las de cette étrange histoire.

« Que fait-on ici ? (Willalme regarda le marchand.) Que cherches-tu au milieu des morts ? »

Ignorant la question, Ignace inspecta chaque recoin de la croix tombale. Sur le devant, on avait simplement gravé le nom du défunt. Il fit le tour de la croix et se pencha dessus. Ses pupilles semblèrent se dilater.

« Voilà, je le savais ! jubila-t-il soudain. Vivïen n'est pas mort : il a laissé un indice crypté. Sacré moine ! »

Les mots *VTER VENTORVM* avaient été gravés sur la surface boisée. Et sous l'inscription, figurait un graffiti assez sommaire : au centre, un homme portant une grande outre, et quatre anges l'entourant, soufflant dans sa direction ; le vent sortait de leurs bouches sous forme de traits incurvés, grossièrement gravés, et convergeant vers l'outre.

« On dirait une représentation des quatre vents qui soufflent des points cardinaux, fit observer Uberto.

— Je crois plutôt que ce sont les "entités célestes" des mages dont je t'ai parlé, dit Ignace, insondable. Mais maintenant, regarde plus bas. »

Sous le dessin, ils découvrirent une succession de lettres, dont le sens leur échappait.

« Qu'est-ce que c'est ? demanda le jeune garçon.

— Un cryptogramme. Nous le déchiffrerons plus tard. Vite, recopie-le, et sans erreur surtout. »

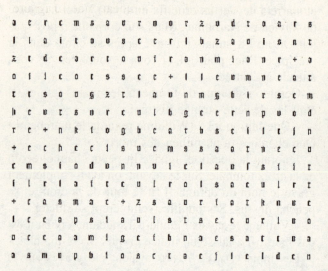

Uberto s'exécuta. Il sortit de sa besace son diptyque à surfaces de cire, et se mit à l'œuvre. Il était intrigué par la signification de ces lettres, mais la transcription monopolisait toute sa concentration.

Ignace passa sa main sur la gravure de la croix.

« Elle a été réalisée récemment. Il y a moins d'un an, dit-il, se tournant vers Willalme. Ces incisions nous le prouvent : elles ne sont pas altérées par les intempéries comme l'inscription du nom de l'autre côté. Personne n'a encore dû s'apercevoir de son existence. » Il concentra son attention sur le mystérieux crypto-gramme.

Uberto referma le diptyque et le remit dans sa besace.

« J'ai terminé.

— Parfait. Partons d'ici. (Le marchand lança un dernier regard en direction du tombeau vide.) J'ignore pourquoi, mais je ne me sens pas en sécurité entre ces murs. »

31

Un peu plus d'une heure s'était écoulée depuis la visite d'Ignace et ses compagnons, quand un étranger se présenta devant le père Geraldo de Pignerol. Le vieil homme, qui venait juste de terminer l'inspection quotidienne de la réserve, s'accordait un moment de repos au soleil, face au monastère.

« *Dilectissime Padre*, pardonnez-moi », dit l'étranger, esquissant une révérence, qui trahit une certaine rigidité dans ses mouvements.

« Je vous écoute, mon fils. » Geraldo observa l'individu drapé de noir, le visage à peine visible sous son capuchon. De prime abord, il le prit pour un moine errant puis, regardant vers le bas, il découvrit des jambières de cuir et des éperons du plus bel effet, dépassant de sa cape. Il changea d'avis. Ce type n'était pas un religieux, encore moins un voyageur sans le sou.

« Je cherche trois pèlerins arrivés ici récemment. Des moines prétendent qu'ils se sont entretenus avec vous aujourd'hui même, en fin de matinée.

— C'est vrai, mais ils sont déjà repartis. Vous arrivez trop tard. »

À ces mots, l'étranger croisa ses bras sur sa poitrine, comme s'il s'efforçait de contenir sa rage.

« À dire vrai, ce n'est pas eux que je cherche, mais un moine. Le père Vivïen de Narbonne. »

Encore cette histoire ! se lamenta Geraldo en son for intérieur, mais il tenta aussitôt de se calmer. Contrairement aux précédents visiteurs, cet étranger avait un aspect inquiétant. Était-ce du fait de son accent slave, de son ton péremptoire, ou de son imposante stature ? Le vieil homme ne se sentait pas rassuré. « Ainsi que je l'ai déjà expliqué à ceux qui vous ont précédé, Vivïen de Narbonne est décédé il y a fort longtemps », déclara-t-il, en entremêlant nerveusement ses doigts dans sa barbe blanche.

L'homme resta un moment silencieux. Sa cape noire parut trembler.

« Ont-ils emporté quelque chose ? » demanda-t-il enfin.

Son ton avait changé, se faisait inquisiteur.

« Non. (Geraldo recula.) Ils sont simplement allés visiter sa tombe. Rien d'autre.

— Menez-moi jusqu'à cette tombe », ordonna l'étranger.

Le moine acquiesça, baissa humblement la tête et le conduisit au cimetière.

Tout en marchant, Slawnik lançait des regards furieux autour de lui, la rage au cœur. Vivïen de Narbonne, mort ! Quelqu'un se faisait-il passer pour lui, ou le comte Scalò avait-il menti ? L'affaire se compliquait. *Le livre a probablement été enfoui dans la tombe*, se dit-il. Sans doute, Ignace de Tolède l'avait-il déjà trouvé. Pourquoi sinon se serait-il si peu attardé à Saint-Michel-de-la-Cluse ? Et il avait perdu sa trace ! Quoi qu'il en soit, il devait procéder à quelques vérifications. Et puis, ce Geraldo de Pignerol cachait quelque chose. Peut-être même était-il de mèche avec le marchand.

« Voici la tombe de Vivïen », annonça enfin le moine.

Le Bohême regarda dans la direction indiquée. La terre n'avait pas été remuée, et il n'y avait aucun signe de violation. Juste un crucifix en bois. Il eut soudain le sentiment de se trouver dans une impasse. Quelqu'un semblait s'être joué de lui. La mission était compromise. Dominus ne le lui pardonnerait jamais !

Dans un brusque accès de colère, Slawnik empoigna le moine par la barbe et le fixa d'un regard glacé. « Tu mens ! lui siffla-t-il au visage. Que t'a dit le marchand de Tolède ? Révèle-moi ce que tu caches ou je te tue ! »

Terrorisé, Geraldo en appela à la pitié avec des gestes des mains tremblants.

« Au nom de Jésus-Christ… glapit-il. Je ne sais rien… Croyez-moi… »

Le Bohême lut sur ce visage décrépit la sincérité du désespoir. Il n'obtiendrait rien de cette façon. En proie à une colère plus grande encore, il projeta le vieil homme contre la tombe de Vivïen. Sous l'impact de la chute, la croix se déterra, soulevant une nuée de terre brune.

Slawnik dégaina son épée et la brandit, dévoré par la flamme de son courroux. Le moine trouva la force de ramasser la croix et de la placer devant lui pour se protéger.

Le Bohême s'apprêtait déjà à frapper, mais, brusquement, il se figea, apercevant l'inscription sur la croix. Il déchiffra avec satisfaction : « *VTER VEN-TORVM.* » Il arracha la croix des mains du vieillard, sectionna d'un coup de lame la partie portant l'inscription et la glissa sous sa tunique. Il avait ce qu'il désirait. Geraldo, recroquevillé sur le sol et tremblant comme une feuille, ne l'intéressait plus.

En tournant les talons, prêt à partir, il vit un novice s'enfuir du cimetière. Il avait probablement surpris la scène et devait aller chercher du secours. La situation n'était plus sûre. Saint-Michel-de-la-Cluse était doté d'une garde réputée. Pour avoir brutalisé un vieux moine, il ne s'en sortirait pas sans dommage.

Il sortit à grandes enjambées du cimetière, résolu à retrouver sa monture au plus vite. Il gagna les écuries au pas de course, pourchassé par des cris de plus en plus proches. Soudain, un garde surgit devant lui et tenta de l'embrocher avec une lance. Le Bohême, qui brandissait encore son épée, esquiva une estocade, avança brusquement et porta un coup au flanc de l'ennemi. Le garde s'écroula, les mains plaquées sur sa blessure.

Slawnik monta en selle, talonna son cheval, et s'élança au galop vers la sortie. Gardes, moines et pèlerins s'écartèrent pour éviter de se faire piétiner. C'est alors qu'une flèche siffla au-dessus de sa tête, lancée par l'un des archers postés sur les remparts. Une seconde flèche vibra dans l'air et Slawnik fut transpercé en pleine poitrine.

Le cheval sembla ressentir la douleur de son cavalier ; il hennit et s'arrêta brutalement.

Slawnik porta la main à sa blessure, sous sa tunique en cuir. La flèche s'était fichée dans le bois de la croix et l'avait traversé, perforant le tissu du pourpoint et la chair. Il perdait du sang.

Il s'apprêtait à repartir au galop, mais un petit groupe de gardes l'avait déjà encerclé. Pas effrayé le moins du monde, il cabra son cheval. Les hommes reculèrent, et certains, heurtés par les sabots de l'animal, furent projetés à terre. Le cavalier noir brandit alors son épée, la fit tournoyer et en assena un coup violent sur la tête d'un soldat, fracassant sa cervelière. L'homme s'écroula comme un sac vide, lui laissant le champ libre.

Le destrier, devenu comme fou, bondit en avant et s'extirpa de la mêlée.

Slawnik pencha la tête et gagna les remparts, aussi rapide que l'éclair. Les flèches des archers le dardaient, mais ils ne parvinrent pas à l'atteindre une seconde fois. Il franchit le portail avant qu'il ne se referme.

Il était sauvé, désormais hors des murs de Saint-Michel-de-la-Cluse.

32

Ignace, Uberto et Willalme s'étaient réfugiés dans une taverne, non loin de Saint-Michel-de-la-Cluse. Ils n'avaient pas jugé bon de rester dans l'enceinte du monastère : si Vivïen de Narbonne avait préféré se faire passer pour mort, il avait certainement une bonne raison.

« Nous cherchions un moine avec un livre, et nous avons trouvé un message crypté… » Assis autour d'une table en bois, Uberto interrogeait du regard ses compagnons. Son visage était marqué par la fatigue et l'appréhension.

« Cette histoire est vraiment insensée.

— Peut-être Vivïen de Narbonne se sentait-il en danger, supposa Willalme, et s'est-il enfui ?

— À cause d'un livre ? Cela ne te semble pas excessif ?

— Comme je l'ai déjà expliqué, intervint le marchand, certains livres peuvent se révéler extrêmement dangereux et susciter bien des convoitises, tout particulièrement celui dont nous cherchons à retrouver la trace. »

Uberto le dévisagea avec perplexité. « Tu crois que Vivïen a été menacé ? »

Ignace détourna le regard, feignant de suivre les va-et-vient de l'aubergiste entre les tables de la taverne.

« Je n'en sais rien, mais il agit vraisemblablement de manière préméditée. Il a fui pour se cacher, lui et l'*Uter Ventorum*. Il souhaite que nous le retrouvions. Il doit avoir compris que *d'autres personnes* s'intéressaient au livre, et il a pris peur. L'homme en noir qui nous a espionnés à Venise est peut-être l'une d'*elles*. »

Personne ne sut que répondre à ces lugubres paroles. Les trois hommes se dévisagèrent dans un silence pesant.

« Il faut déchiffrer le message de la croix, rappela Willalme.

— Nous le ferons plus tard, répondit le marchand. Restaurons-nous d'abord. Nous avons besoin de reprendre des forces. »

Entre-temps, un rôti de cerf et un pichet d'hydromel leur avaient été servis.

Une heure plus tard, la taverne était déserte, à l'exception de l'aubergiste et de quelques domestiques qui s'affairaient. À l'intérieur, on n'entendait que le crépitement du feu ; à l'extérieur, le bruissement des feuilles et des hululements tout proches.

Après le repas, Ignace demanda à un serviteur de débarrasser la table et d'apporter un chandelier, car les torches sur les murs commençaient à faiblir.

Lorsque les trois compagnons furent à nouveau seuls, Uberto fouilla dans sa besace, en sortit le dip-tyque et l'ouvrit à la lumière de la chandelle.

« Pas si près du feu ! le sermonna Ignace. Tu veux faire fondre la cire des tablettes ! »

Le garçon, pris en faute, s'empressa de ramener la tablette vers lui.

« L'inscription est incompréhensible, grommela-t-il. Est-elle écrite dans un alphabet secret ?

— Non, répliqua le marchand. C'est un code inventé par Vivïen. Il y recourait pour crypter les messages importants de ses lettres.

— Comment fonctionne-t-il ?

— Comme sur un échiquier, où les cases blanches alternent avec les cases noires. Ce message fonctionne de la même manière. Regarde bien… »

Ignace s'empara du diptyque et souligna alternativement les lettres du message.

```
a c r c m s a v r n o r z v d t o a r s
l l a i r o v s e r l b z a y i s n r
z t d e a r r o y i r a n m i a n r t a
o i l c o i s s c c + l l c v m n c a l
r t s o v g z t l a v n m g b i r s c m
h e v r s n r c v l b g e e r n p v o d
r e t n k i o g h e a r h s c i l r j n
+ e c h e c l s v e m s s a a t n e c v
c m s i o d v n n v i c l a v f s i i t
i l r l a i t c v l r o l s a c v l r r
t c a s m a c + z s a v r i a r k n y e
l c c a p s i a v l s r s c c y r l v o
v c e a a m l g e i b n a e s a t t y a
a s m v p b i o s c t a c j l c l d c n
```

L'opération terminée, l'homme rendit la tablette à Uberto. « Recopie les lettres soulignées sur ces feuilles »,

145

lui ordonna-t-il en lui tendant une plume d'oie et une liasse vierge de parchemins reliés.

Le jeune homme s'exécuta sous les yeux de Willalme, stupéfait. Ce garçon, si jeune et si inexpérimenté savait écrire ! Pour lui, quasiment analphabète, emprisonner les mots dans des petites barres d'encre relevait de la magie.

Uberto arriva au terme de son exercice, mais ne parvenait toujours pas à comprendre. De quelle langue s'agissait-il ? Certainement pas du latin.

```
armarozdor
liosclzvst
zdatvrnin+
ictsclemet
tsvzlvmbre
etnelgenvd
r+kobabelj
ehcsesatev
csovnilvsi
lliclosclt
+amezarakv
casaltevlo
vealebastv
svbocajedn
```

« De l'arabe ? suggéra le garçon, qui n'en avait jamais vu.

— C'est un deuxième message codé, le corrigea le marchand, examinant le document. (Il paraissait dérouté.) Je ne m'attendais pas à une chose pareille, confessa-t-il.

— Que veux-tu dire ?

— Jusqu'ici, Vivïen n'avait jamais eu recours à ce genre d'expédients. Il se contentait autrefois d'entremêler les phrases en alternant les lettres, mais de toute évidence nous sommes face à un nouveau casse-tête.

— Peut-être faut-il résoudre le cryptogramme d'une manière différente… supposa Uberto.

— Ce n'est pas certain. »

Ignace fixa son attention sur la première ligne de la transcription : *a r m a r o z d o r*. Loin d'être dénuées de sens, comme il l'avait d'abord cru, il réalisa qu'elles contenaient un nom ! Encouragé par sa découverte, il passa à la ligne suivante, mais elle s'avéra indéchiffrable. Dans la troisième, il réussit à repérer des mots. Il eut alors une intuition et revint à la deuxième ligne, cette fois en la lisant de droite à gauche. Il rumina une suite de syllabes à voix basse, tandis que ses compagnons l'observaient avec une curiosité croissante.

« J'ai compris ! s'exclama-t-il, tout à coup. Le texte se présente en boustrophédon.

— En boustrophédon ? (Uberto le regarda, stupéfait.) C'est la première fois que j'entends ce mot. »

Ignace s'autorisa un petit sourire victorieux.

« Le terme vient du grec, et signifie "en tournant à la manière des bœufs". (Ses interlocuteurs n'ayant pas l'air de comprendre, il donna de plus amples explications.) Pendant le labour, les bœufs tirent le soc, traçant un sillon d'abord de gauche à droite, puis de droite à gauche. Vivïen a écrit le texte en recourant au même expédient, et c'est ainsi que nous devons le lire.

— Incroyable… » murmura Willalme.

Le marchand prit la plume et la liasse de parchemins, et transcrivit d'une main assurée le message occulté par le chiffrage.

« Il s'agit de quatre phrases, séparées par le même nombre de croix, révéla-t-il. Il n'y a plus qu'à les transcrire de manière intelligible. »

```
armarozdor
tsvzlesoil
zdatvrnin+
temelestei
tsvzlvmbre
dvneglente
r+kobabelj
vetaseschc
csovnilvsi
tlesoleill
+amezarakv
olvetlasac
vealebastv
ndejacobvs
```

Et c'est ce qu'il fit.

```
armarozdortsvzlesoilzdatvrnin
temelesteitsvzlvmbredvneglenter
kobabeljvetaseschecsovnilvsitlesoleill
amezarakvolvetlasacvealebastvndejacobvs
```

« Ce n'est pas du latin, observa Uberto.

— Non, mais c'est une langue qui en est proche, dit le marchand. Soyez attentifs à ce que je vais lire. Naturellement la graphie du *v* équivaut à celle du *u*. »

148

Armaroz dort suz les oilz d'Aturnin
Temel esteit suz l'umbre d'un eglenter
Kobabel jüeit as eschecs ou n'i lusit le soleill
Amezarak volvet la sa cue a le bastun de Jacobus

Uberto écoutait, de plus en plus fasciné. Ces phrases avaient la sonorité des dialectes français.

« C'est du provençal, la langue des troubadours », précisa le marchand.

Willalme, qui connaissait bien cette langue, traduisit après avoir écouté.

Armaros dort sous les yeux d'Aturnin
Tamiel se tient à l'ombre d'un rosier
Kokabiel joue aux échecs où ne brille pas le soleil
Amazarak enroule sa queue autour du bâton de Jacobus

« C'est une énigme ! s'exclama Uberto, amusé. Si je ne me trompe, *Aturnin* est une autre façon de nommer saint Saturnin. »

Ignace hocha la tête puis porta à ses lèvres un gobelet d'hydromel.

« Mais j'ignore qui sont, ou ce que sont, Armaros, Tamiel, Kokabiel et Amazarak, poursuivit le garçon.

— Ce sont des anges, révéla le marchand, et pas n'importe lesquels.

— Des anges… répondit en écho Uberto. C'est donc à eux que tu te référais lorsque tu parlais des "entités célestes" des mages ? »

Ignace poursuivit son explication :

« Ces noms apparaissent dans le *Livre d'Hénoch*, et désignent certains des anges rebelles descendus sur la Terre en même temps que Lucifer.

« — En somme, ce sont des démons ! s'effaroucha Uberto. Voilà ce que tu cherches ? Un livre sur les démons ! »

Le marchand l'invita à se calmer, mais le garçon bondit sur ses pieds, le visage en feu.

« Je ne veux plus t'aider dans cette recherche !

— Tu ne comprends pas. »

Ignace le saisit par un poignet, l'obligeant à se rasseoir. Sa pression était ferme et délicate à la fois. Ce geste, plus encore que les paroles qui suivirent, apaisa le garçon. « La question n'est pas tant de savoir *qui* sont ces quatre anges, mais *ce qu'ils représentent.* »

Uberto, réalisant qu'il s'était comporté comme un enfant épouvanté, en éprouva de la honte.

« Tu veux dire qu'il s'agit de symboles ?

— Bien plus encore. Selon le *Livre d'Hénoch*, les anges déchus ont transmis aux hommes les fondements de la magie et des connaissances. Armaros leur enseigna les sortilèges, Tamiel l'astrologie, Kokabiel la lecture des astres, et Amazarak les vertus des racines. »

Willalme se fit songeur.

« Reste à savoir, quel lien ont ces anges avec l'*Uter Ventorum.*

— Nous les avons déjà rencontrés, ces anges, assura le marchand. À Saint-Michel-de-la-Cluse, dessinés sur la croix de Vivïen. Vous souvenez-vous ? Ils étaient quatre, comme les vents cardinaux, et ils soufflaient dans l'outre.

— Oui, l'outre au centre du dessin… (Les yeux d'Uberto s'illuminèrent.) L'*Uter Ventorum*, l'outre des vents ! »

Ignace acquiesça.

« Le livre doit probablement son nom au fait qu'il renferme le souffle magique des quatre anges, et ce souffle n'est autre que leur enseignement.

— Quatre vents, poursuivit Uberto, ou quatre sciences hermétiques.

— Mais aussi quatre parties du livre, compléta le marchand. Quatre chapitres, quatre thèses.

— Pourquoi l'avoir spécifié à travers une énigme ? demanda Willalme. Quelle utilité, pour nous, de savoir que le livre comporte quatre parties ? »

Ignace méditait sur les paroles du Français tout en examinant attentivement l'énigme.

« C'est vrai, finit-il par concéder. Cela n'a aucun sens d'élaborer un cryptogramme aussi complexe, simplement pour décrire la structure d'un livre. Le texte que nous avons sous les yeux doit avoir un tout autre dessein… Mes amis, je pense qu'il nous indique le lieu où est caché l'*Uter Ventorum*… (Il hésita un moment, puis esquissa un sourire malicieux.) Vivïen a dû imaginer ce stratagème pour révéler que le livre a été séparé en quatre parties, qu'il a cachées en plusieurs lieux.

— Quels lieux ? » demanda Uberto.

Le marchand haussa les épaules, comme s'il s'apprêtait à énoncer une évidence.

« Le premier est Toulouse.

— En es-tu sûr ?

— Tu l'as cité toi-même, il y a un instant : saint Saturnin, ou plutôt, saint Sernin. Le patron de Toulouse.

— Bon sang ! Tu as raison ! s'exclama l'adolescent. C'est pourquoi, en écrivant "Armaros dort sous les yeux de saint Saturnin", Vivïen entend nous dire que la première partie du livre, celle qui traite des sortilèges, se cache dans la cathédrale saint Sernin de Toulouse.

— Il semblerait… (Ignace s'abandonna contre le dossier en bois.) Nous n'avons plus qu'à aller le vérifier.

— Et le reste de l'énigme ? intervint Willalme.

— Un pas à la fois, suggéra Ignace. Et je soupçonne le chiffrage de receler d'autres secrets. »

33

Au beau milieu de la nuit, un cavalier descendit dans la vallée, le long de la Doire Ripaire, et se glissa parmi les ombres du sous-bois pour atteindre une *mansio* fortifiée. Il contempla le bâtiment en pierre et en bois, dominé par deux tours arborant le blason des Chevaliers de Saint-Jean-de-Jérusalem, une grande croix rouge entourée de quatre croix plus petites.

Slawnik y trouverait assistance, car des émissaires de la Sainte-Vehme, fidèles à Dominus, vivaient secrètement en ce lieu. Rasséréné, il gagna l'entrée de l'enceinte extérieure, et fit halte devant trois gardes rassemblés autour d'un feu.

L'un d'eux se leva à contrecœur. Il portait un casque conique avec nasal, un uniforme blanc sans manches descendant jusqu'aux pieds, et une lance avec une pointe en feuille de saule. S'approchant de l'étranger, il l'éclaira de sa torche.

« Qui êtes-vous ? »

L'inconnu baissa son capuchon, découvrant son visage pâle comme un linge.

« Je cherche un asile pour la nuit. On m'a dit qu'ici vous accueillez les pèlerins.

— C'est le cas, en effet. (Le soldat remarqua les yeux fiévreux de l'étranger. Il hésita un instant, puis ajouta :) Vous ne vous sentez pas bien... Vous êtes blessé ?

— J'ai seulement besoin de repos », éluda Slawnik en inspirant profondément pour dominer son extrême fatigue.

Le solda l'observa attentivement. Ce n'était pas un simple pèlerin, ni même un homme d'Église. Peut-être s'agissait-il d'un mercenaire rejoignant le Languedoc pour s'engager dans la croisade contre les Albigeois. On en voyait passer pas mal ces temps derniers.

« Descendez de cheval, Messire », lui intima-t-il selon l'usage.

Comme le Bohème s'apprêtait à mettre pied à terre, ses genoux se dérobèrent et il s'effondra dans l'herbe, exténué. Le destrier hennit, comme soulagé d'être enfin délivré de son fardeau.

Le soldat se pencha sur lui, le croyant mort, et détailla le visage pâle perlant de sueur. L'homme était vivant mais brûlant de fièvre. Le soldat porta sa main sur le torse du voyageur et le découvrit couvert de sang. Alors il remarqua un accroc dans sa tunique en cuir et un bout de bois sortant de sa chair.

« Il est blessé ! s'exclama-t-il à l'intention de ses frères d'armes.

— Qu'est-ce qui se passe ? s'enquirent ces derniers, restés recroquevillés devant le feu.

— Misère, dépêchez-vous ! Il a une flèche plantée dans la poitrine ! »

TROISIÈME PARTIE

La marque de Tamiel

« Il faut savoir que la lune est comme le messager des étoiles : en fait, elle transmet leurs vertus de l'une à l'autre. »

Albumasar, *Libri mysteriorum*, II, 202.

34

Une main maternelle sur le front. Des senteurs délicates. Un fredonnement de berceuse…

Slawnik sortit d'un profond sommeil. Il était couché sur un grabat, dans une petite chambre baignée de soleil et revêtue de bois. Des couvertures montait le parfum des fleurs qui jonchaient les forêts de Bohême.

Il se redressa au bord de la paillasse, la tête remplie de souvenirs et du sourire de sa mère. Mais l'élancement soudain dans sa poitrine fit s'évanouir ces douces réminiscences comme des papillons emportés par le vent.

Il porta sa main droite à sa blessure et s'aperçut qu'elle avait été pansée.

Qui s'était occupé de lui ? Qui donc l'avait déposé sur ce grabat ?

En tentant de remettre ses idées en ordre, les événements de Saint-Michel-de-la-Cluse lui revinrent en mémoire. Le morceau de la croix de Vivïen qui avait retenu la flèche lui avait sauvé la vie. Un véritable miracle.

Il réalisa alors qu'il était torse nu. Où était passé ce bout de bois ?

Il se leva et chercha dans la chambre. Pendant un instant, il se sentit perdu, puis il trouva ses vêtements pliés et posés sur une chaise. Il regarda le sol et poussa un soupir de soulagement. Au pied du lit, on avait déposé son épée, ses jambières… et le morceau de croix avec l'inscription. Il ne l'avait pas égaré.

Toutefois, quelle ne fut sa déconvenue : la flèche, en transperçant le bois, en avait fendu la surface. Le début du cryptogramme était devenu illisible !

Le Bohême pesta, les veines du cou gonflées par la rage. Il était sur le point d'exploser de colère, lorsqu'un bruit de pas se fit entendre derrière la porte. Il s'exhorta au calme. Il regarda la porte s'ouvrir, le visage encore défait.

Entra un petit bout de femme aux cheveux blancs rassemblés sur la nuque. Slawnik la transperça d'un regard mauvais puis, se rendant compte qu'elle ne représentait aucune menace, revint à des sentiments meilleurs. C'était probablement elle qui l'avait soigné.

« Je vois que vous avez repris des forces, Messire, constata-t-elle d'un ton jovial. Vous n'avez pas idée de la souffrance que ça a été ! Vous avez déliré deux jours durant. »

Le visage du Bohême se crispa en une grimace de contrariété. Il avait donc dormi deux jours !

La petite femme ne lui laissa pas le temps de répondre. Se hissant sur la pointe des pieds, elle lui toucha le front.

« La fièvre est tombée, dit-elle. (Elle s'approcha ensuite du grabat et réordonna les couvertures.) J'imagine que vous êtes affamé. Je vous apporte quelque chose ? demanda-t-elle, en arrangeant le traversin avec de rapides gestes énergiques.

— Je préfère manger en bas, à l'auberge. Il y a bien une auberge ici, n'est-ce pas ?

— Oui. Si vous vous en sentez la force, c'est parfait. Mais ne vous fatiguez pas trop, lui recommanda-t-elle, comme si elle s'adressait à un enfant.

— Ça me regarde », grommela le Bohême, un peu gêné.

Avec un haussement d'épaules, la petite femme jeta un dernier coup d'œil au lit refait, puis se dirigea vers la sortie.

« Ne touchez pas au pansement pendant quelques jours. Vos vêtements, comme vous pouvez le constater, sont sur la chaise. J'ai pris la liberté de les laver et de les raccommoder. »

Il lui fit signe d'attendre, mais elle était déjà sortie. Peu habitué à exprimer sa reconnaissance, les mots de gratitude, qu'il considérait comme de la sensiblerie, lui restèrent coincées dans la gorge.

Après s'être habillé, il descendit à l'auberge et s'assit à une table libre.

L'odeur de la nourriture lui ouvrit l'appétit. Il commanda à manger et regarda autour de lui. L'établissement était bondé de visages inconnus – des pèlerins et des soldats penchés sur leurs écuelles.

Nonchalamment, Slawnik retira le poignard en forme de croix de sa ceinture et le planta au milieu de la table. C'était le signal. Quelqu'un se tourna vers lui, sans toutefois sembler s'en soucier.

On ne tarda pas à lui servir du vin et du lièvre rôti, qu'il dévora.

Deux individus se levèrent d'un coin dans la pénombre, traversèrent la salle et vinrent s'asseoir en face de lui. Sans être de sa belle corpulence, ils étaient tout de même robustes. Ils l'étudièrent en silence, puis sortirent et déposèrent à leur tour leurs poignards – cruciformes comme le sien.

« Je savais que vous vous cachiez ici, mais je n'étais pas sûr de vous trouver. (Slawnik les jaugea du regard, sans pour autant cesser de déchiqueter à belles dents un morceau de viande qu'il mastiqua avec satisfaction.) J'ai besoin de vous, dit-il enfin.

— Pour le compte de qui ? demanda l'un d'eux, faisant glisser sa main droite sur le manche de son épée.

— Dominus. »

Le nom tomba comme une pierre dans un étang. Puis il y eut un silence.

Les deux hommes parurent se détendre et esquissèrent un signe d'allégeance.

« Nous offrons nos services. Comment pouvons-nous nous rendre utiles ?

— Je suis sur les traces de l'*Uter Ventorum*, à deux doigts de l'avoir retrouvé, expliqua le Bohême, prenant une gorgée de vin dans une fiasque de céramique.

— Le livre qui renferme le Secret des Anges ? (Slawnik hocha la tête.) On le disait disparu. »

Le Bohême tira le bout de croix de sa tunique et le posa sur la table, sous le nez de ses interlocuteurs, qui l'examinèrent avec la même respectueuse admiration que s'il s'agissait d'une relique.

« Qu'y a-t-il d'écrit dessus ? demanda l'un des hommes.

— Je crois que seul Dominus serait en mesure de le déchiffrer. (Le Bohême récupéra l'objet et le remit sous ses vêtements.) Je dois le rejoindre. Il est

160

actuellement à Toulouse, sous une fausse identité. (Il se tut un instant, comme honteux de devoir solliciter de l'aide, puis reprit :) Des complications pourraient surgir : trois hommes sont sur les traces du livre et ils ont deux jours d'avance sur nous. Après avoir consulté Dominus, nous déciderons quoi faire. (Les deux hommes opinèrent du bonnet.) Une dernière chose, ajouta Slawnik.

— Nous sommes vos serviteurs...

— Si vous entravez mes plans, de quelque manière que ce soit, je vous tue de mes propres mains. »

35

La traversée des Alpes fut une entreprise particulièrement éprouvante. La compagnie d'Ignace dut cheminer à pied une bonne partie du trajet, pour guider les chevaux sur le terrain accidenté.

« L'hiver, on avance plus mal encore, expliqua le marchand. Lorsque neige et glace recouvrent les sentiers, les montagnards recourent à une méthode pour conduire les pèlerins dans la vallée : ils les font s'allonger sur des peaux de bêtes et les tirent. De temps à autre, l'un d'entre eux glisse et va s'échouer dans un ravin...

— Et les chevaux ? demanda Uberto. Comment font-ils ?

— Ils les tirent de la même façon, pauvres bêtes », répondit Ignace en souriant.

Ils poussèrent ensuite vers l'ouest en s'enfonçant dans un bois épais. Ils franchirent le Rhône, près d'Avignon, par le pont de Saint-Bénezet, et suivirent le cours du fleuve en direction de la mer. Dix jours après leur départ de Saint-Michel-de-la-Cluse, ils passaient la nuit dans un hospice des environs de Nîmes.

Chemin faisant, Uberto s'était acclimaté aux douces terres du Languedoc, où le parfum des vignobles se mêlait à la brise marine. Il était surtout intrigué par la façon de parler des gens, si différente du latin et des dialectes italiens. Souvent, après avoir entendu un mot ou une expression particulière, il essayait de les répéter et en demandait la signification à Willalme.

Ignace se réjouissait de l'enthousiasme du jeune garçon mais, en son for intérieur, cachait son angoisse. Il manquait encore tant de pièces pour élucider cette énigme. Il ne savait rien de ce qu'il était advenu de Vivïen, ni de la vie qu'il avait menée durant toutes ces années. Avait-il, comme lui, continué à se cacher ? Était-il parvenu à échapper à la Sainte-Vehme ? Par ailleurs, il ne comprenait pas pourquoi il se faisait passer pour mort, laissant derrière lui de fausses pistes et d'obscurs cryptogrammes. Enfin, la véritable nature de l'*Uter Ventorum*, l'enjeu, et surtout le pouvoir qu'il pouvait offrir, lui échappaient.

Rongé par l'inquiétude, le marchand regarda devant lui, et vit Willalme et Uberto adossés à la véranda de l'hospice, baignés par la rougeur du coucher de soleil. Il ne voulait pas que le jeune garçon coure de risques. À aucun prix.

Soudain, surgit, dans son esprit, un visage de femme. Un visage magnifique, qu'il avait aimé et continuait à aimer éperdument.

« Sibilla… » murmura-t-il.

Je m'emploie à tout arranger, ma chérie, songea-t-il. *J'espère te serrer bientôt à nouveau dans mes bras.*

À quelques pas du marchand, Uberto et Willalme contemplaient le coucher de soleil sur les coteaux. Les couleurs flamboyantes caressaient leurs visages, les réchauffant d'une douce chaleur.

Uberto désigna à son compagnon le marchand assis loin d'eux, sur une chaise en osier.

« Il a l'air mélancolique, ce soir, dit-il.

— Ça lui arrive quand il pense à sa terre et à sa famille, lui confia le Français.

— Il n'en parle jamais.

— Il préfère qu'il en soit ainsi.

— J'ignore ce que signifie avoir une famille… des parents. (Une lueur de désespoir traversa les yeux d'Uberto.) Ma seule famille fut la communauté de Santa Maria del Mare. Mais je me suis toujours senti différent des moines.

— Mon père était menuisier, déclara Willalme, ses yeux bleus fixés sur le coucher de soleil. Je me souviens de ses puissantes mains rugueuses, griffées par les échardes. Il était grand et robuste, tout le monde le respectait. Ma mère, en revanche, était une femme frêle et blonde, comme ma sœur.

— Où sont-ils maintenant ? »

Le Français baissa les yeux, s'efforçant de dissimuler une douleur profonde.

« En juillet 1209, le pape Innocent III et Arnaud Amaury, l'abbé de Cîteaux, ont décidé de détruire ma ville natale, Béziers. Lorsque cet événement se produisit, je ne savais même pas en quelle année nous étions. Je l'ai appris plus tard, dit-il, éludant un instant la question d'Uberto. Béziers est proche d'ici, non loin de la mer. Ils prétendirent que la ville était pleine d'hérétiques… Que la détruire serait une sainte

164

entreprise, digne des chevaliers de la Croix. J'ignore s'ils avaient raison, je n'avais que treize ans. Mais je suis sûr d'une chose : ni ma famille ni moi-même n'étions des hérétiques, et nous ne connaissions même pas le sens des mots "albigeois" ou "cathare". »

Uberto le regarda, étonné.

« Les croisés répondirent à l'appel du pape, soupira Willalme. C'était, pour la plupart, des chevaliers du nord de la France, certains sous le commandement du comte Simon de Montfort. Et ils assiégèrent Béziers. »

Willalme poursuivit son récit. Il expliqua à Uberto que les troupes de Béziers s'étaient opposées aux envahisseurs, mais que les croisés avaient eu le dessus. Ensuite, ils s'étaient livrés au pillage au cours duquel de nombreux habitants avaient trouvé la mort, en tentant de se protéger ou de sauver leurs biens. Certains avaient tout simplement été passés au fil de l'épée, d'autres avaient été contraints de marcher sur des charbons ardents. À la fin, on avait mis le feu à la ville.

Le visage du Français se contracta en une expression de hargne.

« Pendant le siège, nombre de survivants se réfugièrent dans l'église Sainte-Marie-Madeleine. Des hommes, des femmes et des enfants, protestants ou catholiques, tous semblablement terrorisés. J'étais l'un d'eux, avec ma mère et ma sœur… Mon père était déjà mort, transpercé par un épieu croisé alors qu'il tentait de nous défendre. En nous réfugiant dans cette église, nous pensions que les soldats auraient pitié et nous épargneraient. Ce ne fut pas le cas. »

La douleur engendrée par les souvenirs était intense, mais Willalme acheva son terrible récit. Dans l'incapacité de distinguer les catholiques des hérétiques, l'abbé Arnaud Amaury avait décidé de tous les massacrer : il fallait se purifier du blasphème albigeois, avait-il décrété. Dieu reconnaîtrait les siens.

« Les soldats pénétrèrent dans l'église et tuèrent tout le monde. Ils n'épargnèrent même pas les enfants. Ma mère et ma sœur furent piétinées par la foule sous mes yeux. Je ne les revis plus. Jamais plus. Je suis le seul à m'en être tiré, par le plus pur des hasards : touché à la tête, je suis tombé, évanoui. Ils m'ont cru mort, et je me suis réveillé, des heures plus tard, au milieu des cadavres. J'ai bien cru me trouver en enfer... Des centaines de morts, tu comprends ? Il y avait du sang partout... Quel dieu pouvait souhaiter un tel massacre ? J'ai cherché parmi les corps, mais je n'ai réussi à retrouver ni ma mère ni ma sœur, et je me suis enfui. Aujourd'hui encore, je regrette de ne pas avoir pu les retrouver, les enterrer... Au moins, j'aurais eu une tombe sur laquelle pleurer ma famille. »

Willalme se tut, comme pour s'accrocher au souvenir d'une chose qui n'existait plus. Ses yeux étaient humides. Il serra les poings et tourna son regard vers le coucher de soleil.

« Maudit soit Arnaud Amaury ! Maudit soit Simon de Montfort ! Et qu'Innocent III brûle en enfer, avec les démons de son espèce ! »

Uberto ne trouva pas les mots pour exprimer son émotion. S'il l'avait pu, il aurait pris à son compte une part de la douleur de son compagnon, pour soulager son effroyable souffrance.

Willalme sembla percevoir cette intention et lui sourit, tempérant son courroux.

« Le massacre a eu lieu le jour de la fête de Marie-Madeleine, conclut-il.

— Et après t'être sauvé, qu'as-tu fait ?

— J'ai erré sans but pendant trois ans, seul comme un chien. Je vivais d'aumônes et de petits larcins. Jusqu'à ce que je croise, sur ma route, une multitude d'enfants. Ils se déplaçaient telle une armée, agitant des bannières et des étendards avec des insignes chrétiens. C'était, pour la plupart, de jeunes bergers venant d'Île-de-France et de Rhénanie. Ils prétendaient avoir été choisis par Dieu pour retrouver la Vraie Croix. J'ai alors pensé qu'ils n'avaient pas toute leur raison, mais qu'en m'unissant à eux, au moins, je mangerais régulièrement. Du coup, je me suis dit : "Pourquoi pas ? Qu'ai-je à perdre, au fond ?" Je me joignis donc à ces enfants et devins l'un des leurs. Il s'agissait simplement de chanter et de prier en marchant… et si quelqu'un prétendait avoir vu une croix lumineuse dans le ciel, il ne fallait pas le contredire, mais soutenir, au contraire, que tu la voyais toi aussi. Aussitôt d'autres jeunes surgissaient à tes côtés, exaltés comme des prophètes et disaient : "Mais oui ! La voilà, aussi vrai que Dieu existe, je la vois !" En vérité, personne n'a jamais su définir précisément où se trouvait cette croix : à droite, à gauche, au centre du soleil, sur un nuage… Au fond, c'était un jeu. En tout cas, ça m'a m'aidé à oublier mes malheurs. C'est seulement plus tard qu'Ignace m'expliqua que j'avais pris part à la Croisade des enfants.

— Je croyais que c'était une légende.

— Non, elle a réellement existé, assura le Français. Nous nous étions mis en tête de rejoindre la mer et de nous embarquer pour la Terre sainte. Là, nous devions trouver la Vraie Croix. Lorsque nous atteignîmes Marseille, certains quittèrent le groupe et rentrèrent chez eux. Moi, qui n'avais pas de foyer, je suivis les esprits les plus audacieux et m'embarquai sur un navire appartenant à des armateurs marseillais. Nous étions si nombreux que nous remplissions sept voiliers. Mais au cours du voyage, les embarcations se séparèrent, et on prétend que deux d'entre elles firent naufrage. En ce qui me concerne, je découvris trop tard que les armateurs nous avaient bernés : ils nous débarquèrent à Alexandrie et nous vendirent comme esclaves aux Maures.

— Mais c'est horrible !

— Il y a des destins bien pires. (Willalme ébaucha un sourire amer.) Pour ma part, je ne m'en suis pas trop mal sorti. Après être passé d'un maître à l'autre, j'ai fini comme apprenti marin sur un navire de pirates maures qui prenaient plaisir à attaquer les bateaux des croisés. Au fil des ans, je devins pirate moi-même, et découvris que j'étais doué pour l'art de l'épée et du couteau. Une part de moi en éprouva de la satisfaction, car j'allais pouvoir me venger des croisés qui avaient décimé ma famille, au nom de Dieu, mais par cupidité et duperie, en réalité.

— Ta vie a été pleine d'aventures, observa Uberto, ainsi que de solitude.

— Mon seul regret est d'avoir assisté impuissant au massacre de ma famille. Je donnerais n'importe quoi pour corriger cette erreur. »

Uberto aurait voulu le réconforter par quelques paroles gentilles et lui demander comment il avait connu le marchand de Tolède, mais Ignace les rejoignit.

« La nuit tombe, dit-il. Nous ferions mieux d'aller nous coucher.

— Quelque chose te tourmente ? lui demanda Willalme.

— Dernièrement, nous avons croisé sur notre route quantité de soldats s'acheminant vers Toulouse. Cette histoire ne me dit rien qui vaille. L'aubergiste prétend que souffle un vent de guerre... »

36

La lumière de l'aube commençait à s'insinuer dans les faubourgs de Toulouse, se glissant entre les remparts et les toits endormis. Les casques des sentinelles, entre les crénelures, réfléchissaient les premiers rayons du soleil, tandis que les soldats postés sur les monticules armaient les machines de guerre et guettaient, anxieux, au-delà des douves. C'était le calme avant la tempête.

Dans la nuit, Slawnik était entré discrètement dans la ville, par une galerie dissimulée sous les fortifications, dont peu de gens connaissaient l'existence.

Au cours des jours précédents, il avait rattrapé le temps perdu. Arrivé à Gênes, il s'était embarqué pour Narbonne puis avait gagné le Languedoc par le fleuve, et, se trouvant désormais à Toulouse, il errait tel un fantôme dans la cité endormie. Derrière lui, marchaient les deux sbires recrutés à la *mansio* des chevaliers de Saint-Jean-de-Jérusalem.

« Nous y voilà ! » s'écria Slawnik.

Il connaissait bien ce lieu : confisquée par l'Église à un marchand condamné pour hérésie, la propriété avait été cédée à une obscure et mystérieuse société de Cologne dont personne ne savait rien.

S'approchant de l'édifice, le Bohême suivit des yeux les enchevêtrements de plantes grimpantes sur les murs. Son attention fut attirée par la fenêtre de voûte, plongée dans l'obscurité. Des rideaux avaient bougé. Quelqu'un les observait.

Dès que Slawnik franchit l'entrée, il fut accueilli par trois hommes vêtus de noir, aux visages dissimulés sous de grands capuchons. Aucun ne dit mot, ils se bornèrent à indiquer une porte au fond d'un couloir.

« Attendez ici », intima le Bohême à ses compagnons.

L'intérieur de la pièce était sombre, à l'exception de quelques rais de lumière filtrant des fenêtres fermées, qui, au lieu de la dissiper, accentuaient étrangement et davantage encore l'obscurité. Lorsque ses yeux se furent habitués aux ténèbres, Slawnik distingua, au fond de la pièce, la lueur d'un candélabre. Il referma la porte derrière lui et marcha dans cette direction, guidé par le son de doigts tambourinant d'impatience sur une table.

« Assieds-toi, Slawnik », ordonna une voix.

Le Bohême s'avança et prit place sur une chaise en bois. Une silhouette lui faisait face dans la pénombre.

« Mon Seigneur, je suis venu aussi vite que possible, commença-t-il avec respect.

— Quelles sont les nouvelles, mon vassal ? »

Slawnik pesa bien les mots avec lesquels il allait commencer, puis déclara : « Vivïen de Narbonne est toujours vivant. »

Dominus frappa du plat de la main sur la table.

« Je le croyais mort depuis treize ans. Je l'ai vu tomber dans un gouffre, alors que je le pourchassais. (L'irritation perçait dans sa voix.) Et après ? Qu'as-tu découvert d'autre ?

— Il a adressé une lettre à un noble vénitien, dans laquelle il affirme être en possession de l'*Uter Ventorum*, et désormais Ignace de Tolède est sur ses traces.

— Par le Christ ! Cet Espagnol est habile. Est-il au courant pour nous ?

— Je ne crois pas, Mon Seigneur.

— De quelles informations dispose-t-il ?

— Vivïen de Narbonne a laissé un message à Saint-Michel-de-la-Cluse. Un message dans lequel, je présume, il indique la cachette du livre. L'Espagnol a mis la main dessus avant moi.

— Et tu n'es pas parvenu à l'arrêter ? siffla Dominus.

— Je l'ai suivi, et, comme lui, j'ai trouvé le message de Vivïen. Il s'agit d'un cryptogramme.

— Tu l'as sur toi, je suppose ? »

Slawnik glissa sa main sous sa tunique. Au contact de sa poitrine, il sentit le feu de sa blessure, mais l'ignora. Il dédaignait toute manifestation de sensibilité. Éprouver de la douleur était incompatible avec son tempérament de guerrier. Il prit le fragment de la croix et le posa sur la table.

Dominus s'empara de l'objet et l'approcha du candélabre.

« Il en manque une partie. Il a été altéré ! reprocha-t-il, courroucé.

— J'ai été touché par une flèche, Mon Seigneur, se justifia le Bohême. »

S'abstenant de tout commentaire, Dominus se pencha sur le cryptogramme et l'examina.

Des minutes interminables s'écoulèrent, durant lesquelles Slawnik attendit, immobile, sa réponse. Son seigneur était terriblement astucieux et érudit, et son action, des années durant, au sein de la Sainte-Vehme l'avait habitué à percer des codes et résoudre des énigmes de la plus grande complexité. Sans aucun doute, là encore, il ne pouvait que réussir, ce n'était qu'une question de temps. Et, après un peu plus d'une heure, en effet, Dominus hocha la tête avec satisfaction et rompit le silence :

« Il s'agit d'un itinéraire… D'après ces phrases, Vivïen a divisé le livre en quatre parties et les a dissimulées dans autant de lieux différents.

— Dites-moi où les chercher, Mon Seigneur, et je m'y emploierai.

— Malheureusement, les indications concernant la première étape sont illisibles à cause de ton incompétence. Tu devras te rendre directement au deuxième lieu indiqué. C'est sur ta route.

— Parfait !

— Veille cependant à ne pas être démasqué. Espionne Ignace de Tolède avant d'agir, mais ne le tue pas. Il pourrait nous être utile vivant. Il en va de même pour Vivïen de Narbonne, au cas où tu le dénicherais.

— Je m'en souviendrai.

— À présent, mon vassal, tu sais comment agir. Pars sans attendre et attends-moi sur place. Je te rejoindrai sous peu. Je tiens à suivre cette affaire personnellement.

— Je comptais vous escorter moi-même, Mon Seigneur. Ce lieu n'est plus sûr pour vous : Toulouse protège les hérétiques et sera bientôt assiégée par les croisés. Vous devez partir au plus vite.

— Tu crois que je l'ignore ? Le siège a déjà commencé. Mais une affaire importante m'oblige à rester. J'ai connu un homme très bien informé sur le compte d'Ignace de Tolède et de Vivïen de Narbonne. Je dois le rencontrer prochainement, au couvent Saint-Romain. Ses informations pourraient nous être précieuses. Je te rejoindrai ensuite, pour m'associer à la recherche du livre.

— Cette personne sait-elle qui vous êtes ? demanda Slawnik, presque inquiet.

— Non. Elle ne se doute de rien… D'ailleurs, comment le pourrait-elle ?

— Dans ce cas, Mon Seigneur, je ferai comme vous dites. »

Le Bohême se leva, les yeux baissés en signe de respect. Il baisa le pommeau de l'épée de Dominus et s'inclina en une raide révérence pour prendre congé.

37

Après dix jours de marche depuis Nîmes, la compagnie d'Ignace fit halte au sommet d'une butte en face de Toulouse. De là, les trois compagnons assistèrent à l'impressionnant spectacle de l'armée des croisés français assiégeant la ville.

Au cours de leur périple, le marchand avait appris par des pèlerins que Toulouse, hérétique et subversive, s'était rebellée contre l'autorité de l'Église, de la Couronne et, surtout, du comte Simon de Montfort. Elle défendait son autonomie, avec l'appui des troupes provençales du comte Raimond Trencavel, récent vainqueur de la bataille de Beaucaire.

Contrairement aux informations parvenues aux oreilles d'Ignace, l'épisode se serait prolongé car les soldats toulousains opposaient une résistance farouche aux assiégeants. Le combat faisait rage sur la partie occidentale des remparts, près du faubourg Saint-Cyprien, où deux ponts devaient permettre aux croisés d'accéder à la ville. Entreprise peu aisée, en vérité. En effet, les défenses s'étaient précisément renforcées à cet endroit, et résistaient, disait-on, depuis plus de neuf mois.

Les assiégeants grouillaient le long des fossés, tentant de se frayer un chemin dans les fortifications. Ils avançaient sur des charrettes recouvertes de peaux de vache, pour se protéger des projectiles et de l'huile bouillante qui pleuvaient de la muraille. Au loin, les mangonneaux des croisés répondaient à l'offensive, prenant les bastions toulousains pour cible.

Après un moment, Willalme secoua le marchand par le bras et lui désigna le chef des croisés.

« Le voilà ! s'exclama-t-il, les dents serrées. C'est Montfort ! Que le diable l'emporte ! »

Ignace et Uberto pointèrent leurs regards dans la direction indiquée, entre les rives du fleuve Garonne et l'entrée des ponts. Ils virent alors Simon de Montfort monter à l'assaut, entouré de sa garde d'état-major. Ça ne pouvait être que lui. Son blason, un lion rampant à la queue fourchue, figurait sur le grand bouclier triangulaire et sur le caparaçon du coursier. Le comte arborait, en outre, sur son haubert, une soubreveste blanche ornée d'une croix écarlate. Il avançait fièrement, les yeux fous, ses longues moustaches noires dépassant de son casque cylindrique.

Montfort vociférait avec rage, aiguillonnant hommes et chevaux. Il ordonna à un groupe d'archers de viser au-delà des remparts toulousains, pour atteindre les hommes qui chargeaient les machines de guerre. Une nuée de flèches s'éleva aussitôt des rangs croisés, allant cribler les artilleurs postés derrière les fortifications. Les croisés hurlèrent avec fureur, et les sapeurs allèrent de nouveau se jeter contre la muraille, à l'ombre de puissantes tours mobiles.

Du haut de leur poste, Ignace et ses compagnons assistèrent alors à une scène étrange. À l'intérieur des remparts, un groupe de femmes toulousaines, se frayant un chemin parmi les cadavres de soldats, parvint à manœuvrer un trébuchet placé sur un monticule. La machine s'actionna dans un frétillement métallique, envoyant une pierre en direction des rangs croisés. Le projectile tournoya en l'air, décrivant un long arc de cercle, puis alla s'écraser en sifflant sur la tête de Montfort.

Le comte vacilla avant de s'effondrer.

Les croisés restèrent pétrifiés. Ils semblaient même incapables de jurer, sans en avoir reçu l'ordre. La garde d'état-major se rassembla immédiatement autour du corps de Montfort. Son heaume et sa coiffe de maille lui furent retirés. Peu après, le verdict tomba, crié par un soldat : « Il est mort ! Le comte de Montfort est mort ! ».

Les gémissements des croisés retentirent autour de l'enceinte toulousaine, mais furent submergés par l'explosion de liesse montant de la cité.

C'était le 25 juin 1218.

Willalme savoura cet instant. Il venait d'assister à la mort d'un des bourreaux de sa famille, un cadeau inespéré. Il souhaita à Montfort de sombrer dans le monde des damnés, le plus rapidement possible, et de souffrir éternellement pour les atrocités qu'il avait commises. Il ne savait que penser du paradis, mais il croyait en l'enfer de toute son âme.

« Toulouse a vaincu. Les croisés vont maintenant déguerpir, conclut Uberto, regardant les soldats de la Croix rejoindre leurs campements, en formations désordonnées.

— Pas si vite, mon garçon. Regarde ! (Non sans quelque regret, Ignace désigna un groupe de cavaliers arrivant au galop. Ils arboraient le gonfalon du roi de France.) Les renforts arrivent. Toulouse est une ville trop riche pour qu'on y renonce si facilement. Cette affaire va traîner en longueur. Des semaines, des mois peut-être.

— Alors, que proposes-tu ? demanda Uberto, caressant nerveusement la crinière de son cheval.

— Nous pourrions entrer dans la ville de nuit, suggéra Willalme.

— Et courir le risque d'être pris pour des espions des croisés ? Ce n'est pas raisonnable. Je préfère contourner l'obstacle, pour le moment.

— C'est-à-dire ?

— Toulouse n'est pas le seul lieu où nous devons nous rendre. Vivïen de Narbonne en a indiqué trois autres dans son cryptogramme. Tant que durera le siège de la ville, nous chercherons ailleurs. »

Uberto hocha la tête en signe d'assentiment.

« Il nous faudra déchiffrer le reste du message. »

Le marchand talonna son cheval.

« Cherchons un lieu sûr pour y réfléchir calmement. Nous courons trop de risques en restant ici. »

Avant de le suivre, Uberto jeta un dernier regard vers la vallée. Les croisés repartaient déjà à la charge.

38

La bataille faisait rage sous les remparts toulousains, mais, malgré le vacarme des cris et le fracas des armes, le silence régnait au sein du couvent Saint-Romain. Protégé par les arcades du *studium* dominicain, frère Scipio Lazarus était assis, immobile, à son bureau, indifférent à ce qui se passait non loin de là.

Il méditait sur l'*Uter Ventorum*, pensait à ce qu'il lui avait sacrifié ces dernières années afin de jouir de ses bienfaits. Il avait même rejoint les Frères Prêcheurs, en suivant frère Dominique de Guzman, pour opérer en toute tranquillité à Rome, à Bologne et à Toulouse, sans éveiller de soupçons quant à son identité. Tout ça, pour atteindre son objectif.

Frère Dominique était un individu fort étrange, songeait Scipio Lazarus. Il était mû par des idéaux d'humilité et de dévotion, mais se tenait à distance de la niche spirituelle franciscaine. Des années durant, Scipio Lazarus avait suivi cet homme, sans éveiller ses soupçons, du moins le croyait-il. Mais il craignait parfois de ne pas parvenir à le duper. Or Scipio Lazarus ne pouvait se permettre de laisser filtrer quoi que ce soit le concernant. Il ne pouvait révéler à personne, pas même à frère Dominique, ce qu'il ourdissait en secret. Surtout pas maintenant qu'il touchait au but. Il s'en fallait vraiment de peu pour que son plan se concrétise ! Frère Dominique n'aurait pu s'y opposer, quand bien même il aurait nourri quelque soupçon, car il était en visite à Rome.

Scipio Lazarus n'avait jamais réellement souhaité rejoindre les dominicains, convertir les hérétiques ou vivre dans l'humilité. Il avait agi dans le seul souci de cacher ses desseins. Il convoitait autre chose : le Savoir des Anges, le pouvoir de l'esprit, la maîtrise des énergies célestes. Encore un peu de patience, et bientôt il pourrait mettre bas son masque et quitter cette vie de l'ombre. Nul homme ne pourrait plus rivaliser avec lui.

Tout en savourant son succès par anticipation, Scipio Lazarus parcourait les lignes d'une lettre arrivée d'Italie. Elle lui avait été adressée un mois plus tôt par cet idiot de Rainerio de Fidenza – sa marionnette. C'était un compte rendu détaillé de ce qu'il avait découvert au sujet d'Ignace de Tolède, depuis son arrivée au monastère de Santa Maria del Mare.

Il sembla amusé par le contenu de la lettre. Du reste, Rainerio était si naïf qu'il accusait Ignace du meurtre du comte Enrico Scalò ; il le croyait même un adorateur du diable… Il n'imaginait pas les forces qui agissaient dans l'ombre, ni dans quel but. Il n'avait pas su non plus découvrir la nature réelle du secret d'Ignace… Scipio Lazarus trouva cependant dans la missive des détails importants dont il n'avait pas connaissance.

Ses réflexions furent interrompues par une brusque secousse qui fit vibrer les murs. Un fracas retentit depuis l'extérieur : la muraille s'écroulait.

Scipio Lazarus se dressa brusquement. Il tendit l'oreille, s'efforçant de comprendre ce qui se passait au-dehors, dans le méandre des rues prises de folie. Il entendit un éboulement de gravats et de pierres, des cris et des imprécations, des pas s'éloignant de plus en plus. Il se domina et attendit que le silence revienne.

Tout ce raffut était probablement dû à un projectile de mangonneau, venu frapper un édifice à proximité du couvent. C'était la deuxième fois depuis le matin. Les attaques des croisés, avec leurs machines de guerre, devenaient de plus en plus fréquentes. S'ils ne parvenaient pas à forcer les portes de la cité, ils la démoliraient sous les tirs des mangonneaux.

Une voix tremblante se fit entendre à l'entrée du *studium* : « Avez-vous entendu, Père Scipio ? Ça recommence. Une pierre a frôlé notre église ! »

Scipio Lazarus s'adressa avec nonchalance à l'homme qui venait de parler : « Père Claret, je pensais que vous vous étiez sauvé avec les autres frères. Que voulez-vous ? »

En réponse à la froideur avec laquelle il avait été accueilli, le père Claret s'effaroucha un peu plus.

« Un homme demande audience. Il affirme vous avoir déjà rencontré et être venu discuter d'une affaire qui vous concerne tous les deux.

— Qui est-ce ?

— Il dit être le comte Dodiko.

— Le comte Dodiko ? murmura Scipio Lazarus pour lui-même. Faites-le entrer, mais d'abord, tenez ! (Il glissa ses doigts dans le tiroir de son bureau et en sortit un rouleau de parchemin.) C'est une lettre. Elle doit partir au plus vite. Le destinataire vit à Venise, son nom est Henricus Teotonicus. Je compte sur votre

181

absolue discrétion… Elle ne doit tomber entre les mains de personne… Et n'allez pas l'agiter sous le nez du comte Dodiko lorsque vous le croiserez dans le couloir. »

Le père Claret opina plusieurs fois du chef, tremblant toujours de peur. Il dissimula le rouleau sous son scapulaire et s'éloigna, la tête basse.

Un instant plus tard, un homme grand, vêtu d'un manteau blanc, entra dans le *studium*. Il avait de longs cheveux noirs, un visage régulier et bien rasé, et l'œil décidé. Sur son haubert, il portait une tunique verte, ornée de broquettes. Il esquissa une révérence et prit place en face de Scipio Lazarus.

« Pardonnez-moi, Comte, de vous avoir fait attendre, commença le dominicain, mais, par les temps qui courent, on n'est jamais trop prudent. Nous, frères prêcheurs, ne sommes pas les bienvenus dans cette ville d'hérétiques. Du reste, la plupart des frères sont déjà partis.

— Vous n'avez pas à vous excuser, Révérend Père. (L'homme parlait avec un accent saxon ; il remit ses cheveux en ordre d'un geste fluide de la main.) Les précautions sont de rigueur en de telles circonstances. D'ailleurs, j'ignore combien de temps encore les croisés pourront prolonger le siège. Les défenses toulousaines résistent à l'offensive… Mais je me demande comment vous avez fait, vous, simple religieux, pour rester aussi longtemps dans cet endroit. Ne craignez-vous pas d'être pris en otage ? »

Scipio Lazarus ne pouvait décemment pas révéler qu'il avait pu rester à Toulouse en appuyant secrètement le mouvement cathare, après en avoir gagné l'estime et le respect. En outre, on pouvait se demander comment Dodiko lui-même, fidèle à l'Église et partisan de Montfort, pouvait se déplacer en toute tranquillité au sein de la cité.

« J'ai oublié l'objet de notre entretien… mentit-il. Ah, oui ! Nous parlions d'un homme… de cet Ignace de Tolède, si je ne m'abuse.

— En effet. (Dodiko croisa ses bras sur sa poitrine, exhibant les plaques de son haubert qui recouvraient ses membres supérieurs.) Il semblerait que nous partagions un même intérêt pour cet Espagnol.

— Vous tombez on ne peut mieux, cher ami », dit le dominicain qui n'en pensait pas un mot.

L'homme qui se trouvait devant lui était l'un des nombreux mystères qui le liaient à Ignace de Tolède, peut-être même à l'*Uter Ventorum*. Il savait peu de choses à son sujet, mais suffisamment pour comprendre qu'il était un pion essentiel sur le gigantesque échiquier de son plan – un pion que, finalement, il pourrait déplacer à sa guise. C'est la raison pour laquelle il lui glissa malicieusement la lettre de Rainerio de Fidenza, qu'il serrait toujours entre ses doigts.

« J'ai reçu récemment des nouvelles concernant "notre" Ignace. Lisez, lisez avant que nous parlions… »

Le comte reposa la lettre sur la table. La suspicion durcissait son regard, mais ne trahissait qu'une infime partie du tumulte qui l'habitait. Son aptitude à la dissimulation n'avait d'égal que son habileté à s'extirper sain et sauf des pires situations. Avec Scipio Lazarus, supposait-il, il devrait mettre à l'épreuve l'une et l'autre de ses qualités.

« Je ne pensais pas Ignace de Tolède capable de telles atrocités, confessa-t-il en toute franchise. Et, d'après ce que je vois écrit là, il voyage en compagnie d'un présumé cathare, un certain Willalme de Béziers… »

Assis sur le bord du bureau, dans le coin le plus sombre du *studium*, Scipio Lazarus opina du chef. Dodiko l'étudia du regard. Il porta son attention sur les profondes cicatrices qui sillonnaient son visage, et soudain ce fut comme s'il découvrait pour la première fois son interlocuteur. Il n'avait jamais vu pareilles balafres… encore moins sur la figure d'un religieux.

Scipio Lazarus semblait lire les pensées du gentil-homme. Il porta sa main devant son visage et arrangea son capuchon, de manière à lui dissimuler ses traits. Puis, il reprit :

« Ignace de Tolède est plus dangereux qu'il n'en a l'air. Pourquoi vous intéressez-vous tant à lui ?

— Moins à lui qu'à sa sécurité, avoua Dodiko. Il est en possession d'informations précieuses… »

Le dominicain le fixa avec surprise, sans éloigner sa main de son visage.

« Des informations ? répéta-t-il. De quelle nature ?

— Si je vous en dévoilais plus, je risquerais de vous mettre en danger, Révérend Père », se hâta de répondre Dodiko.

Il n'avait aucune confiance en ce perfide et fuyant Scipio Lazarus dont il devinait qu'il en savait bien plus qu'il ne voulait l'admettre.

« Peut-on au moins savoir pour qui vous agissez, ou dans quel but ?

— Concernant mon commanditaire et mon but, j'ai juré de garder le silence. Je peux simplement vous dire que je dois retrouver Ignace de Tolède avant qu'il ne lui arrive malheur.

— Malheur ?

— J'ai toutes les raisons de croire qu'on veut attenter à sa vie. C'est pourquoi, vous le comprendrez, je suis à l'affût de toute information qui permettrait de déjouer ce sombre plan.

— Naturellement, Comte… (Un sourire farouche se dessina sur le visage du dominicain.) C'est la raison pour laquelle vous aimeriez savoir la direction qu'il a prise et pourquoi…

— Vraiment, rien ne vous échappe, mon père ! »

39

La compagnie d'Ignace trouva sans difficulté à se loger au-delà du fleuve Garonne, sur les terres de Gascogne – ou de Vasconie, comme on disait souvent. Attablés à l'abri des regards indiscrets, les trois compagnons devaient prendre une décision.

Uberto parla le premier.

« Le chiffrage de l'énigme ne nous aide guère, il n'offre d'indications précises que sur Toulouse. (Ses paroles trahissaient sa frustration.) Quant à la deuxième ligne, elle fait allusion à un rosier. Un jardin ? Et, si tel est le cas, où se trouve-t-il ?

— Comme je l'avais prévu, le chiffrage est sûrement incomplet. (Ignace pointa un index sur le parchemin.) Il doit contenir d'autres indications cachées.

— C'est aussi mon avis. (Le garçon redoubla d'attention sur les caractères qui n'avaient pas été soulignés lors de la précédente opération de déchiffrage.) La moitié des lettres sont inutilisées. J'ai tenté d'associer les autres, mais je n'y ai trouvé aucun sens.

— Essaie de les transcrire sur le cahier », lui conseilla Ignace, songeur.

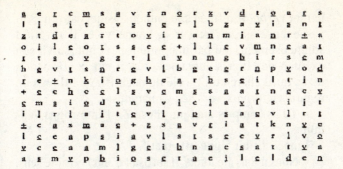

Uberto nota les lettres sur le parchemin, face à l'énigme précédente.

```
ccsvnrvtas
latverbain
teroiamara
olose+lvna
togtangism
hvsrvberpo
enigersitn
+celvmsanc
midnvcafit
iratvrlavr
csa+svitnc
lcpivsscrv
camgincata
ampistelle
```

Le marchand analysa ensuite la transcription. Il tenta d'abord d'appliquer la méthode de la lecture boustrophédique, qui lui avait permis de découvrir la première partie du message, mais sans succès. Lue de gauche à droite, la première ligne du texte n'avait aucun sens. Sur la deuxième ligne, il identifia soudain clairement le mot *verba*. Il réfréna son enthousiasme, car il n'était pas encore sûr d'être sur la bonne voie. Il revérifia soigneusement, mû par une intuition, et poursuivit son examen des lignes suivantes… et il eut confirmation de ce qu'il cherchait. La clé du déchiffrage ! Il leva un regard victorieux vers ses camarades.

« Tu as compris quelque chose ? » l'interrogea Willalme.

Ignace fit un signe affirmatif.

« Nous avons été idiots, il suffisait d'intervertir le sens.

— Quel sens ? (Uberto brûlait de curiosité.) Explique-toi !

— Le sens de la lecture, naturellement ! (Le marchand tapa une nouvelle fois de son index sur le parchemin.) Nous devons lire la deuxième transcription de la même manière que la première, en boustrophédon, mais dans le sens inverse, de la droite vers la gauche. »

Uberto et Willalme le regardèrent, ébahis, tandis que lui, tout à sa découverte, transcrivait le message selon son raisonnement.

```
satvrnvsce
latverbain
aramaioret
olose+lvna
msignatgot
hvsrvberpo
ntisregine
+celvmsanc
tifacvndim
iratvrlavr
entivs+asc
lepivsserv
ataenigmac
ampistelle
```

188

« Les croix supprimées, le texte prend cette forme. »

```
saturnuscelatverbainaramaioretolose
lunamsignatgothusruberpontisregine
celumsanctifacundimiraturlaurentius
asclepiusservataenigmacampistelle
```

Uberto se pencha pour lire.

« Cette fois, il semble écrit en latin, remarqua-t-il.

— On dirait bien, confirma Ignace, mais un peu déformé par le dialecte.

— Alors, maintenant, peut-être pouvons-nous savoir où nous allons ! » exulta Willalme.

Le marchand lut à haute voix, prenant soin de scander soigneusement les mots contenus dans le message :

Saturnus celat verba in ara maiore Tolose
Lunam signat Gothus Ruber Pontis Regine
Celum Sancti Facundi miratur Laurentius
Asclepius servat aenigma Campi Stelle

Uberto traduisit pour Willalme, le payant de retour pour les jours précédents.

Saturne cache les mots dans le maître-autel de Toulouse
Gothus Ruber décrit la Lune au Pont de la Reine
À San Facundo, Laurent observe le ciel
Asclépios garde l'énigme dans le Champ de l'Étoile

Le Français fronça les sourcils.

« Le chiffrage de Vivïen ne contient donc pas une, mais deux énigmes, l'une en provençal et l'autre en latin.

— Celle-ci, cependant, est tout à fait différente de la précédente, ajouta Uberto. La première parle des anges déchus, la deuxième des planètes, de la lune et des étoiles.

— Mais la deuxième est beaucoup plus simple à interpréter, déclara Ignace. Chacune de ses lignes indique un lieu différent, nous devrons donc faire quatre étapes.

— Quatre, répéta Uberto, tout comme les parties du livre.

— Exactement. (Le marchand compta sur le bout de ses doigts.) Quatre parties du livre, quatre localités. Ce n'est sans doute pas une coïncidence, il me semble même évident qu'à chaque lieu cité dans le message correspond une cachette d'une partie différente de l'*Uter Ventorum.* »

Uberto fut de son avis.

« Reste à savoir quelle partie correspond à quel lieu.

— Si notre raisonnement est bon, le plus logique serait de suivre l'ordre suggéré par le chiffrement, proposa Ignace, c'est-à-dire de comparer le texte latin et le texte provençal, en partant de la première ligne de chacun. »

Et il indiqua sur le parchemin les phrases auxquelles il faisait allusion.

Armaroz dort suz les oilz d'Aturnin
Saturnus celat verba in ara maiore Tolose

« Vous voyez ? Elles font toutes deux référence au même lieu : Aturnin et Saturnus.

— Mais Saturne est le nom d'une planète ! objecta Willalme.

— C'est aussi le nom latin de saint Sernin, corrigea le marchand. Dans ce cas, Aturnin et Saturnus sont deux manières différentes de désigner la basilique Saint-Sernin qui, comme on peut le lire dans le texte, se trouve à Toulouse. Mais l'indication va plus loin : non seulement elle signale la basilique, mais elle suggère, en outre, de chercher près de l'*ara maior*, du côté du maître-autel.

— Si le sens des phrases correspond, notre intuition est la bonne ! (Uberto plongea ses mains dans ses cheveux.) Voilà pourquoi Vivïen aurait caché l'ange Armaros, à savoir, la partie du livre consacrée aux sortilèges, dans le maître-autel de Saint-Sernin.

— Précisément.

— Mais nous ne pouvons pas aller le vérifier, du moins pas pour l'instant, soupira Willalme.

— C'est vrai, nous ne pourrons pas entrer dans Toulouse tant qu'elle sera assiégée. (Le marchand reprit son examen du parchemin.) Il ne nous reste donc plus qu'à continuer. Maintenant que nous avons compris le procédé, comparons les deuxièmes lignes des deux énigmes, et voyons ce qu'il en ressort. »

Temel esteit suz l'umbre d'un eglenter
Lunam signat Gothus Ruber Pontis Regine

Uberto plissa le front.

« Le rosier, la lune et la reine… Il semble que cela fasse référence à la Vierge.

— La phrase en provençal est évasive, constata Ignace. Hormis la citation de l'ange Tamiel, autrement dit la partie du livre concernant les phases lunaires, elle ne nous donne aucune indication. Concentrons-nous sur celle en latin, qui confirme le lien avec la lune… mais, surtout, nous fournit les noms d'une localité et d'une personne.

— Le *Pons Reginae* serait-il un nom de lieu ? s'enquit Willalme.

— J'en ai déjà entendu parler. (Uberto s'efforça de se souvenir.) Il doit se trouver le long du chemin de pèlerinage vers Saint-Jacques-de-Compostelle, si je ne me trompe.

— Fais fonctionner ta mémoire. (Le marchand semblait en savoir plus long qu'il ne le laissait paraître.) Pont de la Reine, ou plus exactement *Puente la Reina*, se trouve en Espagne, au pied des Pyrénées. Notre homme vit là-bas.

— Et qui est "notre homme" ? (Le jeune homme se pencha en avant, tout excité.) Tu en parles comme si tu le connaissais.

— Gothus Ruber ? Et comment ! Je le connais depuis toujours… »

40

Dominus profita de la nuit pour sortir de Toulouse.

Son entretien au couvent ne s'était pas déroulé aussi simplement qu'il le pensait, car son informateur, rusé et fuyant, en savait plus qu'il ne l'avait laissé entendre. Dominus s'était même vu contraint d'écourter l'entrevue quand son interlocuteur avait commencé à se montrer soupçonneux. Mais cela en avait valu la peine.

Après sa sortie de l'église, il avait attendu la tombée de la nuit pour traverser la ville. Laissant le monastère Notre-Dame-de-la-Daurade derrière lui, il avait gagné la cour arrière d'un bâtiment démantelé par les projectiles. Une fois assuré que personne ne le suivait, il était descendu dans un puits par une échelle de fer fixée aux parois intérieures.

Le puits, à sec, débouchait sur un souterrain menant hors de la citadelle assiégée. Dominus avait cheminé dans l'obscurité, le dos voûté et les genoux fléchis. Retrouvant l'air libre, il découvrit une forêt de chênes verts.

Il se trouvait dans la partie orientale de la ville, non loin des fortifications extérieures. Comme prévu, un cheval attaché à un arbre l'attendait. Il monta en selle et contourna les remparts au trot.

Des fossés voisins s'élevait l'odeur âcre de la mort. Les corps de nombreux soldats y étaient tombés durant l'affrontement, et leurs miasmes se mêlaient à l'humidité de la nuit. D'autres cadavres atrocement mutilés gisaient alentour, sur le manteau herbeux. Sans se soucier de la présence des fossoyeurs qui déjà s'activaient, Dominus traversa le champ comme une ombre. Mais un homme apparut brusquement devant lui, circonspect.

« Halte-là, Messire ! Qui êtes-vous ? »

C'était un croisé, un fantassin gascon mal en point, reconnaissable à sa broigne en lanières de cuir tressées, sa salade conique rouillée et un bouclier ovale, orné de motifs rouges et jaunes.

« Faut-il que tu le demandes, soldat ? s'indigna habilement Dominus. Ne vois-tu pas la croix sur ma poitrine ? Je sers l'Église, tout comme toi. Laisse-moi passer ! »

Le Gascon, contrit, recula aussitôt et esquissa un salut : « Pardonnez mon ignorance. »

Dominus le dépassa sans répondre, feignant de se diriger vers le camp des croisés, pour, plus loin, talonner son cheval vers l'ouest.

41

Il fallut plus d'une semaine à Ignace et ses hommes pour atteindre Puente la Reina. Depuis Toulouse, il leur avait été facile de s'orienter sur la route caillouteuse, car l'itinéraire était jonché de bornes et de panneaux au symbole de la Coquille.

Cette signalisation, expliqua Ignace à Uberto, guidait les voyageurs tout au long du chemin de Saint-Jacques, jusqu'à la ville de Compostelle. Une multitude de pèlerins l'empruntait, depuis les villes françaises de Tours, Vézelay, Le Puy et Arles.

« Mais pourquoi une coquille ? demanda le jeune homme.

— Tout est né d'une légende, répondit le marchand. Un cavalier transporta à Compostelle les reliques de l'apôtre Jacques, traversant la mer sur son destrier qui, à cette occasion, se recouvrit miraculeusement de coquilles. Dès lors, la coquille devint le symbole de saint Jacques. Il est rare que les voyageurs arrivés jusqu'ici n'en recueillent pas une au moins, sur le rivage, en souvenir de leur pèlerinage. Moi-même, je le fis. »

Ignace poursuivit son explication : presque tous les chemins convergeaient vers le col de Roncevaux, dans la région basque des Wascones, mais il était également possible, pour ceux qui venaient de Toulouse, de traverser les Pyrénées plus au sud, par le col du Somport, et de redescendre dans la vallée, vers la cité aragonaise de Jaca. De là, on pouvait continuer aisément vers Puente la Reina.

Franchir les Pyrénées ne fut guère difficile, bien qu'Uberto eût constaté que le versant français était plus accidenté que le versant espagnol. Très vite, la végétation luxuriante l'emporta sur les étendues de conifères. Dans la vallée, le paysage se métamorphosa en un plateau de champs entrecoupés de routes poussiéreuses. Leurs regards embrassèrent les terres arides, disciplinées par la charrue et les bœufs, et brûlées par la réverbération du soleil.

Les trois compagnons avancèrent par étapes forcées. Ils passèrent Pampelune sans la visiter et, après une longue marche, atteignirent les bords du fleuve Arga. C'était un lit étroit, une simple virgule bleutée dans les sillons de la terre. Sur la rive opposée, derrière un rideau de brume généré par la chaleur, se dressait une ville accessible par un long pont de pierre, soutenu par six arches.

La route et le pont conduisant à l'agglomération grouillaient d'une multitude de pèlerins : des hommes à pied, pour la plupart ; quelques chanceux, juchés sur des mulets ou des chevaux ; d'autres encore, menant des charrettes chargées de toutes sortes de marchandises. La foule avançait péniblement, et les têtes dodelinaient, écrasées par la chaleur.

Uberto constata que nombre de ces personnes étaient vêtues de la même manière. Elles portaient de larges chapeaux aux bords relevés sur le front, et arboraient, sur leurs vêtements, les emblèmes du pèlerinage : la coquille et la véronique.

Tous avaient Puente la Reina pour destination. C'était une voie très fréquentée, car là convergeaient les routes menant à Compostelle.

Le trio se mêla à la masse des pèlerins, avançant très patiemment.

Au sein de la cité, les bâtiments étaient alignés le long de la *calle* Mayor, la rue principale, que dominait l'église Santiago el Mayor. Impressionné, Uberto ne pouvait détacher ses yeux de la foule qui se pressait dans les rues, plus serrée et dense à mesure qu'ils approchaient le marché du bourg. Soudain Ignace l'attrapa par le bras, peut-être par crainte de le perdre au milieu de toute cette agitation.

« Viens, lui dit-il, mettons-nous en quête de Gothus Ruber. »

42

La canicule atteignit son paroxysme au cours du premier après-midi. Uberto, épuisé par le long voyage, aurait de loin préféré se reposer dans un lit confortable, plutôt que d'endurer l'impatience d'Ignace. Pourquoi un tel empressement ? Si ce Gothus Ruber – ou peu importait son nom – avait patienté jusqu'alors, il pouvait bien attendre un jour de plus… Pourtant, le marchand semblait inquiet. Ses yeux trahissaient son angoisse, même s'il s'efforçait de n'en rien montrer.

« Quelque chose te tourmente, Ignace ? » lui demanda Uberto, qui avançait tant bien que mal derrière lui, en jouant des coudes dans la foule.

Le marchand se retourna, le dévisagea comme s'il était idiot, puis regarda de nouveau vers l'avant, un demi-sourire aux lèvres. Le jeune garçon interrogea du regard Willalme, qui se contenta de hausser les épaules.

Ils déambulèrent parmi les tentes du marché, devant l'église Santiago el Mayor, sans qu'Uberto parvienne à comprendre quelle direction ils prenaient. Ils semblaient tourner en rond.

Un peu plus tard, après avoir regardé derrière lui avec circonspection, Ignace appela le Français à ses côtés et lui murmura quelque chose à l'oreille. L'air entendu, Willalme couvrit son visage de son capuchon et s'éloigna à la hâte.

Uberto le suivit des yeux.

« Où va-t-il ?

— Continue d'avancer sans le regarder, lui recommanda le marchand. Il nous rejoindra plus tard… »

Ignace et Uberto flânèrent encore quelques minutes sous les tentes du marché.

« Le véritable prénom de Gothus Ruber est Bartolomeo, dévoila le marchand. Le surnom Gothus vient du fait que sa famille descend des Wisigoths, lesquels peuplèrent la péninsule ibérique avant les Arabes. C'est la raison pour laquelle il est également connu en tant que Ruber… D'ailleurs, tu le comprendras de toi-même quand tu le rencontreras ! (Il sourit.) Tu dois savoir que Bartolomeo était autrefois l'un des plus brillants alchimistes de Tolède… »

Uberto, presque amusé, commençait à s'habituer aux extravagances d'Ignace.

« Comment l'as-tu connu ?

— Je l'ai connu dans ma jeunesse, au temps du *Studium* de Tolède, lorsque je traduisais des livres venant d'Orient, répondit le marchand. À l'époque déjà, Bartolomeo pratiquait l'alchimie. J'étais fasciné par ses théories sur les métaux. Je l'ai fréquenté assidûment, et nous sommes devenus amis. Lorsque j'ai quitté Tolède, nous nous sommes perdus de vue, mais nous nous sommes retrouvés, des années plus tard, presque par hasard. J'ai su qu'il était tombé en disgrâce en contractant des dettes auprès de certains usuriers de Saragosse. C'était à prévoir : ses expériences nécessitaient de l'or, de l'argent et des livres rares. Et, comme il ne pouvait plus subvenir à ses besoins, j'ai décidé de l'emmener avec moi pour lui permettre de gagner quelque argent, et je lui ai enseigné l'art du commerce de reliques... »

Au cœur du marché, montait la voix tonitruante de Gothus Ruber. L'homme se tenait droit derrière une charrette en bois, qu'il utilisait comme banc, et un large chapiteau carré de couleur orange s'étalait au-dessus de sa tête, pour le protéger des rayons du soleil. On aurait dit une petite tente tunisienne, encombrée d'objets hétéroclites. Un groupe de pèlerins était attroupé autour de son étal.

Ils fourraient leur nez dans la camelote, furetant parmi les amulettes, les reliques et les parchemins brûlés par le soleil, et Gothus Ruber appâtait le chaland en vantant, haut et fort, la qualité exceptionnelle de sa marchandise.

« Admirez, messieurs dames, ce lambeau de tunique de saint Jacques ! Et ça ? C'est une dent de saint Christophe, plus acérée que le croc d'un loup ! Qui pour les cendres de Gervais et de Protais, que j'ai personnellement recueillies à Milan, guidé par une apparition de saint Ambroise ? Ce petit pot qui ne paie pas de mine ? il renferme la manne de saint Nicolas de Myre ? Sentez cette eau précieuse ! Respirez ce parfum d'encens ! Que dites-vous, là-bas au fond, avec la face triste ? Votre champ est stérile ? Achetez ce livre, où sont transcrites les prières et les incantations qui rendront votre terre fertile ! Et elles rendront aussi féconde votre femme par la même occasion, qu'elle soit stérile ou trop vieille pour avoir des enfants… Comment ? Vous ne savez pas lire ? Peu importe, parbleu ! Il vous suffit de garder le livre sous l'oreiller ! Vous autres, reposez ça immédiatement ! Ce n'est pas un jouet, vous savez ? C'est la lance de Longinus ! Bon, au suivant ! À qui le tour ? Qui veut acheter quelque chose ?

— Je voudrais la *Clavicula Salomonis* ! » cria quelqu'un dans la foule.

Quelle étrange requête, se dit Gothus Ruber, fronçant son nez rubicond. *Un livre de nécromancie !*

« Et pourquoi pas le *Necronomicon* d'Abdul Alhazred, traduit en grec par Théodore Philétas de Constantinople tant qu'on y est ! s'exclama-t-il. (Mais ses yeux croisèrent le regard de l'homme qui avait parlé. Il eut un instant d'hésitation, puis son visage se transfigura de surprise.) Ignace de Tolède ! C'est vraiment toi ? Mais que diable fais-tu ici, vieux bandit ? »

Ignace sourit.

« Je suis heureux de te trouver en forme, mon ami. Disons que nous sommes ici pour affaires… »

Uberto étudiait l'allure de Gothus Ruber. C'était un bien curieux personnage : la cinquantaine, sa houppelande verte sans doublure laissant deviner un corps trapu. Son visage était cramoisi, ses yeux allongés et étrécis. Une touffe de boucles rousses recouvrait sa tête, ce pourquoi on l'appelait Ruber. À y regarder de plus près, ses traits évoquaient ceux d'un satyre.

« Toujours à courir après l'argent, comme les putains ! s'exclama le Roux, débordant de joie. Je suis content de te revoir, vieille canaille ! Après tout ce temps, je me sens toujours redevable… »

Ignace cacha sa mélancolie sous une expression sardonique.

« Tu ne me dois que ton amitié, rien d'autre, vaurien. Du reste, que pourrais-tu m'offrir de plus ? Quatre os pourris dans un sac de cuir graissé ?

— Hé là, doucement avec les blasphèmes ! Ce sont des objets authentiques, assura l'autre, pour ne pas perdre d'acheteurs potentiels. Rien à voir avec ces cupides brocanteurs juifs qui infestent les faubourgs de la périphérie, grogna-t-il. Prends, mon garçon, c'est un authentique orteil de saint Cyprien. Je te l'offre… »

Ce disant, Gothus Ruber fourra un osselet jaunâtre dans les mains d'Uberto. Puis il se tourna de nouveau vers le marchand :

« Dis-moi plutôt qui est ce jeune homme.

— C'est Uberto, mon élève, répondit le marchand.

— Uberto, oh ? (Le Roux se pencha au-dessus du banc pour mieux voir le jeune Uberto.) Tu as de la chance, mon garçon. Tu ne pouvais pas trouver meilleur maître ! Si tu l'avais vu il y a quinze ans, lors de la prise de Constantinople… En ce temps-là, il menait un groupe d'hommes à travers la cité impériale en flammes, courant du monastère Saint-Jean-Baptiste au quartier sarrasin. Quelle époque ! J'étais à ses côtés…

— Oui… » Le marchand leva les yeux au ciel. Il n'aimait pas les paroles de Gothus Ruber qui remuaient le passé, telles de grosses mains maladroites.

« Ignace, dis-moi, poursuivit le Roux, clignant de l'œil en direction d'Uberto, te souviens-tu de ce grand escogriffe noir à Constantinople ? C'est incroyable ! Il avait une croix marquée au fer rouge au beau milieu du front.

— Quoi ? laissa échapper Uberto, tout en jouant distraitement avec l'orteil de saint Cyprien.

— Je m'en souviens, confirma le marchand. Il s'exprimait dans une langue inconnue, alors un interprète de latin l'accompagnait. Il prétendait appartenir à un peuple chrétien, bien qu'aucun de nous n'en ait jamais entendu parler. Il raconta que chez lui, lors du baptême, on imprimait une croix au fer rouge sur le front. »

Uberto semblait de plus en plus impressionné.

« À mon avis, Bartolomeo, c'était probablement Lalibela, le roi d'Éthiopie. Si je me rappelle bien, il a dit qu'il était en pèlerinage, et qu'il voulait visiter toutes les villes saintes de la chrétienté.

— Qui sait s'il y est parvenu... Et maintenant, vide ton sac, vieux renard ! (Le Roux fronça ses sourcils fauves.) Qu'est-ce qui t'amène ici ?

— Je ne vais pas y aller par quatre chemins, mon ami. (Le regard d'Ignace se fit acéré.) Je suis sur les traces de Vivïen de Narbonne et de l'*Uter Ventorum*, dont tu as probablement vu la couleur... »

43

Gothus Ruber n'aurait pas eu les yeux plus exorbités s'il avait été frappé d'une attaque d'apoplexie. Il fixa le marchand d'un regard ébahi, indifférent à la foule qui gesticulait au milieu de sa marchandise. Il semblait assourdi, comme si on lui avait corné dans les oreilles. Après un moment de trouble, il reprit ses esprits et prit conscience des personnes agglutinées devant son étal. Visiblement, il en fut contrarié, tant et si bien que, de but en blanc, il leva les bras au ciel et brailla comme s'il voulait disperser un troupeau de chèvres.

« Allez, allez ! Fichez le camp ! Maintenant on ferme ! Revenez demain ! »

Le Roux recouvrit d'une toile son précieux bric-à-brac, tandis que les curieux s'éloignaient en grommelant vers d'autres étalages.

Gothus Ruber attendit que la foule se disperse, puis lança un regard perplexe en direction d'Ignace qui patientait en silence à côté d'Uberto.

« Je le savais que, tôt ou tard, tu te manifesterais. Vivïen de Narbonne me l'avait prédit. Il avait tout prévu, chaque détail », confia-t-il de cette voix sourde dont on use pour révéler les prophéties.

Uberto tendit bien l'oreille. Peut-être parviendrait-il à découvrir ce qu'Ignace s'obstinait à lui cacher. Et il fut envahi par un sentiment de triomphe, qu'il ne put contenir : « Alors, l'interprétation du cryptogramme était juste ! »

Le marchand le fit taire d'une bourrade. Avant de dévoiler certains détails, il entendait savoir de quelles informations Gothus Ruber disposait. Ce dernier connaissait Vivïen de Narbonne, cela, il le savait parfaitement. C'était même lui qui le lui avait présenté, avant cette sale affaire en Allemagne. Mais il ignorait quelle relation s'était instaurée entre eux durant toutes ces années de silence, aussi devait-il se montrer prudent.

« Quand as-tu parlé avec Vivïen pour la dernière fois ?

— Il y a environ deux ans, répondit le Roux.

— T'a-t-il remis une partie du livre ? »

Son interlocuteur confirma d'un léger signe de tête. Puis, regardant autour de lui, il chuchota : « Pas ici. Il s'agit d'une affaire très délicate. »

Ignace le regarda à la dérobée.

« Qu'est-ce qui te prend ? D'habitude, tu es un sacré bavard, insista-t-il. Donne-moi au moins un avant-goût de ce dont il s'agit.

— Parle plus bas, bon Dieu ! (Gothus Ruber fronça son visage rubicond.) Ce ne sont pas choses à crier sur les toits. (Il hésita encore, puis confessa :) Le livre parle de l'Échelle…

— L'Échelle ? intervint en écho Uberto, incapable de se taire.

— Oui, mon garçon, l'Échelle. (Le Roux poussa un soupir, comme s'il se sentait libéré d'un poids énorme.

Il fixa Uberto avec un large sourire.) L'Échelle pour atteindre le ciel... mentalement, j'entends.

— À quoi fais-tu allusion ? À des rituels initiatiques ou à des livres disparus ? demanda Ignace, captant de nouveau l'attention de son interlocuteur. Nombreuses sont les légendes à propos des échelles qui relient la Terre au Ciel. Tu sais fort bien que je les connais toutes, aussi n'essaie pas de m'abuser, le prévint-il.

— Je veux parler de l'Échelle aux sept marches, précisa Gothus Ruber. Sept marches, tu saisis ? Comme celles que l'on trouve dans le culte de Mithra et les *ziqqurats* babyloniennes.

— Je saisis parfaitement. Tu fais référence aux sept planètes, dit le marchand. Chacune d'elles correspond à un degré initiatique du savoir. »

Le Roux acquiesça.

« Et, comme tu le sais, sept, c'est aussi le nombre des Amesa Spenta, ces divinités qui s'apparentent aux archanges que vénèrent les mages... »

Ignace plissa le front. Il lança un coup d'œil à Uberto, qui écoutait attentivement, et ajouta enfin :

« C'est la raison pour laquelle, selon l'*Uter Ventorum*, chaque planète correspond à un ange, qui détient une partie du savoir.

— Le livre devrait précisément aborder ce sujet.

— Vivïen te l'a-t-il remis ? »

Gothus Ruber croisa les bras.

« Une partie seulement. »

Le marchand l'avait prévu, mais s'abstint de tout commentaire.

« Je voudrais y jeter un œil, si tu n'as rien contre... se contenta-t-il d'ajouter.

— Pas du tout, admit le Roux. Au contraire, en l'analysant ensemble, nous aboutirons peut-être à quelque chose. (Il leva un index d'un air péremptoire.) Mais à une seule condition…

— Je t'écoute », le pressa Ignace.

Uberto aurait donné n'importe quoi pour satisfaire sa curiosité.

Gothus Ruber ne se fit pas prier :

« Je sais qu'il existe d'autres parties du livre, mais j'ignore leur nombre et où elles se trouvent. Vivïen n'a pas voulu me le confier. Mais je suppose que toi, vieux renard, tu as découvert la localisation exacte de chaque partie… (Puis il désigna Uberto.) Ton assistant a fait allusion à un cryptogramme… De quoi s'agit-il ? Je tiens à le savoir. Je dévoilerai la partie en ma possession, uniquement si tu acceptes que je me joigne à tes recherches.

— Tu veux te réassocier avec moi ? (Le marchand caressa sa barbe. Avant de répondre, il jeta un coup d'œil à Uberto, qui lui fit un signe d'assentiment.) Accordé, mon ami.

— Parfait ! jubila Gothus Ruber. Passe chez moi après dîner et nous tenterons de résoudre l'énigme ensemble… Tu te souviens où j'habite ?

— Naturellement, assura Ignace. La petite maison avec le toit de chaume…

— Celle-là même. Viens à minuit. Pas avant, car je dois conclure une affaire avec un client qui vient de loin. Mais à cette heure-là, j'en serai débarrassé. »

Tout en disant ces mots, Gothus Ruber repliait le chapiteau de sa tente comme un parapluie et commençait à entasser la marchandise sur sa charrette.

Il songea qu'il accomplissait probablement ce geste pour la dernière fois.

44

Les ombres commençaient à s'allonger sur la route, léchant les sillons de la chaussée comme des langues de faucon. La multitude des pèlerins éreintés par la longue journée estivale allait s'amenuisant. Après avoir pris congé de Gothus Ruber, Ignace et Uberto quittèrent le marché avec l'intention de trouver un endroit pour dîner.

Tandis qu'il marchait aux côtés du marchand, le jeune homme fouillait du regard les charrettes en bois et les petits groupes de personnes qui s'attardaient aux croisements. Aucune trace de Willalme. Ignace devina sa préoccupation et tenta de le rassurer, mais Uberto, qui parvenait désormais à déchiffrer son visage, y lut des signes d'inquiétude. Craignant d'exagérer par des mots l'importance de cette agaçante attente, il évita d'insister et ramena ses pensées sur la conversation avec le Roux, dont il n'avait pas perdu une miette. Cet après-midi, il avait pressenti beaucoup de choses concernant Ignace, Vivïen et l'*Uter Ventorum*, et il lui avait semblé comprendre que, plus le marchand avançait dans sa quête, plus il devait affronter son passé. Uberto n'aurait su dire dans quelle mesure Ignace était personnellement impliqué dans l'affaire, mais la chose lui semblait pour le moins suspecte.

Ignace et Uberto arrivèrent dans une auberge et s'installèrent, se mêlant aux autres clients. Ils commandèrent à l'aubergiste un repas frugal. Peu après, ils se retrouvèrent devant un plateau de galettes épicées et une carafe de vin coupée d'eau.

Ils mangèrent en silence. Uberto ne se hasarda pas à poser de questions. Il connaissait désormais suffisamment Ignace pour savoir qu'il y aurait répondu de manière évasive. Mieux valait attendre.

Le repas terminé, le marchand lui demanda ce qu'il pensait de Gothus Ruber.

« Il ne me déplaît pas. Il sait tellement de choses, comme toi.

— C'est vrai. Et c'est un ami cher, mais ne te fie pas à lui. Ne lui dis pas plus que le nécessaire.

— Si tu n'as pas confiance en lui, pourquoi as-tu accédé à sa requête ?

— Pour découvrir de quoi traite la partie du livre qui lui a été confiée, naturellement. Et aussi pour une autre raison.

— Qui est ?

— Le Roux est un être têtu. Si nous ne lui avions pas promis de l'emmener, il nous aurait suivis et aurait pu nous attirer des ennuis. Mieux vaut donc qu'il nous accompagne plutôt que d'avoir à se défier de lui. »

Uberto, voyant combien le raisonnement d'Ignace était tortueux, s'en effraya quelque peu.

« Je comprends, dit-il toutefois.

— Maintenant, reposons-nous. Nous devrons bientôt nous rendre chez lui. »

La nuit s'était déployée sur Puente la Reina, telles les ailes d'un grand rapace. Dans un faubourg sillonné de ruelles poussiéreuses, deux hommes encapuchonnés frappèrent à la porte d'une vieille maison au toit de chaume.

Un individu aux cheveux roux avec une face de satyre apparut sur le seuil. Il reconnut ses visiteurs, les salua cordialement et les fit entrer. Le plus grand des deux referma la porte derrière lui et s'approcha de son hôte.

« Gothus Ruber, nous nous rencontrons enfin, dit-il d'un ton détaché.

— Je vous attendais avec impatience. (Le Roux se frotta les mains, songeant déjà à son prochain rendez-vous.) Je ne voudrais pas abuser du temps de ces messieurs, aussi, si nous pouvions commencer à parler affaires sans tarder…

— Il n'y a pas le feu, le coupa l'étranger qui masquait son accent slave derrière un latin compassé. N'êtes-vous pas curieux de savoir quelle marchandise en votre possession suscite notre si grand intérêt ?

— Oh si, Mon Seigneur ! répondit allégrement Gothus Ruber, bien que l'attitude de cet étranger l'inquiétât. Il est rare qu'on m'offre autant d'argent pour un simple livre, quel qu'il soit.

— Alors, assieds-toi, l'alchimiste. (L'homme s'approcha, menaçant.) Parlons de ce livre… »

45

Les cloches de l'église Santiago el Mayor sonnèrent minuit, fendant l'air de leurs vibrations métalliques. Ponctuels comme deux usuriers, Ignace et Uberto arrivèrent devant la maison de Gothus Ruber. Ils frappèrent à la porte, mais personne ne répondit. Ils attendirent quelques instants puis réitérèrent, sans résultat. Ils tentèrent alors de lorgner par les fenêtres, mais les trouvèrent toutes fermées.

Le marchand fronça les sourcils. Il était trop tôt pour s'alarmer. Peut-être le Roux s'était-il simplement endormi d'ivrognerie, ou était-il sorti se promener au clair de lune. Étrange, cependant. Ils s'étaient pourtant bien entendus sur l'heure.

Tourmenté par un mauvais pressentiment, Ignace s'appuya instinctivement contre la porte d'entrée et, bien qu'elle semblât barrée, poussa pour l'ouvrir. À son grand regret, le battant fut projeté en arrière, grinçant sur ses gonds.

Les deux compagnons jetèrent un œil à l'intérieur. La pièce était sombre, plus noire encore que la nuit.

Ignace entra le premier et Uberto le suivit, essayant

de distinguer quelque chose dans l'obscurité, pour ne pas trébucher.

« Le Roux ? » appela le marchand.

Il tendit l'oreille, mais n'obtint pas de réponse.

« La maison semble déserte », murmura Uberto, prêt à battre en retraite au moindre sursaut.

Ignace perçut dans sa voix un soupçon de peur, mais ne l'en blâma pas. Peut-être aurait-il dû, lui aussi, éprouver quelque crainte, mais son intérêt pour l'*Uter Ventorum* lui faisait oublier toute prudence. Il parcourut la pièce du regard et remarqua une lueur venant d'un escalier en colimaçon descendant au sous-sol.

Il s'approcha de la rampe. Les marches descendaient en tournant comme les circonvolutions d'une coquille.

« Tu préfères attendre dehors, pendant que je vais voir en bas ? » demanda-t-il à Uberto d'un ton qu'il voulait rassurant.

Avant de répondre, le jeune homme rassembla tout le courage qu'il avait en lui.

« Non, je t'accompagne. »

Ils suivirent les marches en bois, s'appuyant sur la main courante pour éviter de trébucher, mais très vite, ils n'en eurent plus besoin car, à mesure qu'ils descendaient, la lumière se faisait plus intense. Des clairs-obscurs grotesques dansaient sur les murs, au rythme du vacillement des flammes éloignées.

Si quelqu'un les avait agressés par l'arrière, à ce moment-là, pensa Uberto, ils n'auraient pas trouvé de salut. Il se rappela l'incident survenu à Venise. Il se sentit la gorge sèche. Il déglutit avec difficulté et continua à suivre la silhouette d'Ignace, qui avançait en silence.

Soudain, la lumière se fit plus intense. Elle émanait d'une petite entrée soutenue par un arc de voûte. Après l'avoir franchie, le jeune garçon et le marchand se retrouvèrent dans une pièce spacieuse, illuminée par les reflets des chandelles. Une odeur fétide agressa leurs narines. Uberto, ne connaissant pas cette puanteur, écarquilla les yeux, incrédule : il n'avait jamais rien vu de tel.

Il était un peu plus de minuit, lorsque Dominus arriva à Puente la Reina. Il guida son cheval dans l'entrée principale de la ville et continua en direction de la place. Il parcourut au trot la *calle* Mayor, déserte, et s'arrêta devant la cathédrale.

Deux hommes l'attendaient. L'un d'eux s'approcha, tête baissée, prit sa monture par la bride et lui dit : « J'apporte du pain et des conseils à Mon Seigneur. »

Dominus posa sa main sur son épaule droite.

« Je n'accepte de pain que de mes fils.

— C'est ce que nous sommes, fils du Pouvoir et de la Sainte Terreur, poursuivit l'individu, levant les yeux vers l'homme. Slawnik vous attend, Mon Seigneur. Nous avons ordre de vous escorter jusqu'à lui. (Il attendit un signe d'assentiment, puis ajouta :) Nous avons trouvé un nouvel indice concernant l'*Uter Ventorum*.

— Bien, répondit Dominus. Tout fonctionne comme prévu. »

46

« C'est la première fois que tu entres dans un laboratoire d'alchimiste ? s'enquit Ignace.

— Oui », répondit Uberto, ébahi.

La pièce semblait beaucoup plus grande qu'à l'étage supérieur, mais il s'agissait peut-être d'une illusion d'optique, due à la lumière. Les murs étaient entièrement recouverts d'étagères encombrées de livres, d'ustensiles, de fioles, de récipients et de pots remplis de poudres et de fluides colorés, d'os et de parchemins.

Le jeune garçon s'empara d'un flacon de verre assez épais, contenant un liquide transparent et scellé par un bouchon de filasse enduite de cire. Mû par la curiosité, il l'ouvrit, et une senteur âcre et écœurante s'en échappa.

Ignace remarqua l'expression dégoûtée d'Uberto et, s'approchant, renifla le liquide contenu dans le flacon.

« Intéressant. C'est de l'*Aqua Regina*, un acide qui permet de fondre tous les métaux, même l'or, expliquat-il. (Il plaça la solution à contre-jour et lui fit constater qu'elle prenait une coloration écarlate.) On l'obtient en mélangeant du vitriol, de l'alun et du salpêtre, et on y ajoute du sel ammoniac. Jusqu'ici, je ne l'avais vue utilisée que par un alchimiste napolitain. (Il referma soigneusement la fiole et la tendit à Uberto.) Prends-la. Mets-la dans ta besace. Elle sera peut-être utile… mais veille à ne pas l'ouvrir. »

Uberto se frotta le nez, car la substance inhalée lui avait occasionné une démangeaison intense.

« Et que dira le Roux s'il s'en aperçoit ?

— Comment veux-tu qu'il s'en aperçoive ? répliqua le marchand. Avec tout le bazar qu'il a ici… »

Le garçon hésita un instant, puis obéit. Il enveloppa l'objet dans un chiffon et le remisa dans son sac.

Les deux hommes se remirent à observer autour d'eux. En face de l'entrée, une tapisserie représentait un dragon se mordant la queue – entouré de deux cercles concentriques. À l'intérieur du premier anneau, avaient été brodées les sept planètes, et, dans le second, les signes du zodiaque.

Dans un coin de la pièce, il y avait un four d'un genre particulier. Uberto songea qu'il faisait penser à un petit bastion. Du cendrier, d'où sortait la bouche du foyer, s'élevait une tourelle cylindrique surmontée d'un dôme en pierre réfractaire, qui abritait à son sommet un emplacement pour les alambics et les petits récipients, afin de les soumettre à des bains de vapeur. Cet appareil, révéla Ignace, était un athanor, le fourneau utilisé par les alchimistes pour leurs expériences.

Le marchand examina les volumes entassés sur les étagères. Il reconnut le *Compositio Alchymiae*, traduit par Robert de Chester, les *Libri mysteriorum* de l'astronome Albumasar, et le *De mysteriis Ægyptorum* de Jamblique de Chalcis. Il aperçut même le tristement célèbre *Necronomicon*, le livre des lois qui gouvernent les morts. Son titre original, *Al Azif*, se référait aux hurlements des démons nocturnes. Un exemplaire de ce livre était parvenu à Constantinople où il avait été traduit en grec, suscitant l'intérêt et l'indignation de nombreux savants. Mais aux alentours de l'an mille, le *Necronomicon* avait été mis à l'index ; seuls quelques exemplaires, dont celui-ci, avaient été sauvés des flammes.

Ignace et Uberto gagnèrent la table de travail au milieu du laboratoire. C'était probablement le meuble de la pièce ayant le plus de valeur. Il s'agissait d'un bureau en bois relativement haut, aux portes richement marquetées, bien que les décorations en bordure du châssis soient désormais défraîchies. Sur le plateau, au gré des lueurs vacillantes des cierges, ils reconnurent de nombreux récipients en verre et en métal, un miroir ovale, des déchets de fusion, des pains de soufre, et… un couteau en forme de croix, fiché en son centre.

Le marchand recula instinctivement, les yeux dilatés de stupeur et de terreur. En une fraction de seconde, le poignard cruciforme raviva en lui de terribles souvenirs. Il représentait ce qui avait changé sa vie, son exil forcé en Orient. Son esprit sembla s'éclaircir tout à coup et l'image de l'homme en noir de la crypte de Saint-Marc ressurgit devant lui. Ce vaurien possédait un poignard identique, il en était maintenant certain.

« La Sainte-Vehme nous a retrouvés ! » s'exclama-il, étranglé par l'angoisse.

Uberto s'apprêtait à demander des explications quand, alors qu'il faisait le tour de la table, quelque chose sur le sol attira son attention et le fit hurler d'horreur. Il recula, buta contre un tabouret avant d'atterrir par terre. Ignace vola aussitôt à son secours,

216

mais le jeune garçon, bafouillant et les lèvres trem-
blantes, l'invita instamment à se retourner.

Le marchand obtempéra, et avec une grimace d'horreur, découvrit un cadavre, les membres désarticulés,
tel un pantin. Ils venaient de trouver Gothus Ruber.

Son corps gisait derrière la table, dissimulé aux
regards de ceux qui entraient. Son visage était tuméfié
et couvert de bleus, comme si la victime avait été
battue à mort. Une large entaille sous le menton, allant
d'une oreille à l'autre, indiquait la cause de la mort.
On lui avait tranché la gorge, et le sang, en jaillissant
de la carotide, avait souillé le sol et les vêtements du
malheureux.

« Mon pauvre ami, murmura le marchand. Ils t'ont
saigné comme un goret. Et, probablement par ma
faute… »

Il s'approcha du cadavre. Des profondeurs de la
mort, les iris vitreux semblaient toujours fixer le visage
de l'assassin.

Ignace ferma les yeux exorbités de Gothus Ruber, en
s'autorisant un soupir de tristesse. Puis, agrippant
Uberto par le bras, il le secoua pour l'aider à se remettre
de sa frayeur.

« Allez, mon garçon ! Nous ne devons pas traîner
dans le coin. Essayons de trouver des traces de l'*Uter
Ventorum*. Il est certainement la raison du meurtre du
Roux. »

Le jeune homme sursauta, comme s'il se réveillait
d'un profond sommeil. Il bondit sur ses pieds et
s'exclama :

« Très bien ! Où dois-je chercher ?

— Partout », répondit le marchand, qui s'affairait
déjà.

Tandis qu'il fouillait dans les rayonnages et les étagères, Uberto se demandait s'il serait capable de reconnaître l'*Uter Ventorum*. Dès qu'il mettait la main sur un texte arabe ou grec, il le soumettait à l'appréciation d'Ignace, qui, chaque fois, secouait la tête.

Au bout d'un moment, sans cesser son inspection, il osa poser la question qui lui brûlait les lèvres :

« Qu'est-ce que la Sainte-Vehme ?

— Ce ne sont pas tes affaires », répondit le marchand tout en furetant dans un tas de paperasses.

Le ton de sa voix ne laissait rien présager de bon.

« Sainte-Vehme ! insista le jeune garçon. C'est comme ça qu'on dit, je crois. Tu en as parlé récemment.

— Mieux vaut que tu ne le saches pas », tenta de le décourager Ignace.

Le garçon arrêta sa fouille et croisa les bras sur sa poitrine.

« Désormais, je suis autant impliqué que toi dans cette histoire, je suis donc en droit de savoir ! (Son ton sonnait comme un reproche.) Je ne suis pas idiot. Je sais que tu me caches beaucoup de choses. »

Décontenancé, Ignace abandonna la liasse de parchemins qu'il examinait et considéra son compagnon. Ses yeux trahissaient sa fierté mais aussi son inquiétude.

« Je vais te répondre. Mais garde à l'esprit que la connaissance ne simplifie pas la vie. Souvent, même, elle la complique.

— Peu importe. Je veux savoir. »

Ignace soupira et commença son récit.

« On raconte que la Sainte-Vehme fut instituée par Charlemagne pour maintenir l'ordre sur les terres

218

germaniques. C'est un tribunal secret, composé de chevaliers qui avaient le droit de vie ou de mort sur quiconque. Personne ne pouvait échapper à leur châtiment, pas même les nobles. Plus tard, ils se firent appeler "les Illuminés". Ils revendiquaient leurs exécutions, abandonnant sur les lieux de leurs crimes un poignard en forme de croix. Ils punissaient une multitude de délits, allant de l'incroyance à l'usurpation du pouvoir souverain, en passant par la nécromancie et les violences faites aux femmes. Les suspects étaient arrêtés chez eux et traduits devant les juges. S'ils étaient reconnus coupables, ils étaient immédiatement pendus. Le Grand Maître est à la tête de la Sainte-Vehme, viennent ensuite les Francs-Comtes et enfin, les Francs-Juges. (Il marqua une pause, avant de reprendre d'une voix sourde :) D'après moi, l'assassin de Gothus Ruber obéit aux ordres d'un Franc-Comte. Il a dû nous suivre depuis Venise.

— L'homme qui m'a fait tomber à Saint-Marc pourrait donc être un Franc-Juge… conclut Uberto. Mais pourquoi nous poursuivent-ils ? N'as-tu pas dit qu'ils étaient des chevaliers au service de la justice ?

— À l'origine, oui. Mais très vite, ils ont usé de leur autorité pour obtenir toujours plus de pouvoir. Les Illuminés seraient aujourd'hui présents dans toute l'Europe. J'en ai même reconnu quelques-uns en Terre sainte. Et, crois-moi, il ne reste rien de leur idéal de justice. On prétend même qu'ils ont appris les rites magiques des druides saxons avant de les exterminer pour nécromancie.

— Mais qui peut bien compter parmi les rangs d'une telle congrégation d'assassins ?

— Les Francs-Comtes sont issus de la noblesse et des hauts rangs ecclésiastiques. Comme je l'ai appris à mes dépens, leur Grand Maître actuel n'est autre que sa grâce l'archevêque de Cologne. »

Uberto avait déjà entendu parler de cet homme. Adolphe de Cologne était extrêmement connu car, quelques années plus tôt, il avait désobéi au pape en plusieurs occasions, tombant sous le coup de l'excommunication. Dans le milieu ecclésiastique, il était souvent cité comme un exemple de rébellion à l'autorité pontificale.

Mais, en cet instant précis, autre chose rongeait l'esprit du garçon. Pourquoi Ignace avait-il appris les secrets de la Sainte-Vehme à ses dépens ? Uberto se souvint de ce que le père Tommaso lui avait raconté : la vie errante d'Ignace était liée à un désaccord avec l'archevêque de Cologne. Tout cela avait-il un rapport ? Quinze ans plus tôt, Ignace et Vivïen s'étaient-ils attiré les foudres de la Sainte-Vehme ? Mais quel lien tout cela pouvait-il avoir avec l'*Uter Ventorum* ?

Le jeune garçon en était là de ses réflexions, lorsque, soudain, le marchand le saisit par le bras, et lui posa un index sur le nez. « Ne fais pas de bruit », ordonna-t-il.

Effrayé par son geste, Uberto obéit et resta à l'écoute. Au début, il ne discerna rien, puis il entendit un grincement en provenance des marches de l'escalier. Quelqu'un descendait précipitamment au laboratoire !

Comme un renard pris au piège, Ignace balaya la pièce du regard, à la recherche d'une sortie secondaire. Mais le lieu semblait sans échappatoire.

47

En dépit de l'heure tardive et de sa fatigue, Willalme voulait mener à bien sa mission. Il courait à perdre haleine dans les ruelles de Puente la Reina, serrant dans sa main un précieux message.

Les soupçons du marchand étaient fondés. Il devait l'avertir au plus vite.

Dans l'après-midi, tandis qu'ils flânaient au marché, Ignace l'avait interpellé pour lui désigner l'homme vêtu de noir qui les suivait, dans la foule, à une dizaine de pas de distance. Willalme, son capuchon rabattu sur son visage, s'était évanoui dans la masse, sans que l'homme à leurs trousses s'en aperçoive. Il s'était ensuite dissimulé derrière la tente d'un drapier et avait attendu que l'inconnu passe devant lui, afin de l'étudier de près. C'était un individu à la peau claire, chauve et avec une barbe roussâtre ; probablement un étranger, peut-être un Saxon ou un Souabe. Après l'avoir laissé passer, Willalme était sorti de sa cachette et lui avait emboîté le pas.

Le lascar avait épié Ignace et Uberto tout l'après-midi, notamment lorsque les deux hommes s'étaient arrêtés à un étal pour engager la conversation avec un vendeur aux cheveux roux. À ce moment-là, il s'était approché suffisamment pour pouvoir entendre leur conversation, tant le sujet l'intéressait.

De son côté, Willalme avait gardé tout le monde à l'œil.

Lorsque, après avoir pris congé du vendeur, Ignace et Uberto s'étaient dirigés vers une auberge pour dîner, le mystérieux poursuivant avait tourné les talons et s'était éloigné. Mais le Français l'avait suivi, bien décidé à découvrir son identité.

L'inconnu s'était engagé dans une ruelle suffocante, puis s'était arrêté devant une maison au toit de chaume. Devant l'entrée, un homme vêtu comme lui attendait déjà. Il semblait monter la garde.

Les deux hommes s'étaient entretenus, puis le dernier arrivé était entré.

Se glissant à l'arrière du bâtiment, Willalme avait trouvé les fenêtres barrées, et pas le moindre accès secondaire. Il n'avait trop su quoi faire, jusqu'à ce qu'il entende des gémissements provenant d'un soupirail. Alors il s'était mis à espionner.

À travers les barreaux, on distinguait une très grande pièce, éclairée par des chandelles. On aurait dit l'atelier d'un maréchal-ferrant, mais elle était pleine d'étagères regorgeant de livres. Deux hommes s'y trouvaient : le premier, musclé, aux manières brutales, portait un manteau sombre et gardait son visage dissimulé ; l'autre était recroquevillé sur le sol, la figure en sang. Willalme avait identifié le vendeur aux cheveux roux, un peu plus tôt en compagnie d'Ignace. Il était plutôt mal en point. Le type encapuchonné continuait à le rouer de coups et, entre deux salves, le questionnait… L'homme aux cheveux roux secouait la tête et refusait de répondre, bien que les raclées soient devenues de plus en plus violentes.

Tout à coup, quelqu'un avait frappé à la porte du laboratoire. Trois coups bien sentis.

« Entrez ! » avait crié l'homme encapuchonné.

La porte s'était ouverte sur l'individu qui avait épié Ignace dans l'après-midi. Lançant un regard indifférent à la victime, il s'était dirigé vers son compagnon pour lui murmurer quelque chose à l'oreille. Afin de mieux entendre, l'imposant bourreau avait retiré son capuchon… Willalme l'avait alors reconnu ! Comment oublier ces terribles yeux ? Cet homme, il le connaissait, il s'était battu avec lui dans la crypte de Saint-Marc, à Venise.

Laissant ses questions de côté, il s'efforça de comprendre ce qui se passait dans ce sous-sol, veillant toujours à ne pas se faire surprendre. Et une nouvelle fois, il fut le témoin impuissant de la violence, comme lorsque sa famille avait été massacrée. Torturé par les souvenirs, il avait assisté à toute la scène à travers les barreaux de la grille.

Avant de mourir, le Roux avait perdu l'esprit sous l'effet de la douleur. Jamais le pauvre homme n'aurait cru devoir endurer tant de souffrances.

Slawnik s'était planté devant lui, les poings serrés et le visage déformé par la rage.

« C'est vrai ce qu'on raconte, l'alchimiste ? Que tu as parlé aujourd'hui avec Ignace de Tolède ? »

L'homme n'avait pas répondu. Il s'était contenté de

fixer le type qui venait d'entrer, et était resté plongé dans un mutisme obstiné.

Le Bohême, qui n'était pas enclin à la pitié, l'avait soulevé de terre et expédié sur le sol, comme s'il battait un tapis.

« Que lui as-tu dit ? Qu'as-tu remis au morveux ? Un indice ? Une partie du livre ? Réponds ! »

Le visage du Roux se contracta en une expression ironique, et cette simple mimique engendra fatigue et douleur.

« Ce n'était que le gros orteil de saint Cyprien... murmura-t-il. Il guérit le mal de Naples et... »

Mais, avant d'avoir terminé sa phrase, il reçut un violent coup sous le menton.

Depuis la grille, Willalme avait entendu un bruit d'os brisés. Le pauvre bougre devait avoir eu la mâchoire cassée.

« Parle, l'alchimiste ! (Slawnik l'avait à nouveau soulevé pour le jeter contre le mur.) Dis-moi où est le livre ! Dis-le-moi, charogne ! »

Gothus Ruber avait alors esquissé un geste de capitulation. En rampant, il était arrivé jusqu'à la table et s'était appuyé contre le plateau. Sa mâchoire cassée l'empêchant de parler, il avait fait signe de vouloir écrire.

Sans perdre de temps, le Bohême lui avait procuré parchemin et plume.

Gothus Ruber s'était contenté de griffonner quelques lignes, la main tremblante, comme s'il signait un pacte avec le diable.

« C'est... tout ce que... je sais... » avait-il marmonné, crachant du sang et de la bave.

Slawnik lui avait arraché le parchemin des mains et, après l'avoir lu, s'était tourné vers le Roux d'un air interrogateur. Sur un signe de ce dernier, il s'était rapproché, croyant qu'il voulait lui confier autre chose, mais Gothus Ruber s'était contenté de lui cracher au visage.

Enflammé par la colère, le Bohême avait sorti son poignard et, en un éclair, l'avait égorgé. Le malheureux s'était effondré, les yeux exorbités, au pied de la table.

« Tu l'as tué ! s'était exclamé l'autre, resté jusque-là silencieux.

— L'alchimiste ne nous était plus d'aucune utilité. (La voix de Slawnik tonna, cinglante, comme un claquement de fouet.) Nous trouverons l'*Uter Ventorum* grâce au message qu'il a rédigé. Maintenant, dépêchons ! Dominus devrait nous rejoindre sous peu. »

Et, après avoir planté le poignard au centre de la table, il avait fait signe de lever le camp.

Il fallait récupérer ce billet, avait pensé Willalme, avant de quitter la grille.

Slawnik et ses deux compagnons s'étaient rendus dans un modeste hospice donnant sur la *calle* Mayor.

« Dominus ne va plus tarder. Allez à sa rencontre et escortez-le jusqu'ici », avait ordonné le Bohême.

Après s'être retiré dans un logement, à l'étage supérieur de l'hospice, il s'était assis à la lueur d'un candélabre et avait commencé à réfléchir au court billet de l'alchimiste, déterminé à le déchiffrer lui-même pour faciliter la tâche à Dominus.

Mais après avoir lu et relu maintes fois ces très ordinaires mots latins, il s'était rendu compte qu'ils contenaient un message aussi bref qu'incompréhensible. Il n'en viendrait pas à bout...

Il fut bientôt alerté par un tambourinement à la porte : trois coups familiers.

Il avait sauté sur ses pieds, et ouvert la porte, supposant que son seigneur était arrivé. Mais il s'était trouvé face à un inconnu drapé dans une cape verte. De longues boucles blondes dépassaient de son capuchon.

Slawnik n'eut pas le temps d'appeler. L'inconnu avait porté sa main droite devant sa bouche, les doigts tournés vers l'avant, et soufflé. De sa paume s'était élevé un nuage de poudre blanche.

Avec une surprise grandissante, le Bohême avait senti cette substance picoter ses narines et sa gorge, puis pénétrer dans ses poumons. Saisi d'un brusque vertige, il s'était effondré. Ses yeux lui brûlaient, l'étourdissement l'oppressait. Il ne pouvait se relever.

Les pupilles dilatées et le visage altéré par les spasmes du vomissement, il s'était traîné en avant, avançant maladroitement en direction de l'intrus, qui n'avait pas hésité à lui flanquer un coup de pied en pleine face.

Rabattant son capuchon sur ses épaules, Willalme avait lancé un regard satisfait vers Slawnik. Il l'avait anéanti sans le moindre effort. Les poudres d'Ignace se révélaient fort utiles en de telles situations.

Un moment, la tentation de l'achever avait été grande, mais il en fut incapable. Le Français ne pouvait tuer que sous l'emprise de la fureur, ou pour défendre sa vie. Et l'homme qu'il avait devant lui, bien qu'il méritât la mort, lui semblait, en cet instant, comme un enfant sans défense.

Très vite, il avait trouvé le message rédigé par Gothus Ruber, seul parchemin à proximité de la lumière. S'emparant du document, il était sorti à la hâte. Il devait retrouver le marchand, et au plus vite.

48

Dominus fut prudemment escorté jusqu'à la pension de la *calle* Mayor. Les deux hommes envoyés par Slawnik le conduisirent à la chambre où le Bohême attendait et, arrivés devant l'entrée, frappèrent comme convenu, mais personne ne répondit. Ils tentèrent d'entrer, mais le verrou semblait bloqué, voire avoir été forcé. Sans y réfléchir à deux fois, ils enfoncèrent la porte à coups d'épaule.

Lorsqu'ils pénétrèrent dans la pièce, ils trouvèrent Slawnik gisant sur le sol, inconscient et la bouche en sang. Dominus s'approcha de lui, méprisant, et le secoua du pied pour le faire revenir à lui.

Le Bohême ouvrit faiblement les yeux. « Mon Seigneur… » murmura-t-il, et, réalisant la situation humiliante dans laquelle il se trouvait, il tenta aussitôt de se relever. Sous l'effet de l'étrange poudre, ses jambes flageolaient et son équilibre restait précaire.

« Le message ! Où est le message rédigé par l'alchimiste ? demanda Dominus, peu soucieux de l'état de son serviteur.

— Ils l'ont volé, répondit Slawnik avant même de vérifier sur la table pour s'assurer de ses dires. C'est le Français, l'acolyte du marchand de Tolède. J'en suis sûr ! »

Dominus, ne parvenant pas à contenir son irritation, le gifla.

« Espèce d'incapable ! hurla-t-il. Te souviens-tu au moins de ce qui était écrit ?

— Oui, Mon Seigneur… marmonna le Bohême, en chancelant. (Bien qu'encore abruti par la drogue, une rougeur subite lui monta au visage. Giflé comme une donzelle ! Il n'avait jamais essuyé pareille humiliation.) Je m'en souviens parfaitement.

— Dépêche-toi de me dire ce que tu sais. Et, indique-moi où se trouve la maison de Gothus Ruber, ordonna Dominus. J'irai seul à la pêche aux indices. Vous, bande de vauriens, vous attendrez ici ! »

Willalme chercha Ignace et Uberto à l'auberge où il les avait vus dîner quelques heures plus tôt, mais ne les trouvant pas pensa qu'ils s'étaient rendus chez Gothus Ruber.

Minuit était passé depuis peu. Il devait faire vite.

La porte de la maison était ouverte. Il se précipita à l'intérieur avec un essoufflement croissant. Il tâtonna dans le noir, trouva l'escalier en colimaçon et descendit quatre à quatre. Lorsqu'il pénétra dans le laboratoire, la lumière des chandelles ne brûlait plus.

Il s'arrêta pour reprendre son souffle, en sueur, tandis que ses iris bleus fouillaient l'obscurité. Il tendit les mains en avant comme un aveugle et avança lentement.

Il entendit un bruit derrière lui et, avant même qu'il eût le temps de se retourner, il reçut un coup sur la nuque.

Il chancela et tomba à terre, mais, en perdant connaissance, il lui sembla entendre la voix d'Uberto.

49

Lorsque Willalme rouvrit les yeux, la pièce semblait comme nimbée de brume. Peu à peu, les images se firent plus nettes, puis tout lui apparut distinctement. Il se trouvait dans le laboratoire de Gothus Ruber, et Ignace et Uberto étaient penchés sur lui.

Le Français se releva péniblement, massant sa nuque douloureuse. Sa tête résonnait comme un tambour.

« Excuse-nous, nous t'avons pris pour quelqu'un de mal intentionné, lui expliqua le marchand. Nous pensions te surprendre dans l'obscurité... Je t'ai frappé avec ça », lui expliqua-t-il en lui montrant le bourdon.

« Bravo ! Beau travail... » ironisa Willalme en grimaçant. Puis une idée lui revint à l'esprit et il se dirigea précipitamment au centre de la pièce. Il jeta un œil derrière la table, et reconnut le cadavre du Roux. Il se trouvait dans la même position que lorsqu'il l'avait vu tomber, une heure plus tôt. « C'est Gothus Ruber, n'est-ce pas ? L'homme que nous cherchions... » demanda-t-il à ses camarades.

Ignace hocha la tête, perplexe.

« Comment le sais-tu ? Qu'as-tu découvert ?

— Je t'expliquerai plus tard. Pour l'heure, nous n'avons pas le temps. Tiens ! (Willalme lui tendit le message dérobé à Slawnik.) Gothus Ruber l'a rédigé avant de mourir. Ça concerne la partie du livre qui était en sa possession. »

Le marchand prit la feuille de parchemin et lut avidement.

Secretum meum teneo
cum summa virtute
signatum cum igni
sub rosis in cute

Uberto loucha dessus et traduisit à haute voix :

Je garde mon secret
Avec une suprême vertu
Marqué au feu
Sous les roses, sur la peau

« Mais qu'est-ce que ça peut bien vouloir dire ? (Willalme laissa transparaître une profonde déception.) Aurais-je risqué ma vie pour une comptine ?

— Je ne crois pas, le rassura le marchand. Il s'agit d'une charade, et elle va probablement nous révéler la cachette de l'*Uter Ventorum*, ou plutôt celle de la partie conservée par le Roux. »

— Marqué au feu... Caché sous les roses... murmura Uberto. (Soudain, il s'exclama.) Les roses ! Comme dans le cryptogramme de Vivïen ! Vous souvenez-vous de la deuxième phrase, écrite en provençal ? *"Temel esteit suz l'umbre d'un eglenter"*, "Tamiel se tient à

231

l'ombre d'un rosier". Gothus Ruber ne fait que confirmer cette phrase. Nous devons chercher un rosier !

— Tu as raison, admit Ignace. Mais ici, il n'y a ni rosiers, ni jardins, ni représentations florales. »

Willalme se pencha sur le cadavre de l'alchimiste, une idée en tête.

« Serait-ce vraiment si simple ? (Il désigna le corps.) Regardez... »

Ses compagnons, cessant de parler, attendirent. Le Français s'exprimait rarement, mais lorsqu'il avait quelque chose à dire, cela valait toujours la peine de l'écouter.

« Avez-vous remarqué ses cheveux ? continua Willalme. Ils sont roux et frisottés... comme des boutons de rose ! »

Uberto hocha la tête en silence, sans bien comprendre. Mais une illumination sembla s'emparer d'Ignace, qui ne perdit pas une minute. Il versa un pichet d'eau sur la tête du Roux, sortit son couteau et le rasa avec la dextérité d'un barbier. L'opération terminée, il se tourna vers ses compagnons, avec une expression indéchiffrable.

Les deux hommes fixèrent, incrédules, la tête de Gothus Ruber. Sur la peau de son crâne était tatouée l'image d'un ange, entouré de figures géométriques.

232

« Marqué au feu, sur la peau… Mais bien sûr, un tatouage ! s'écria Uberto. Le feu indique la brûlure ressentie par le Roux au moment de sa réalisation ! »

Le marchand opina.

« Il a caché son secret comme le faisaient autrefois les Perses…

— Qu'est-ce que ça veut dire ? demanda Willalme.

— Je n'ai jamais vu de dessin semblable, confessa Ignace. On dirait un talisman, mais il semble incomplet. »

Uberto le regarda, perplexe.

« Quel rapport entre un talisman et le Livre ? »

Le marchand paraissait enthousiaste, comme s'il avait mis la main sur un trésor inestimable.

« Ce talisman fait référence à la partie de l'*Uter Ventorum* confiée au Roux par Vivïen. Son organisation géométrique évoque le croisement des puissances célestes et résume leur enseignement. Je dois l'analyser attentivement. Regardez, sous l'image, cette phrase brève mais significative. »

Uberto n'y avait pas prêté attention. Il examina le crâne rasé de Gothus Ruber, en quête de révélations, et découvrit deux mots tatoués sous le dessin…

PLENITVDO LVNÆ

« *Plenitudo lunæ*, "Avec la pleine lune", traduisit Ignace. C'est une prescription rituelle. D'ailleurs, l'une des fonctions de l'ange Tamiel consiste à indiquer les phases lunaires.

— Ne nous attardons pas trop ! l'interrompit Willalme. Nous ne sommes pas en sécurité ici, fichons le camp !

— Tu as raison, admit le marchand.

— Je recopie le tatouage ? demanda Uberto, prêt à sortir son diptyque de cire.

— Ça te prendrait trop de temps. (Ignace avait lu l'inquiétude dans les yeux du Français.) Et puis, nous ne pouvons nous permettre de laisser ce talisman à la merci de la Sainte-Vehme. Nous devons l'emmener tel quel… »

Le jeune garçon lui lança un regard interrogateur : « Tel quel ? »

Willalme comprit sur-le-champ. Il dégaina de sa ceinture un long poignard arabe, une *jambiya*, pratiqua, autour de la tête du Roux, une entaille circulaire au-dessus des oreilles, puis arracha le scalp.

Le marchand regarda le défunt, navré du traitement qui venait de lui être infligé. Mais déjà l'instant d'après, son expression changeait et il lança d'un ton autoritaire à Uberto, abasourdi : « Vite, partons d'ici ! »

50

Lorsque Scipio Lazarus s'introduisit dans la maison de Gothus Ruber, il la trouva déserte et silencieuse. Il emprunta l'escalier en colimaçon et gagna le laboratoire, à l'étage inférieur. La pièce avait de toute évidence été minutieusement fouillée, tout était retourné.

Il contourna la table centrale et découvrit le cadavre de l'alchimiste. Ses cheveux roux avaient été rasés et son scalp prélevé de sa tête.

Il jugea qu'Ignace de Tolède s'était montré brillant dans ses recherches.

Après s'être relevé, il ôta le couteau en forme de croix planté sur la table et le dissimula sous son manteau. Il entendit alors un bruit de pas venant de l'étage supérieur mais ne s'en inquiéta pas. Il avait paré à cette éventualité et savait exactement quoi faire. Il gagna la tapisserie du dragon, face à l'entrée, et se dissimula derrière. Il tâtonna le long du mur jusqu'à trouver la poignée d'une porte dérobée. Il l'ouvrit, se glissa derrière et, laissant le battant entrebâillé, lorgna à travers la trame de la tapisserie, pour découvrir l'identité du mystérieux visiteur.

Peu après, le comte Dodiko fit son entrée dans le laboratoire. Il déambula au milieu des alambics et des rayonnages, jusqu'à ce qu'il tombe à son tour sur le cadavre de Gothus Ruber. Plus dégoûté qu'étonné, il le secoua du bout de sa botte pour s'assurer qu'il était vraiment mort et, malgré son aversion apparente, l'examina consciencieusement, avant de se relever pour embrasser la pièce du regard.

Son regard se porta enfin sur la tapisserie.

Un instant, Scipio Lazarus crut avoir été découvert. Il attendit en silence, immobile, tapi dans sa cachette tel un serpent, la main droite serrée sur le manche de son poignard.

Dodiko s'avança, contempla la représentation du dragon entouré d'astres, puis se détourna et revint à l'examen du cadavre.

Scipio Lazarus aurait pu le poignarder dans le dos, mais il estima que ce ne serait pas prudent. Dodiko faisait également partie de ses plans, mais il avait encore besoin de lui en vie.

Patience… se dit-il, et, sans le moindre bruissement, il recula et disparut dans l'ombre.

51

Dans l'un des bâtiments de la *calle* Mayor, à l'étage supérieur d'une pension, Slawnik, assis à califourchon sur le rebord d'une fenêtre, cherchait à se libérer dans la fraîcheur de la nuit des derniers effets de la drogue.

Dans l'attente du retour de Dominus, il contemplait la froide lueur des étoiles, en tripotant nerveusement sa précieuse bague familiale. Ce petit objet était le dernier souvenir d'une noblesse perdue, dont il ne se sentait plus digne. Une part de lui-même aurait souhaité se débarrasser de cette bague, la jeter avec un passé désormais révolu et dénué de sens ; mais ce qui restait de noble et de fier en lui ne renierait jamais ses origines, surtout pour devenir un simple sbire, privé d'orgueil et d'ambition.

La nuit passée, il avait essuyé une humiliation insupportable. La gifle qu'il avait reçue de Dominus lui brûlait encore le visage. Il porta la main à sa joue, comme lorsque, encore enfant, il se faisait réprimander par son père.

Son père, songea-t-il. Il n'avait jamais été digne de lui, ni de l'ascendance qui l'avait précédé. Il rejeta la tête en arrière et inspira, les yeux fermés. Maudits souvenirs !

Il avait le sentiment d'être un instrument inutile, pas même capable de servir son seigneur. Non seulement il n'était pas parvenu à trouver la partie du livre conservée par l'alchimiste, mais il avait, en outre, laissé filer le seul indice qui en révélait la situation exacte. Il était un serviteur indigne. Durant un instant, il souhaita que Dominus puisse le pardonner et lui accorder à nouveau sa confiance, mais il sentait, au fond de lui, qu'il ne le méritait pas.

Ses pensées furent interrompues par un bruit de pas qui résonnaient depuis la rue. Il se pencha et vit un homme approcher.

Dominus était de retour.

En pénétrant dans la pension, Dominus réfléchissait à sa prochaine action. Le marchand de Tolède lui avait soufflé une bonne partie de l'*Uter Ventorum*, mais il ne serait pas bien difficile de se lancer sur ses traces. Ignace s'était déjà probablement acheminé vers la troisième étape de l'itinéraire.

Puente la Reina… Il suffisait de suivre les indications du cryptogramme de Vivïen de Narbonne. Le marchand était à des lieues de s'imaginer que Slawnik avait mis la main dessus à Saint-Michel-de-la-Cluse, et que lui, Dominus, était parfaitement en mesure de le déchiffrer.

Grâce à ce cryptogramme, il le retrouverait où qu'il aille.

Ce misérable Espagnol, pensa le Franc-Comte, devait certainement se creuser la cervelle pour tenter de comprendre comment la Sainte-Vehme avait pu le retrouver jusqu'en Espagne. Il devait probablement se sentir tel un rat pris au piège, comme des années plus tôt...

Il ouvrit la porte délabrée d'un logement, à l'intérieur duquel Slawnik et les deux autres sbires attendaient ses ordres.

« Reposez-vous ! tonna, péremptoire, la voix de Dominus. Nous partons dans quelques heures. Ignace de Tolède ne doit pas nous échapper ! »

52

L'aube pointait sur les terres d'Occident. Elle coiffait les Pyrénées de sa lumière dorée, métal incandescent en passe de se liquéfier et de se répandre sur les versants en coulées de feu.

Ignace marchait en tête du groupe. Suivaient Willalme et Uberto, aspirant au calme et au repos. Depuis presque deux jours, aucun d'eux n'avait dormi.

Soudain, le marchand stoppa son cheval et désigna les remparts d'une ville.

« Voici Estella. Ici, nous serons tranquilles, du moins pour quelque temps... »

Estella, à l'ouest de Puente la Reina, se dressait le long de la route de pèlerinage conduisant à Saint-Jacques-de-Compostelle. Dans les environs, se trouvait le monastère Santa Maria la Real d'Irache, l'une des plus anciennes fondations bénédictines de Navarre. La citadelle abritait un grand marché ainsi que divers logements pour les pèlerins ; c'était l'endroit idéal pour un abri sûr.

Le groupe franchit l'enceinte fortifiée, saluant les sentinelles somnolentes, dépassa le couvent San Pedro de la Rúa, et s'achemina vers une auberge pourvue d'une écurie.

Une fois leurs chevaux aux soins d'un valet, il ne leur resta plus qu'à frapper à la porte de l'établissement. Un petit homme dégarni, nullement surpris par l'heure tardive, se présenta sur le seuil. Il accueillit les trois étrangers d'un bâillement sonore, puis leur attribua une chambre.

Sur les paillasses de leur nouveau logis, les trois compagnons plongèrent dans le sommeil. Toutefois, avant de s'endormir, Ignace avait repensé au talisman tatoué sur le crâne de Gothus Ruber. La représentation avait un je-ne-sais-quoi d'oriental, mais ne ressemblait à rien de précis. Pas à première vue en tout cas. De plus, il en était convaincu, un élément manquait. Il parviendrait probablement à le trouver en s'aidant des autres parties de l'*Uter Ventorum*. Il se promit de s'y atteler sérieusement mais à tête reposée. Pour l'heure, il devait tâcher de reprendre des forces et de se détendre.

Alors qu'il s'assoupissait enfin, les événements des dernières heures lui revinrent à l'esprit. La situation était préoccupante, il ne pouvait se le cacher, pas plus qu'il ne pouvait le cacher à Uberto. Pauvre garçon ! Il l'avait entraîné dans une mission bien trop risquée. Peut-être aurait-il mieux valu le laisser dans ses lagunes de Santa Maria del Mare, ignorant de tout.

La mort de Gothus Ruber constituait un cruel avertissement de la rude épreuve qui les attendait. Ce n'était pourtant pas seulement l'angoisse du lendemain qui torturait le marchand, mais aussi un atroce sentiment de culpabilité envers son ami, auquel il devait sa survie et qui n'avait pas hésité à se sacrifier pour lui. Il lui était redevable à son tour. Mais comment s'acquitter d'une telle dette ? C'était chose impossible.

Il se remémora l'époque où il était arrivé à Cologne, en compagnie de Vivïen de Narbonne, et où il avait, pour la première fois, eu affaire au Tribunal secret. En ce temps-là, il avait été traqué par un féroce Franc-Comte, redouté et respecté dans tout l'Empire, du nom occulte de Dominus, le Masque rouge. Il se demanda s'il n'avait pas sa part de responsabilité dans l'homicide de Gothus Ruber. Cette idée s'ancra si profondément dans son esprit qu'elle le tourmenta pendant plus d'une heure encore, avant que le sommeil bienfaisant l'emporte et lui procure un repos inespéré, enfin.

Uberto s'éveilla, l'esprit secoué par les cauchemars.

« Tu as eu un sommeil agité. »

La voix d'Ignace provenait du fond de la pièce. Le jeune garçon l'observa, assis à une table, une plume d'oie à la main.

« J'ai rêvé de Gothus Ruber, égorgé. J'ai connu plus agréable.

— J'imagine, répondit le marchand. Tu te sens mieux, à présent ?

— Oui. (Uberto regarda par la fenêtre. L'après-midi battait son plein.) Où est Willalme ?

— Il est sorti. Je l'ai envoyé chercher quelque chose à manger. Tu as faim ?

— Je n'en sais rien. Je me sens un peu perturbé.

— C'est normal. Lève-toi, viens m'aider. »

L'invitation parut plutôt inhabituelle à Uberto. Quand Ignace se plongeait dans ses réflexions, il ne tolérait personne à ses côtés.

« Qu'est-ce que tu fais ?

— J'ai reproduit le tatouage du Roux sur mon cahier de parchemin. Je l'étudie. »

Le jeune homme s'approcha, mais en voyant le scalp de Gothus Ruber dans un coin, il se figea. Le marchand s'en aperçut, prit le fragment de peau humaine et le fit disparaître dans un pot, qu'il fourra dans sa besace.

« Maintenant, tu peux regarder. »

Uberto eut honte de sa réaction, mais le souvenir de la froideur avec laquelle Willalme avait scalpé l'alchimiste le hérissait encore d'effroi. Jamais il n'avait assisté à des scènes de ce genre au monastère de Santa Maria del Mare.

Se plaçant aux côtés d'Ignace, il examina le tatouage de Gothus Ruber que le marchand avait recopié, face au cryptogramme de Vivïen.

Il s'agissait d'une superposition de figures géométriques. Un carré inséré dans un cercle, avec un ange en son centre.

« C'est étrange », commenta le jeune garçon, frottant ses yeux encore gonflés de sommeil.

Ignace fit naviguer son index autour du dessin.

« Tu vois ces douze glyphes en marge de la figure ? Ce sont les signes zodiacaux, une manière artificielle de représenter la sphère des Étoiles fixes.

— Et quel est le sens du reste de la figure ?

— Le cercle symbolise le ciel, et offre également une protection contre les esprits malins. Quant au carré, il désigne la Terre. Leur union, comme c'est le cas ici, génère un talisman, que l'on retrouve dans la Kabbale. Il évoque l'étincelle divine cachée dans la matière.

— Comment l'utilise-t-on exactement ?

— Nous le saurons lorsque nous serons en possession des trois parties manquantes de l'*Uter Ventorum*. Pour l'instant, je suppose qu'il s'agit d'une sorte d'enceinte.

— Une enceinte ? Mais pour quoi faire ?

— Pour retenir ou protéger... quelque chose.

— Un ange ? » hasarda Uberto.

Ignace sourit. Il se leva et lui ébouriffa les cheveux avec bonhomie.

« Espérons que ce soit le cas. »

« Ces pommes sont les plus douces de Navarre ! » lança, avec une œillade, la marchande depuis son banc de fruits, au bel étranger aux cheveux blonds qui s'était approché de son étal.

Willalme lui répondit d'un sourire. Il ne comprenait pas la langue du pays, mais le sens de la phrase lui parut évident. Il contempla la jeune fille, grande, brune, avec de magnifiques yeux noirs, puis jeta un œil dans sa besace. Il avait acheté du pain et de la viande de porc. Quelques fruits n'auraient rien gâché. Il désigna les pommes et fit signe qu'il en voulait trois.

Le Français paya, mais, alors qu'il s'éloignait, la paysanne le rappela pour lui offrir une quatrième pomme. Willalme la regarda d'un air interrogateur.

« Un cadeau pour vos yeux tristes, beau pèlerin », glissa-t-elle avec malice.

Il lui sourit à nouveau, un brin embarrassé, s'empara de la main qui lui tendait le fruit et la baisa sur la paume, puis sur le dos. La jeune fille rougit, tenta de parler, mais l'étranger avait déjà disparu.

Willalme retourna d'un pas alerte vers son logis, pensant à la belle paysanne. Toutes ces années de voyage avaient accru son désir d'avoir une maison, une famille. Mais il ne pouvait abandonner ses compagnons. Ignace avait tant fait pour lui. Il lui avait sauvé la vie et avait été comme une sorte de père adoptif.

Le Français en était là de ses rêveries lorsque son attention fut attirée par quatre hommes vêtus de noir, en grande conversation avec un aubergiste de la rue principale. D'un regard, il reconnut immédiatement le plus grand d'entre eux : c'était l'assassin de Gothus Ruber. Puis il identifia les deux autres, vus à Puente la Reina : le premier avait suivi Ignace et Uberto au marché, le deuxième montait la garde devant la maison de l'alchimiste. Le quatrième homme lui était inconnu. Il l'étudia brièvement, sans se faire remarquer. Il se tenait à l'écart des autres et, malgré la chaleur torride, gardait son visage dissimulé sous un capuchon. Il semblait ne pas supporter la lumière du soleil.

La présence de ces hommes à Estella ne signifiait qu'une chose.

QUATRIÈME PARTIE

L'échiquier de Kokabiel

« Les configurations astrales suivent également un principe rationnel
Et chaque corps céleste se meut selon des lois numériques. »

Plotin, *Ennéades*, IV, 35.

53

Bien que la lumière de l'après-midi inondât d'or toute la chambre de la pension, Uberto sentait l'ombre du mystère se densifier autour de lui. Cette nébulosité avait une origine bien précise : les yeux vert émeraude du marchand de reliques.

Que lui cachait exactement Ignace de Tolède ? Pourquoi s'était-il lancé à la recherche de l'*Uter Ventorum* ? Assurément pas pour de l'argent, ni même par désir de retrouver Vivïen de Narbonne. Il avait un secret. Même la mort de son ami ne l'avait pas fait renoncer à sa quête. Et il n'était plus question, désormais, d'une mission pour le comte Scalò. S'il réussissait à mettre la main sur le livre, Ignace se l'approprierait, Uberto en était persuadé. Non pas pour obtenir pouvoir, gloire ou richesse, mais à des fins qui lui restaient obscures.

La réflexion du jeune homme fut interrompue.

« Nous devons découvrir où se trouve la partie suivante de l'*Uter Ventorum*, l'ange Kokabiel, annonça Ignace.

— Comment as-tu l'intention de procéder ? s'enquit Uberto.

— Comme précédemment, en lisant la troisième ligne des deux charades, celle en provençal et celle en latin, suggéra le marchand. Jusqu'ici, cela a fonctionné... »

Et il chercha sur le cahier les phrases concernées.

Kokabel jüet as eschecs ou n'i lusit le soleill
Celum Sancti Facundi miratur Laurentius

« "Kokabiel joue aux échecs où ne brille pas le soleil", annonce le premier message ; le second dit : "Laurent regarde le ciel de san Facondo", traduisit le jeune homme.

— Non, attention ! (Le marchand haussa un sourcil.) Pas "de san Facondo", mais "à San Facondo". C'est le nom d'une localité, pas d'une personne.

— Un lieu nommé San Facondo ? Jamais entendu parler...

— Au fil du temps, l'appellation *Sanctus Facundus* a évolué en *San Fagun*, puis en *Sahagún*. C'est donc vers cette ville à l'ouest de Burgos que nous allons.

— En effet. Sahagún n'est pas très éloigné de Saint-Jacques-de-Compostelle... Et ce Lorenzo, qui serait-il ? Une personne ? Tu le connais, lui aussi ?

— Il ne s'agit pas d'une personne, mais d'une église, l'église San Lorenzo. »

La porte d'entrée s'ouvrit soudain à la volée, coupant Ignace dans ses explications. Les deux hommes se retournèrent vivement.

« Willalme, c'est toi... soupira le marchand rassuré. Tu nous as fait une sacrée peur. Pourquoi tant d'empressement ?

— Nous devons partir ! s'exclama le Français hors d'haleine, tout en refermant la porte d'un geste brusque. Ils sont en ville, ils nous cherchent !

— Du calme, le somma Ignace, se levant et le fixant droit dans les yeux. Qui nous cherche ? Explique-toi.

— Les hommes qui ont tué Gothus Ruber ! La Sainte-Vehme ! Je viens de les voir, ils sont quatre. Ils font le tour des auberges d'Estella, et ils seront ici sous peu !

— Comment ont-ils fait pour nous débusquer si vite ? »

Le marchand frappa du poing sur la table. Il n'avait pas le temps d'y réfléchir.

« Willalme, occupe-toi de seller les chevaux. Uberto, rassemble nos affaires. Nous partons.

— Où veux-tu aller si précipitamment ? s'enquit le jeune homme, terrifié.

— Je connais un endroit où ils auront du mal à nous trouver. Ce n'est pas loin… Mais dépêche-toi, mon garçon, cesse de trembler et remplis cette satanée besace ! » s'exclama Ignace, qui faisait déjà son balluchon.

Uberto, sans répliquer, s'exécuta à la hâte.

Willalme se rendit à l'écurie et entreprit de seller les bêtes, avec toute la désinvolture dont il était capable. Il sourit au garçon qui étrillait un cheval et jeta un regard circonspect alentour. Personne en vue. L'instant d'après, ses compagnons le rejoignirent, tout trois sautèrent en selle et quittèrent l'auberge à vive allure.

Ils gagnèrent la sortie de la ville sans encombre, et, l'enceinte franchie, s'élancèrent au galop vers l'ouest.

« Quelle est notre destination ? demanda Willalme.

— Une église de templiers : le Saint-Sépulcre de Torres del Rio, répondit Ignace. L'Ordre du Temple se doit de protéger les pèlerins.

— Combien de temps nous faudra-t-il pour l'atteindre ? s'enquit Uberto, aiguillonnant son cheval.

— Si nous maintenons notre allure, deux ou trois heures, tout au plus. »

Là-dessus, le marchand les guida dans les montagnes, vers la frontière qui séparait les terres de Navarre des terres de Galice.

Ignace avait tenu parole. Ils atteignirent une vallée de terres arides une demi-heure après le coucher du soleil. Non loin de là, un bâtiment surmonté d'une tour illuminée avait surgi au milieu de reliefs bosselés et d'arbustes rabougris.

« On dirait un phare ! s'extasia Uberto devant la structure qui se découpait dans les ténèbres.

— C'est l'église templière du Saint-Sépulcre ! Nous sommes presque arrivés, précisa Ignace. Encore un petit effort et nous y serons en sécurité ! »

Rasséréné, le jeune homme parut enfin s'apaiser. Il continua à galoper, les yeux braqués vers la source lumineuse, qui se rapprochait de plus en plus. Soudain, Willalme se retourna et aperçut, non loin, quatre cavaliers qui chevauchaient à vive allure, des torches à la main, et qui n'allaient pas tarder à les rattraper.

« Ignace ! cria le Français. Derrière nous ! »

Le marchand tourna la tête, alarmé. Il fronça les sourcils et vit les quatre torches se rapprocher à la vitesse de l'éclair.

« Ce sont *eux*, les Illuminés ! hurla-t-il, talonnant son cheval vers leur lieu de salut. Il ne faut pas qu'ils nous rattrapent ! Suivez-moi ! Vite ! »

Uberto et Willalme ne se le firent pas dire deux fois et aiguillonnèrent leurs bêtes pour une course effrénée. Les poursuivants, tels des loups sur leurs proies, redoublèrent aussi de vitesse.

Uberto, l'estomac noué, s'agrippait fermement à la bride de sa monture au galop. Il entendait le halètement de son cheval épuisé. Il évita de se retourner, hanté par l'idée que les poursuivants fonçaient sur lui, et s'astreignit à regarder droit devant lui, les yeux rivés sur le marchand, couché sur son destrier.

Malgré leur effort, les quatre cavaliers les rattrapèrent alors qu'ils parvenaient enfin aux portes de l'église.

Willalme fit alors volte-face, décidé à les charger. Il serra les dents et brandit son cimeterre, ses longs cheveux blonds ébouriffés par le vent. Il leva son épée et piqua le destrier de ses éperons. La bouche de l'animal écuma et, dans un hennissement fou, se cabra.

Le marchand lui intima l'ordre d'arrêter, mais le Français hurla, les yeux pleins de rage : « C'est la seule solution ! Fuyez ! Je me charge de les occuper, autant que je le pourrai ! »

Aucun des trois malheureux n'avait entendu sonner le cor, dans la tour de l'église, mais ils virent parfaitement ce qui advint alors miraculeusement : les portes du Saint-Sépulcre s'ouvrirent soudain sur un groupe de templiers en armes.

Uberto tourna son regard vers ces moines guerriers. Une dizaine en tout, portant l'uniforme blanc avec la croix rouge sur la poitrine. Ils étaient sortis au pas de

253

charge, répondant à l'appel du guetteur, prêts à les défendre.

Conforté par l'arrivée du renfort, Willalme renonça à l'offensive. Il alla se placer au côté d'Ignace, tandis que, depuis la tour, deux archers prenaient les quatre poursuivants pour cible. À la vue des soldats, les quatre cavaliers tirèrent sur la bride de leur monture et s'immobilisèrent à une vingtaine de pas de leurs proies, ne sachant plus que faire. Ignace eut alors tout loisir de les observer. Ils appartenaient bien à la Sainte-Vehme : leurs manteaux noirs et leurs visages dissimulés derrière des masques ne laissaient aucun doute. L'un d'eux, notamment, attira son attention. Il portait un masque rouge au sourire diabolique. Ignace eut un moment d'hésitation, puis en fut convaincu : il s'agissait de Dominus, le Masque rouge.

Tandis que les templiers sortis de l'église s'organisaient pour défendre les trois pèlerins, s'offrant en bouclier devant eux, Dominus scruta au-delà de la rangée de soldats et croisa le regard du marchand. Il bouillait de rage. S'il l'avait pu, il se serait jeté sur lui comme un fauve.

« Ignace de Tolède, vous souvenez-vous de moi ? lança-t-il, la voix altérée par son masque de céramique. Aujourd'hui, vous avez eu la vie sauve, réjouissez-vous, tant qu'il en est encore temps. Mais prenez garde ! Vous possédez quelque chose que je convoite, et tôt ou tard, je l'obtiendrai, dussé-je pour cela vous traquer jusqu'en enfer ! »

Le Masque rouge fit faire volte-face à son cheval et donna le signal de départ à ses sbires. Ils s'élancèrent à sa suite, telle une meute de chiens, et disparurent dans la nuit.

Au centre de la rangée de templiers, Philippe de Lusignan fixa les cavaliers noirs jusqu'à ce qu'il fût certain de leur repli. Il n'avait jamais vu de masques semblables. Du reste, ce genre de travestissement était loin d'être suffisant pour effrayer un guerrier de sa trempe. Après s'être assuré que tout danger était écarté, il rompit les rangs ; il rengaina son épée dans son fourreau et se dirigea vers les trois pèlerins, visiblement éprouvés par la chevauchée.

Il se tourna vers Ignace, qu'il avait immédiatement identifié comme le chef du groupe.

« Tout va bien, Messire ? »

Le marchand observa le templier. De prime abord, il lui fit l'effet d'un homme fruste, comme la plupart des soldats qu'il avait connus. Cependant, dans ses yeux brillait une intelligence peu commune, qui le frappa.

« Grâce à vous, Chevalier. Seulement grâce à vous, répondit-il avec une reconnaissance sincère. (Il mit pied à terre et s'approcha.) Nous vous devons la vie. Je suis Ignace de Tolède, marchand de reliques. Je serais ravi de connaître le nom de notre sauveteur inespéré.

— Mon nom est Philippe de Lusignan, Messire. Pour vous servir. »

Le marchand en eut le souffle coupé. Le nom de la famille Lusignan venait du château de Leusignem, en Poitou, dans l'ouest de la France, et tirait son origine de la légende de la fée Mélusine, mi-femme mi-serpent. Quelque trente ans plus tôt, après s'être emparés de l'île de Chypre, les Lusignan avaient mêlé leur sang à celui de la famille royale de Jérusalem.

Qu'est-ce qui pouvait bien pousser un descendant d'une telle lignée à délaisser confort et richesse pour devenir moine templier ?

Comme le voulait l'usage en présence des nobles, Ignace esquissa une révérence. Philippe l'arrêta, d'une main sur l'épaule.

« Relevez-vous, dit-il. Ne vous prosternez pas. J'ai renoncé depuis longtemps à mon rang. Désormais, je suis moine et, si Dieu le veut, je protège le chemin des pèlerins de mon épée. (Il marqua une pause, dévisageant d'abord Uberto puis Willalme, et se tourna de nouveau vers le marchand.) Mais, dites-moi, Messire, que vous voulaient ces étranges cavaliers ? »

Ignace eut un moment d'hésitation. Il se trouvait face à une difficile alternative, dire la vérité ou mentir.

54

« Il s'agissait de brigands, Mon Seigneur. Simplement de brigands. »

Les yeux mensongers du marchand croisèrent le regard du templier. Mieux valait mentir pour Ignace que de s'étendre sur l'histoire de l'*Uter Ventorum* et de la Sainte-Vehme.

« Des brigands, insista-t-il, ignorant les regards désapprobateurs d'Uberto. Nous ne les avions jamais vus auparavant.

— Mais l'un d'eux semblait vous connaître, Messire, objecta Philippe de Lusignan, d'un ton calme. Il vous a même appelé par votre nom.

— Probablement m'a-t-il pris pour quelqu'un d'autre… Et dans le cas contraire, comment le saurais-je ? Cet homme portait un masque, ainsi que Votre Seigneurie l'aura remarqué, éluda Ignace.

— C'est exact, j'en conviens.

— Dites-moi, continua le marchand, changeant de conversation, êtes-vous le recteur de cette église ?

— Non, je ne suis pas à la tête du Saint-Sépulcre,

précisa le templier. Pour tout vous dire, je n'y vise même pas. Je ne suis que de passage, tout comme vous. Les hommes qui se sont précipités à votre secours sont sous mes ordres.

— Je comprends. »

Ignace fixa les traits sévères des vétérans rassemblés derrière Lusignan. Puis il jeta un coup d'œil en direction de l'église du Saint-Sépulcre, se demandant d'où venaient ces hommes et où ils allaient.

« Je ne vous retiens pas plus longtemps. Il fait nuit et vous devez être fatigués, ajouta Philippe de Lusignan sans cesser de fixer le marchand. Je vais vous faire conduire à l'hôtellerie de l'église. Demain matin, nous informerons le recteur de votre arrivée. »

D'un geste de la main, le templier appela à ses côtés un jeune sergent, qui s'agenouilla, dans l'attente des ordres. Il était vêtu comme Philippe, à l'exception du manteau blanc.

« Jarenton, veille à trouver un logis pour ces voyageurs. »

Le sergent hocha la tête, se releva et se tourna vers Ignace : « Suivez-moi. Ne vous faites pas de souci pour les chevaux, je m'en charge. »

Les pèlerins saluèrent Lusignan avec reconnaissance et suivirent Jarenton.

Uberto l'observa, admiratif. Il ne devait pas être beaucoup plus vieux que lui, bien que ses traits précocement flétris le fissent paraître plus âgé.

Le sergent conduisit les trois compagnons au bâtiment jouxtant le Saint-Sépulcre, destiné à accueillir les voyageurs.

« Maintenant, nous tâcherons de nous débrouiller

258

seuls, dit Ignace. Vous avez été bien aimable de nous accompagner, Sergent.

— Le devoir », répondit Jarenton, d'une voix qui trahit sa jeunesse. Il salua pour prendre congé puis s'éloigna.

55

Lorsque Uberto ouvrit les yeux, le lendemain matin, son estomac criait famine. Il s'assit sur son grabat et scruta la pièce vide. Ignace et Willalme étaient sortis sans le réveiller mais lui avaient laissé, à côté du lit, un bol de lait et une grosse pomme verte.

Une fois restauré, il sortit de l'hôtellerie, en quête de ses compagnons. Dehors, il vit Jarenton assis sur un banc, récurant une paire de jambières à la brosse. Il s'approcha et lui demanda des nouvelles de ses amis.

« Ils sont entrés dans l'église, il y a peu, répondit le sergent, sans lever les yeux de sa tâche. D'un coup de brosse, il fit sauter une grosse incrustation de boue de la surface métallique.

— Ils voulaient probablement rencontrer le recteur, en déduisit Uberto.

— Je ne pense pas, rétorqua Jarenton. Le vieux recteur est gravement malade et ne se lève plus depuis des jours. Vos camarades cherchaient messire Philippe, je crois. Ils ont dû monter à la tour » ajouta-t-il en indiquant le sommet du Saint-Sépulcre.

Uberto leva les yeux et remarqua que le feu de la tour était éteint. Remerciant le sergent, il se dirigea

260

vers l'entrée de l'église, couronnée d'un arc en plein cintre. Il poussa les battants entrebâillés et entra.

Le périmètre du bâtiment octogonal et les étroites petites fenêtres disposées sur chaque côté laissaient filtrer la lumière matinale. L'octogone, lui avait appris Ignace, était l'une des figures géométriques préférées des templiers, en raison de l'union du carré et du cercle, autrement dit de la Terre et du Ciel.

Le lieu était désert. Uberto chercha un accès vers la tour. Il découvrit alors le magnifique plafond en coupole, soutenu par un enchevêtrement d'ogives formant une étoile.

Lorsque le jeune homme parvint à détacher son regard du plafond, il aperçut, derrière l'abside, l'accès recherché. Il suivit l'escalier. Arrivé à l'étage supérieur, il croisa un chapelain à l'allure vénérable.

Le vieil homme le regarda avec douceur.

« Bonjour, mon fils, ne chercherais-tu pas, par hasard, les deux étrangers ?

— Si, répondit le garçon.

— Ils sont là-haut, dans le fond. (L'homme indiqua un petit escalier.) Vas-y, monte, mais prends garde à ne pas te pencher aux fenêtres. »

Uberto hocha la tête. Le moine posa une main sur ses cheveux et le bénit.

Au sommet de la tour, de forme octogonale, comme l'église, Willalme savourait le panorama montagnard de la Sierra de Codés, tout en écoutant la conversation d'Ignace et de Philippe de Lusignan.

« Je transporte un chargement extrêmement précieux, Messire, lui expliquait le templier. C'est pourquoi plusieurs soldats m'accompagnent.

— Des trésors d'Orient ? s'enquit le marchand.

— Je ne puis vous répondre. J'espère que vous comprendrez.

— Mais bien entendu.

— J'ai l'ordre d'aller vers l'ouest, jusqu'à Tomar », précisa néanmoins le templier.

Ignace connaissait le château de Tomar. Une forteresse érigée sur les rives du Tage, à la frontière de l'Espagne chrétienne et de l'Andalousie musulmane. Environ trente ans plus tôt, alors qu'il vivait à Tolède, il avait entendu dire que, précisément devant les murs de Tomar, l'orgueil et les troupes du roi marocain Almanzor avaient été bafoués. Là-bas, les templiers cachaient des secrets et de grandes richesses.

« Demain matin, nous reprendrons la route, continua Philippe de Lusignan, scrutant la ligne de montagnes qui se dressait à l'ouest. Nous suivrons le chemin de Saint-Jacques jusqu'à Burgos, et nous dévierons ensuite au sud-ouest.

— Je vais également en direction de Burgos, indiqua le marchand.

— Si vous le souhaitez, nous pouvons faire une partie du voyage ensemble, vous profiteriez ainsi de notre escorte et éviteriez de vous exposer de nouveau à de mauvaises rencontres », suggéra à brûle-pourpoint le templier.

Cette proposition déconcerta Ignace. Toutefois l'escorte des templiers tiendrait sûrement Dominus et ses sous-fifres à distance.

« Êtes-vous sûr que notre présence ne vous gênera pas ?

— Au contraire, nous nous tiendrons mutuellement compagnie.

— Dans ce cas, j'accepte volontiers. Voyager en toute sécurité n'est pas négligeable, par les temps qui courent. »

Du haut de la tour où il venait d'arriver, Uberto vit un archer monter la garde devant une fenêtre. À quelques pas de là, se tenaient ses amis, en compagnie de Philippe.

« Bien réveillé, jeune homme ? lui demanda Ignace en guise de bonjour. Nous t'avons laissé dormir. Hier soir, tu semblais épuisé…

— Ce n'est pas étonnant, intervint Lusignan. Ces quatre diables n'avaient pas l'air de plaisanter. J'ai encore leurs masques à l'esprit. Assez singuliers…

— Oui, fit Willalme d'un ton évasif.

— Tu arrives juste au bon moment, dit le marchand au jeune garçon. Messire Philippe propose de nous escorter durant le trajet. Nous partirons demain matin pour Burgos avec ses hommes.

— Magnifique ! s'exclama Uberto. Je n'ai jamais connu de chevaliers du Temple, mais j'ai beaucoup entendu parler de leurs exploits.

— Alors nous verrons si ce qu'on t'a narré correspond à la réalité ou s'il s'agit d'une légende, sourit Philippe. À présent, veuillez m'excuser mais je dois redescendre pour m'occuper des préparatifs du voyage. »

Ignace, veillant à ce que l'archer n'entende pas, chuchota à l'oreille d'Uberto : « Nous ne devons, sous aucun prétexte, parler de la Sainte-Vehme ni de l'*Uter Ventorum* aux templiers. Pas même à Philippe de Lusignan, bien qu'il paraisse avenant. S'ils découvrent notre secret et apprennent l'existence du livre, ils pourraient se révéler plus dangereux encore que les hommes qui nous pourchassent déjà. Mieux vaut qu'ils n'en sachent rien. Je compte sur toi, jeune homme, ainsi que sur toi, Willalme. »

Uberto comprit enfin pourquoi, la veille, le marchand avait choisi de mentir à leur sauveur. « Fais-moi confiance », répondit-il.

Willalme haussa les épaules.

« D'accord. Maintenant, s'il n'y a plus rien à ajouter, occupons-nous du déjeuner… »

Ignace, avec ses compagnons, regagna les étages inférieurs. Son regard serein cachait des réflexions tourmentées. Si Dominus avait si bien anticipé ses déplacements, c'est qu'il avait probablement trouvé l'énigme laissée par Vivïen à Saint-Michel-de-la-Cluse.

56

Les cinq jours suivants, la compagnie d'Ignace poursuivit son voyage, escortée par les templiers. La colonne traversa tranquillement les plateaux sinueux, au gré du trépignement de sabots, des hennissements, et des incessants ralentissements dus aux deux grosses charrettes du convoi.

Philippe ouvrait la route, monté sur un imposant cheval blanc. Suivaient quatre chevaliers, les deux carrioles et un autre détachement de soldats. Le marchand et ses compagnons fermaient les rangs.

Willalme et Uberto chevauchaient paisiblement, s'interrogeant toutefois sur le contenu des charrettes. On entrevoyait, à l'intérieur, des malles et des sacs empilés, rien de plus. Pour Ignace, il devait s'agir d'un chargement extrêmement précieux, étant donné l'ampleur de l'escorte. Sa destination, le château de Tomar, en garantissait la valeur.

Un après-midi, Uberto approcha son cheval de celui du marchand et lui demanda à brûle-pourpoint :

« Pourquoi Vivïen a-t-il choisi l'Espagne pour cacher le livre ?

— Parce que cette terre est dépositaire d'un savoir ancestral, répondit sans détour Ignace, presque heureux de la question. (Depuis quelques jours, il se montrait plus enclin à la conversation.) En Espagne, et notamment à Tolède, on étudie et on traduit des manuscrits de mathématiques, de médecine et d'alchimie, en provenance du monde arabe. L'*Uter Ventorum* faisait sans doute partie de ces manuscrits, et Vivien aura jugé bon de le cacher là-bas...

— Je vois. Mais qu'est-ce qui te fait croire que l'*Uter Ventorum* est un manuscrit arabe ? Comment les Arabes connaissent-ils les secrets des mages persans ?

— Ce sont les Persans eux-mêmes qui les leur ont transmis, après qu'ils les eurent assujettis et fait d'eux des *dhimmīs*. Les mages sont entrés dans les cours des khalifes, en tant que médecins ou conseillers, et ils ont répandu leur culture...

— Des *dhimmīs* ? l'interrompit le garçon. Est-ce à dire des "esclaves" ?

— La *dhimma* est un contrat de protection moyennant le paiement de l'impôt. En payant une taxe aux dominateurs arabes, les peuples assujettis pouvaient conserver leur liberté cultuelle et professionnelle.

— Il n'est pas juste de devoir payer pour rester soi-même, commenta Uberto.

— Tu as raison, mais les feudataires chrétiens ne traitent pas mieux leurs paysans, répliqua Ignace. Toujours est-il que la *dhimma* fut étendue aux chrétiens d'Espagne quand ils furent assujettis par les Arabes. »

Le jeune homme sembla étonné.

« Je ne pensais pas que les musulmans permettaient aux chrétiens de vivre auprès d'eux.

— Ce fut pourtant le cas. Les chrétiens d'Espagne s'imprégnèrent de sagesse orientale et ornèrent leurs livres sacrés de nombreuses images magnifiques, qui témoignent de ce mélange de cultures.

— Pourquoi des images ? Les mots ne parlaient-ils pas d'eux-mêmes ?

— "La vérité n'est pas venue en ce monde nue, mais elle est venue en des figures et des images", nous enseigne l'Évangile de Philippe. Et cet évangile, de même que celui de Thomas, était à la base de la liturgie chrétienne espagnole. »

Uberto le regarda stupéfait.

« Ces personnes… ces "chrétiens arabisés"… ce sont des Mozarabes, n'est-ce pas ?

— Oui, des Mozarabes, répondit le marchand, presque hésitant.

— Pourquoi n'en entendons-nous plus parler ?

— Parce que l'Église s'est chargée de leur extinction, en condamnant les Évangiles de Thomas et de Philippe, déclarés apocryphes. Elle a brûlé leurs livres et anéanti leur culture, la jugeant inconvenante. Les héritiers de cette civilisation errent désormais à travers l'Espagne, bannis par l'Histoire et oscillant entre monde chrétien et monde arabe.

— Tu… hésita Uberto puis, surmontant son manque d'assurance… Tu es mozarabe ?

— Oui, répondit simplement le marchand. (Il contempla le visage du jeune garçon, n'y décela ni mépris ni répulsion, seulement de l'étonnement et du respect. Il esquissa un sourire résigné.) J'appartiens à la lignée des Alvarez. Mes ancêtres étaient mozarabes. Mon père ne l'était déjà plus. Je ne suis plus rien, qu'une poussière de souvenir…

— Tu es mon *magister*, s'exclama alors le jeune garçon. Sans toi, je moisirais encore dans ce monastère, ne sachant rien de la beauté du monde. Maintenant, je comprends pourquoi le vieil abbé t'aimait tant. »

Le marchand lui sourit et, pour la première fois depuis qu'Uberto le connaissait, il semblait avoir tombé le masque. Il s'apprêtait à lui répondre, lorsqu'un templier de l'arrière-garde s'approcha.

« Tout va bien, Messires ? De quoi parle-t-on ? »

Le charme fut rompu, et le marchand retrouva son impassibilité coutumière, réprimant toute émotion apparente. Il se tourna vers le templier et le renseigna, distraitement :

« De rien, Chevalier. De rien d'intéressant… Je parlais de ma famille. (Puis il s'adressa à nouveau à Uberto, l'air désormais distant.) Bien, nous sommes presque arrivés à Burgos. »

Il semblait avoir déjà oublié son échange avec Uberto.

57

La compagnie atteignit sans encombre Burgos, la capitale de la Vieille-Castille, saturée de bâtiments et de rues grouillantes.

La colonne fit halte au bord du fleuve Arlanzón. Philippe de Lusignan, qui avait jusque-là chevauché en tête de l'expédition, mena son destrier à l'arrière, et rejoignit le groupe d'Ignace, arrêté en lisière d'une étendue de peupliers.

« Comme vous pouvez le constater, Maître Ignace, j'ai tenu parole. Je vous ai escorté sans dommage jusqu'à Burgos. »

Le marchand considéra le templier avec gratitude.

« Votre aide fut précieuse.

— À présent, comme vous le savez, nos routes se séparent, continua Lusignan. Nous, templiers, n'entrerons pas dans la ville. Nous devons nous quitter ici.

— J'espère vous revoir et pouvoir un jour vous rendre la pareille. Bon voyage, Messire.

— Que le Seigneur vous garde, Maître Ignace ! » lança Lusignan en guise de salut, avant de regagner la tête du convoi.

Les templiers devaient dévier vers le sud, tandis que le groupe d'Ignace s'acheminait vers l'ouest, pour rejoindre le chemin de Saint-Jacques.

La compagnie aux blancs manteaux s'éloigna en longeant le cours du fleuve et disparut dans la poussière jaunâtre de la route, tel un mirage se dissolvant dans la lumière. Quand elle eut disparu, les trois compagnons tournèrent leurs regards vers la cité de Burgos, qui s'élevait sur un plateau environné de feuillages verdoyants. Ils se remirent en route et l'atteignirent sans tarder.

Ils trouvèrent refuge pour la nuit dans un hospice hors du centre, l'Hospital del Rey, dans une rue en direction de l'ouest.

58

Il leur fallut encore une dizaine de jours pour atteindre Sahagún, l'ancienne agglomération qui se dressait autour du monastère clunisien de San Fagun.

La traversée des plateaux et des landes de terres arides avait épuisé hommes et chevaux. Uberto, à bout de forces, suivait péniblement ses camarades, la tête ballante et les yeux mi-clos. Ni l'eau ni la nourriture ne le ragaillardissaient.

Ils atteignirent Sahagún par une torride nuit de fin juillet. Le soleil avait décliné rapidement sous leurs yeux, les plongeant dans l'obscurité, au milieu d'étendues de blé sans fin. Ils avaient suivi une route pavée jusqu'au gué du fleuve Cea qui menait à la ville.

Là, ils déambulèrent dans un enchevêtrement de petites bâtisses dominé par des clochers, admirant les blasons et les enseignes suspendues aux murs. Ils trouvèrent à se loger dans une auberge excentrée. L'hôtelier, un homme fruste mais à l'apparence honnête, les accueillit sans trop poser de questions.

Le marchand fit allonger Uberto sur une paillasse. Le front du jeune homme était brûlant.

« Bois, lui intima Ignace quelques minutes plus tard en lui tendant un gobelet en terre cuite.

— Qu'est-ce que c'est ? souffla d'une voix éteinte le garçon.

— Une décoction de plantes, répondit-il, lui soulevant la tête pour l'aider à boire. Ça va faire tomber ta fièvre. »

La décoction était amère, mais laissait une saveur agréable en bouche. Après une première gorgée suspicieuse, le jeune garçon l'avala d'un trait, puis posa sa tête sur l'oreiller et ferma les yeux. Il sombra rapidement dans un profond sommeil.

« Tu lui en demandes peut-être trop, suggéra Willalme à Ignace, après s'être assuré qu'Uberto dormait. Il est exténué. »

Le marchand secoua la tête.

« Je n'ai pas le choix. Si j'étais sûr de ne pas l'exposer à quelque danger, je l'aurais déjà confié à quelqu'un. Mais à présent, il doit nous suivre jusqu'au bout. »

Le silence se fit entre les deux hommes. Ignace sortit quelques bulbes séchés de sa besace, les effrita méticuleusement dans un petit récipient, qu'il posa sur le feu. Une agréable senteur se répandit dans la pièce.

« Qu'est-ce que c'est que ça ? demanda le Français, humant l'air, intrigué.

— De la mandragore. On l'utilise pour distiller les poisons et les philtres d'amour, mais une fois brûlée, elle perd tout effet toxique. L'odeur de ses braises est un tonique puissant. (Il regarda tendrement Uberto.) Ça l'aidera à se requinquer. »

Willalme fit un signe d'approbation.

« Tu penses que le gamin se doute de quelque chose ? Qu'il sait ? »

Le marchand esquissa un sourire amer.

« Nous n'avons pas le temps de discuter. Il faut agir. »

Les deux hommes quittèrent l'auberge en silence et traversèrent à pied les faubourgs de Sahagún, en direction de l'église San Lorenzo. Ils voulaient profiter de l'obscurité pour pénétrer secrètement dans le bâtiment, et récupérer la partie du livre qui y était dissimulée… À condition que Dominus ne les ait pas précédés.

Ignace songeait qu'ainsi Uberto pourrait se reposer à l'abri de tout danger.

Les braises de mandragore s'étaient consumées lorsque Uberto fut tiré du sommeil par une forte secousse. Il ouvrit les yeux et se trouva face à un individu qui le tenait d'une main par un bras et brandissait de l'autre une lampe à huile. Il avait de longs cheveux noirs, portait un manteau blanc et une cotte de mailles recouverte d'une soubreveste verte. Uberto vit sur sa poitrine l'insigne des croisés.

Le garçon se libéra de son emprise et bondit précipitamment au bord de sa paillasse. Il tâtonna dans l'ombre, en quête de quelque chose pour se défendre, mais ne trouva que le gobelet dans lequel il avait bu la décoction. Il le lança sur l'inconnu qui recula brusquement, protégeant son visage de son avant-bras. L'ustensile heurta son gant de fer et vola en éclats.

L'homme tourna son regard vers les débris éparpillés sur le sol, puis leva les mains en signe de reddition.

« Je ne te veux aucun mal, déclara-t-il d'une voix assurée.

— Qui êtes-vous ? »

Le jeune garçon écarquilla les yeux, encore brillants de fièvre. Regardant autour de lui, il se rendit compte qu'il était seul.

« Où sont mes amis ?

— Je n'en sais rien. Tu étais seul lorsque je suis entré.

— Qui êtes-vous ? Vous ne m'avez pas répondu !

— Je suis le comte Dodiko, répondit docilement l'homme. Un ami. »

Un ami, pensa Uberto, comme s'il découvrait ce mot.

« Je ne vous connais pas. Que voulez-vous ? »

L'intrus s'approcha de lui et l'éclaira de la flamme de sa lampe. Il avait le regard soucieux, comme s'il s'apprêtait à lui annoncer une mauvaise nouvelle.

« Ignace de Tolède est en danger. Si tu tiens à sa vie, tu dois m'aider. »

59

Le marchand observa la tour campanaire qui se découpait au sommet de l'église San Lorenzo, au-dessus de la chapelle absidiale. Dans l'obscurité, l'alignement des fenêtres en arc qui parcouraient la structure lui donnait l'apparence d'une ruche gigantesque. Un instant, il crut la voir trembler, comme ébranlée par une secousse sismique, puis l'impression s'évanouit. Il s'agissait probablement d'un tour que lui jouait la fatigue.

« Toi, attends-moi ici, et fais le guet, dit-il à son compagnon. Moi, je rentre.

— Tu sais où chercher ? demanda Willalme.

— J'en ai une vague idée… Ouvre l'œil, l'ami.

— Comme toujours… »

Ignace s'éclipsa à l'intérieur de l'église, tandis que le Français demeurait devant l'entrée principale, dans la rue déserte.

Aucun des deux n'avait remarqué un homme, tapi non loin de là, qui se confondait presque parmi les ombres. Voûté, filiforme et drapé dans une cape, il avait l'allure d'un moine. Il attendit que le marchand soit entré, puis disparut dans l'obscurité.

Comme prévu, l'église San Lorenzo était déserte. À cette heure, tous les religieux devaient s'être retirés au dortoir. Ignace remonta prudemment la nef centrale, tandis que ses pas résonnaient jusqu'aux voûtes du plafond.

Il s'arrêta devant l'autel et se recueillit un instant, caressé par la lueur des cierges. Une fresque sur les murs représentait le martyre de saint Laurent, enchaîné sur un gril ardent et torturé par les braises et les fers de ses bourreaux.

En le contemplant, Ignace ne put s'empêcher de penser aux tourments auxquels il serait lui-même exposé si Dominus le dénichait en ce lieu. Puis il analysa la peinture. Le visage du martyr, indifférent à la douleur, affichait une expression sereine, celle de l'extase divine de la foi. Il regardait vers le ciel. Une idée s'imposa à Ignace. Il ne s'agissait pas d'une simple peinture, mais d'un indice ! Le marchand se remémora l'énigme de Vivïen.

Kokabel jüet as eschecs ou n'i lusit soleill
Celum Sancti Facundi miratur Laurentius

« Kokabiel joue aux échecs où ne brille pas le soleil. À San Facondo, Laurent observe le ciel », traduisit-il pour lui-même. Il devait chercher en hauteur, dans la direction où saint Laurent orientait son regard sur la fresque. Il devait chercher dans un lieu élevé, mais à l'abri de la lumière. La tour, bien sûr !

Il s'empara d'un candélabre qui brûlait sur l'autel et traça son chemin sous les arcades de la nef, en quête d'un escalier. Il le trouva rapidement.

En haut des marches, il déboucha au niveau le plus élevé du clocher. De prime abord, il ne vit rien d'extraordinaire, pas de malles ni d'armoires, pas non plus de livres ou de parchemins. Seulement la cloche, pendue au plafond, qui lévitait dans le silence métallique, entourée de fenêtres et de pierre.

Ignace éclaira les murs à l'aide du candélabre, à la recherche d'indices. Et, alors qu'il était sur le point de céder au désespoir, il remarqua une petite icône en bois, accrochée au mur. Il s'approcha et l'observa. Elle représentait un homme avec une tête de chien, les mains jointes en geste de prière : saint Christophe.

Le tableau était identique à celui qu'il avait trouvé à Saint-Michel-de-la-Cluse. Il s'agissait, de toute évidence, d'un autre indice laissé par Vivïen.

Excité par sa découverte, le marchand décrocha l'icône du mur. Nulle inscription au verso, mais à l'endroit où elle avait été suspendue, certaines briques du mur semblaient mobiles. Neuf au total, formant un carré.

Piqué par la curiosité, il retira les briques une à une, et les examina. Chacune d'elles portait, sur sa face cachée, de mystérieuses gravures. Il les réinséra dans le mur, en respectant l'ordre exact dans lequel il les avait retirées, mais en tournant les inscriptions vers l'extérieur, de manière à les rendre visibles.

L'opération terminée, il obtint une curieuse combinaison.

ל	ט	ב
ז	ה	ג
ו	א	ח

L'échiquier de l'ange Kokabiel, se dit-il, triomphant, *la partie de l'*Uter Ventorum *cachée à Sahagún !*

Il tira le diptyque de cire de sa besace pour recopier la mystérieuse inscription.

60

Uberto marchait, fébrile, aux côtés du comte Dodiko, se demandant qui était cet homme et ce qu'il attendait de lui. En d'autres circonstances, il aurait admiré son port majestueux et l'élégance de sa mise, signes de sa haute lignée. Mais pour l'heure, il se tourmentait en silence, rongé par le doute d'avoir agi comme il convenait. Il était, en outre, contrarié par le comportement de ses compagnons, qui avaient décidé de récupérer sans lui l'une des quatre parties de l'*Uter Ventorum*.

Le comte s'arrêta derrière une église.

« Voici l'église San Lorenzo. Es-tu sûr que c'est bien ici qu'Ignace de Tolède devait se rendre ?

— Oui », répondit Uberto, se remémorant le moment où il avait résolu l'énigme de l'ange Kokabiel avec le marchand.

Malgré la gravité de la situation, il s'était limité à révéler le lieu où devait se trouver Ignace, sans en expliquer la raison. Il n'était pas disposé à faire confiance à l'inconnu et à lui parler du livre.

« En es-tu sûr ? Sa vie est en jeu… »

Le jeune homme hocha la tête, son cœur oscillant entre angoisse et méfiance.

« Alors entrons, mais pas par l'entrée principale. Il est plus prudent d'emprunter un accès secondaire. Suis-moi ! »

Gardant ses distances, Uberto pénétra dans l'église endormie à la suite de l'inconnu.

Si Uberto s'était introduit dans l'église San Lorenzo par la porte principale, il aurait croisé Willalme, assis sur les marches de l'entrée. Malgré la fatigue, le Français ne parvenait pas à se détendre. Il avait l'impression que les choses pouvaient mal tourner. De temps à autre, il se levait, l'air renfrogné, et faisait les cent pas en donnant des coups de pied aux cailloux du pavement. Ignace tardait à revenir.

Tout à coup, il entendit derrière lui un bruit de cavalcade.

Il n'eut pas le temps de se retourner qu'une voix menaçante tonna du fond de la rue : « Willalme de Béziers ! »

Un cavalier arrivait au galop. Vêtu de noir et le visage couvert d'un masque ressemblant à une tête de corbeau. Probablement l'un des quatre hommes qui les avaient suivis jusqu'au Saint-Sépulcre de Torres del Río. Un émissaire de la Sainte-Vehme !

Le cavalier ne semblait pas vouloir s'arrêter. Au contraire, il chargea et brandit un gourdin clouté qu'il avait tiré de l'arçon avant de sa selle.

L'instant n'était pas à la réflexion. Willalme bondit au milieu de la rue, dégaina son cimeterre et se mit en position de défense.

Tandis que Willalme s'apprêtait à livrer bataille, deux hommes masqués s'étaient approchés de l'église

San Lorenzo. Ils contournèrent silencieusement le bâtiment et débouchèrent sur le côté droit de la façade, juste à temps pour assister à l'affrontement.

Leur cavalier avait un écrasant avantage. Le Français, à pied, ne pourrait pas lutter bien longtemps, en dépit de son habileté de guerrier.

« Son sort est scellé », ricana Slawnik, s'adressant à l'individu qui se tenait à ses côtés. Combien en avait-il vu tomber de cette façon ? Cependant, il aurait préféré s'occuper lui-même de Willalme, il avait tant de comptes à régler avec lui. Mais les ordres de Dominus étaient clairs.

« Et maintenant, qu'est-ce qu'on fait ? demanda l'autre. On s'occupe du marchand de Tolède ?

— Non, répondit le Bohême. Nous avons ordre de contrôler les voies d'accès et de nous assurer que personne ne sort de l'église. »

61

Baignée par la lueur du candélabre, la silhouette d'Ignace émergeait des ténèbres, telle une statue d'argile. Le marchand, accroupi devant l'inscription, l'avait soigneusement retranscrite sur sa tablette de cire. Il n'avait pas le temps de l'interpréter. Il s'en chargerait ultérieurement, dans un lieu plus sûr.

L'opération terminée, il n'oublia pas de brouiller les pistes : il retira les briques gravées du mur et en changea l'ordre, de manière à ce que le message original – quel qu'il soit – s'en trouve faussé. Si Dominus retrouvait cette inscription, il ne serait probablement pas en mesure d'en saisir le sens.

Il se releva et s'apprêtait à quitter la tour lorsque son attention fut attirée par des bruits insolites venant de l'extérieur. Il se pencha à l'une des fenêtres en arc qui entouraient la pièce et regarda en bas. Son sang se glaça dans ses veines. Deux hommes se livraient bataille à coups de sabre. Le premier était Willalme, le second un cavalier noir. Les vibrations des armes qui s'entrechoquaient résonnaient contre la façade et jusque dans l'église, entre les colonnes et sous les voûtes du plafond.

282

La Sainte-Vehme !

Faisant fi de la terreur qui lui opprimait la poitrine, il glissa le diptyque de cire dans sa besace et se précipita dans l'escalier, tout en réfléchissant au moyen de secourir son ami.

Mais avant qu'il atteigne l'étage inférieur, sa course fut interrompue par deux silhouettes noires qui lui barrèrent le passage.

Le gourdin martelait avec insistance le cimeterre que Willalme levait au-dessus de sa tête pour se défendre. Les coups étaient puissants, assenés avec une telle rapidité et une telle violence qu'ils ne laissaient aucune place aux attaques de diversion.

Soudain, tandis que l'homme au masque d'oiseau lui portait encore un coup, le Français réussit à se déporter sur le côté et le gourdin fendit l'air, sifflant dans le vide. Willalme profita de ce que le cavalier venait de glisser sur sa selle pour le saisir par le bras et tenter de le désarçonner.

Son adversaire, s'agrippant fermement à sa monture, essaya de se maintenir sur ses étriers, agitant son bras droit pour se dégager. Le Français ne lui laissa aucun répit, et il resta accroché à sa manche, jusqu'à ce que le cheval se cabre et les envoie tous deux sur la chaussée.

Willalme se retrouva à terre, et son ennemi tomba sur lui comme un poids mort. C'était un homme de grande taille, de constitution robuste. Il parvint à le repousser d'un coup de coude, s'agenouilla pour reprendre son souffle, puis ramassa rapidement son cimeterre qui lui avait échappé lors de la chute.

Son agresseur ne tarda pas à se relever à son tour, le masque couvert de poussière. S'il avançait d'un air

283

menaçant, il semblait toutefois hésiter sur la manière de procéder. Remonter à cheval lui prendrait trop de temps et l'exposerait à de nouveaux dangers. Il fit donc tournoyer son gourdin, et se rua sur le Français avec un cri sauvage.

Willalme répondit à l'attaque, rapide comme un lynx. Il brandit son épée des deux mains et fit un grand pas en avant, décrivant un demi-cercle autour de lui. L'acier de Damas vibra. La lame atteignit l'ennemi en pleine face. Le masque se brisa, révélant un visage ensanglanté, puis le corps de son adversaire s'écroula, soulevant un petit nuage de poussière.

Le Français se planta devant le cadavre, les tempes encore palpitantes de l'exaltation du combat. Il ne se livrait plus à de telles furies depuis belle lurette, et cette pensée le submergea d'un plaisir barbare, mais soudain il se souvint de son ami dans l'église. « Ignace ! » s'écria-t-il, espérant qu'il ne lui soit pas arrivé malheur.

Il allait se précipiter en courant vers l'entrée de San Lorenzo, lorsque deux bras musclés le saisirent aux épaules puis le plaquèrent contre le mur de la façade.

62

Ignace recula d'un pas, effrayé par les deux individus tapis dans l'ombre. L'un était grand et costaud,
l'autre plus menu.

Qui pouvait bien s'aventurer à cette heure nocturne
dans un endroit pareil ? Il ne pouvait s'agir que d'émissaires de la Sainte-Vehme venus pour le tuer. D'abord
Willalme, puis lui.

Il brandit le chandelier en avant.

La lumière des chandelles enveloppa les deux
hommes. Le premier portait un uniforme de croisé, et
avait un visage de chérubin. Peut-être était-il plus âgé
qu'il n'en avait l'air. Ignace ne l'avait jamais vu auparavant.

S'apprêtant déjà à prendre la fuite, il posa son regard
sur le second. Il paraissait très jeune, presque un enfant,
mais lorsqu'il le vit en face, un vertige s'empara de
lui.

« Uberto ! Que fais-tu là ? demanda-t-il, agitant le
candélabre ? Et qui est cet homme ? »

Les flammes des chandelles vacillèrent, faisant
danser les ombres sur les murs.

Le jeune homme tenta de balbutier quelques mots, mais n'y parvint pas. Alors l'homme à ses côtés intervint.

« Peut-être est-il préférable que je vous explique moi-même, Maître Ignace, commença-t-il. Je vous savais en danger, aussi ai-je sollicité l'aide de ce garçon afin de vous retrouver. Je suis là pour vous protéger.

— Me protéger ? (Le marchand plissa le front et observa l'inconnu. Un uniforme de croisé ne suffisait pas à garantir sa bonne foi.) Peut-on savoir qui vous êtes, et qui vous envoie ?

— Je suis le comte Dodiko, répondit l'homme, et je m'efforce de vous rattraper depuis que vous avez quitté Toulouse. Mais cela n'a guère été facile, vous vous déplacez rapidement. Vivïen de Narbonne m'envoie pour vous défendre.

— Ce que vous avancez là est impossible. (Ignace glissa sa main sous sa tunique, à la recherche de son couteau.) Lâchez ce garçon !

— Écoutez-moi ! insista Dodiko, retenant Uberto par l'épaule. Je suis au courant de votre mission, ainsi que pour l'*Uter Ventorum*.

— Cela fait davantage de vous un ennemi qu'un ami, rétorqua Ignace.

— Vous ne comprenez pas… J'ai aidé le père Vivïen à échapper à la Sainte-Vehme pendant des années. C'est moi qui me suis chargé de remettre ses lettres au comte Enrico Scalò, à Venise.

— Et pour quelle raison ? » demanda le marchand en tentant de cacher son étonnement.

Si cet homme était également au courant pour Scalò, peut-être disait-il vrai. S'il était un émissaire de la Sainte-Vehme, il aurait probablement utilisé Uberto comme otage, pour se faire remettre la partie du livre en sa possession.

« Le moment est mal choisi pour des explications. Nous sommes en danger, ici. »

Ignace ne pouvait le contredire. Il s'approcha d'Uberto et lui dit : « Suivez-moi. »

Scipio Lazarus avait pénétré secrètement dans l'église San Lorenzo. Il avait attendu qu'Ignace de Tolède monte à la tour, puis l'avait suivi pour voir ce qu'il faisait, évitant de monter jusqu'au sommet pour ne pas se faire remarquer : il lui suffisait de savoir que le marchand se trouvait là-haut, occupé à tenter de découvrir le secret de l'ange Kokabiel.

Désormais, son plan était presque accompli. Il ne pouvait se permettre le moindre faux pas, et devait s'assurer que tout était en bonne voie : le marchand de Tolède constituait la pièce majeure de son jeu.

Tandis qu'il ourdissait sa machination dans l'ombre, Scipio Lazarus dut faire face à un imprévu : deux visiteurs s'étaient introduits dans l'église. Il eut juste le temps de se cacher derrière le rideau d'un confessionnal. S'ils l'avaient repéré, il se serait trouvé en mauvaise posture. Il était persuadé que si Dodiko l'avait revu en pareilles circonstances, il se serait souvenu de lui et l'aurait démasqué. Et cela ne devait pas se produire, pas encore.

Les deux hommes étaient montés dans la tour.

De nouveau seul, Scipio Lazarus sortit du confessionnal et s'éloigna en hâte, sans perdre de vue le passage où venaient de s'engouffrer Uberto et le comte Dodiko.

Les événements prenaient une tournure inattendue.

Les trois hommes descendirent quatre à quatre les marches de la tour. Ignace avait rejoint l'entrée principale de San Lorenzo, lorsque le comte Dodiko l'arrêta en le retenant par un bras.

« Lâchez-moi ! » s'écria le marchand tout en se dégageant de l'emprise du comte.

« Mon ami est dehors, poursuivit-il, je dois l'aider.

— Il est trop tard pour lui, nous n'avons d'autre choix que la fuite. (Le gentilhomme regarda en direction d'Uberto.) Ne pensez-vous pas à la sécurité du petit ? »

Les traits du garçon se tendirent sous le coup de l'appréhension.

« Si Willalme est en danger, nous ne pouvons l'abandonner.

— Je ne défierai pas la Sainte-Vehme ! tonna le comte, s'arrêtant à quelques pas de la sortie. C'est pure folie que de s'opposer aux Illuminés ! Votre ami est perdu, prenez-en votre parti. Il est déjà mort, au même titre qu'Enrico Scalò !

— Le comte Scalò est mort ? laissa échapper Ignace, stupéfait.

— Votre protecteur a été exécuté par la Sainte-Vehme juste après votre départ de Venise. (Dodiko fixa le marchand droit dans les yeux.) Faites-moi confiance, Maître Ignace. Fuyons tant qu'il est encore temps. Je connais une issue secondaire… »

Enflammé par son précédent duel, Willalme se releva aussitôt. Il avait reçu un mauvais coup dans le dos, mais il lui semblait n'avoir rien de brisé. Il vit surgir devant lui deux sbires masqués, prêts à l'assaillir.

Le cimeterre était tombé loin, il n'avait aucune possibilité de l'atteindre. Sa seule solution était de recourir à sa *jambiya*, qu'il dégaina prestement et planta dans la cuisse de son agresseur le plus proche, un homme charpenté avec un masque ressemblant à une tête de chouette. Le Français insista rageusement, tournant la lame dans la chair, et entendit son ennemi adresser au ciel une ultime bordée d'injures. Puis il sortit son poignard pour le frapper à la gorge, mais le second sbire l'empoigna et l'envoya mordre la poussière. Le Français se releva aussitôt, prêt à en découdre.

Si l'homme blessé à la jambe était hors de combat, plié en deux sur le sol et pressant ses mains sur sa blessure, le second était grand et corpulent, un vrai géant. Il portait un masque blanc sans expression. Il dégaina son épée et donna des coups terribles dans le vide, tout en se rapprochant de plus en plus de Willalme. Ses bras, épais comme des troncs d'arbre, semblaient pouvoir broyer n'importe quoi sur leur passage.

Willalme recula. Il ne pouvait contrer cette épée de sa seule *jambiya*. De plus, il avait reconnu ce géant. C'était l'assassin de Gothus Ruber.

Le Français se voyait perdu, lorsque s'éleva soudain du silence nocturne un brouhaha croissant. Les duellistes cessèrent de s'affronter et jetèrent des regards autour d'eux, pour tenter de déterminer l'origine de ce vacarme. Il provenait du dortoir de l'église et des bâtiments voisins.

Les éclats de l'affrontement devaient avoir réveillé les dormeurs, les incitant à se précipiter dans la rue. Bien vite, en effet, une multitude de clercs et d'hommes du peuple se déversa sur le pavé.

Le chaud accent espagnol tonna dans une succession

de phrases trahissant l'inquiétude : « Que se passe-t-il ? Scélérats ! Brigands ! Que le Seigneur nous vienne en aide ! Appelez les gardes ! »

Slawnik resta pétrifié, la rage lui montant à la gorge. Tuer le Français ou fuir ? Mais où donc se trouvait Dominus, pour lui dire ce qu'il devait faire ? En proie à l'indécision, il leva son épée pour tenter de tuer Willalme le plus vite possible, mais une douleur lancinante l'envahit soudain à la naissance de la nuque. Quelqu'un lui avait donné un coup de bâton.

Le Bohême chancela, désorienté puis, se ressaisissant, il tenta de porter le coup à sa cible. Le Français se trouvait toujours devant lui, à découvert. Impossible de le rater.

Un moment, il se demanda pourquoi Willalme avait baissé la garde, mais sa question était vouée à rester sans réponse. Un second coup l'atteignit derrière la tête, puis un autre dans le dos, et un autre encore, jusqu'à ce qu'il s'écroule à terre, tel un taureau qu'on abat. Ignace surgit derrière lui, brandissant son bourdon comme un gourdin. Plus loin, le comte Dodiko, tenant en respect le deuxième sbire, blessé à la jambe, lui planta son épée dans la poitrine.

Le marchand s'approcha de Willalme et le saisit par le bras.

« Viens, l'ami. (Sa voix résonna, rassurante.) Partons… »

Jouant des coudes, les quatre hommes se frayèrent un chemin dans la foule et s'éloignèrent sans tarder du lieu de l'affrontement.

63

L'air de la nuit était exceptionnellement frais.

Désormais loin de l'église San Lorenzo, les quatre fugitifs arrivèrent en périphérie de Sahagún, un lieu côtoyant la rase campagne. Uberto commençait à se sentir mieux ; bien qu'encore fatigué, sa fièvre était tombée.

Ils déambulèrent dans un faubourg endormi, parmi des maisons délabrées environnées de touffes d'herbes. Tandis qu'ils progressaient, le marchand s'approcha du comte Dodiko, qui marchait devant lui, l'empoigna par les épaules et, sans autre forme de procès, le poussa contre un mur en lui pointant son couteau sous la gorge.

« Vous perdez la tête ? gronda le gentilhomme. Voilà votre façon de me remercier ? »

Ignace semblait presque indifférent à la gravité de la situation.

« Soyez-en assuré, Mon Seigneur, je n'ôterai pas cette lame de votre cou avant que vous m'ayez expliqué clairement qui vous êtes et la teneur de vos relations avec Vivïen de Narbonne ! »

Uberto fut surpris par cette attitude. Voyant qu'on maltraitait un homme qui lui avait porté secours, à lui et à ses compagnons, il eut le réflexe de vouloir prendre sa défense, mais Willalme devina ses intentions et l'arrêta.

Le comte tenta de se dégager mais le marchand était plus fort qu'il ne le pensait. Il lui faisait face sans sourciller, le regard dur comme la pierre, dans l'attente de sa réponse.

Dodiko baissa les yeux et se décida à parler.

« Je ne vous ai pas menti, dit-il. Je suis intervenu à la demande du père Vivïen. »

Le marchand le fixa, sceptique.

« Comment le connaissez-vous ?

— J'étais membre de la Sainte-Vehme, confessa le comte. (Il s'interrompit, mais la pression du couteau sur sa gorge l'incita à poursuivre.) Oui, j'étais l'un des leurs… autrefois. Il y a plus de quinze ans, j'ai été chargé de pourchasser Vivïen de Narbonne afin de récupérer l'*Uter Ventorum.* »

À ces mots, le marchand frissonna. Dodiko le remarqua et laissa échapper un sourire entendu.

« Pourquoi me regardez-vous ainsi, Maître Ignace ? Ne le saviez-vous donc pas ? Ignoriez-vous que, lors de votre entrée en affaires avec l'archevêque de Cologne, Vivïen était déjà en possession du livre ? »

Le marchand écarquilla les yeux de stupeur, et comprit soudain que son existence avait été bouleversée par des événements dont il ignorait tout. Pendant toutes ces années, la Sainte-Vehme l'avait cru dépositaire du secret de l'*Uter Ventorum* et, pour cette raison, l'avait traqué. Mais lui, à l'époque, ignorait tout de ce secret. Pourquoi Vivïen le lui avait-il caché, pourquoi l'avait-il exposé à de si grands risques ?

Ses souvenirs le ramenèrent quinze ans plus tôt, lors de sa venue à la curie de Cologne en compagnie de Vivïen. Par un lugubre après-midi de fin d'octobre, ayant obtenu une audience auprès de l'archevêque Adolphe, ils lui avaient présenté un coffret contenant des ossements et des cendres : les reliques des mages, trouvées sur les rives du Danube, non loin de la mer Noire. Une légende orientale voulait qu'elles proviennent de la Caverne des Trésors, située au sommet du mont Nud, siège du Paradis terrestre. On prétendait que les douze sages s'y étaient retirés pour vivre dans la contemplation jusqu'à leur mort.

L'archevêque, après avoir examiné les vestiges, s'était montré intéressé par leur acquisition. Même si la cathédrale de Cologne possédait déjà des reliques des mages, il lui paraissait judicieux de s'assurer l'exclusivité de cette forme lucrative de culte. Adolphe avait différé le paiement au lendemain, puis congédié les deux hommes.

Le marchand se souvint d'un détail qui lui était sorti de la mémoire durant toutes ces années. Juste avant qu'ils quittent la curie, l'archevêque avait fait rappeler Vivïen et s'était brièvement entretenu avec lui, tandis qu'Ignace attendait au-dehors. À sa réapparition, Vivïen avait expliqué qu'Adolphe lui avait demandé des détails supplémentaires concernant l'histoire des reliques. Mais aujourd'hui, devant le visage en sueur du comte Dodiko, Ignace supposait qu'une tout autre question avait été débattue dans cette pièce.

Vivïen avait probablement parlé à Adolphe de l'*Uter Ventorum*, lui révélant le lien entre ce livre et

293

l'immense pouvoir des mages ! Cela avait dû se passer ainsi, car, pour la première fois, cette même nuit, ils avaient croisé les émissaires de la Sainte-Vehme.

« Pouvez-vous éloigner cette lame de ma gorge, je vous prie ? haleta le comte, interrompant les réflexions d'Ignace. Je parlerai tout aussi bien. »

Le marchand accéda à sa requête, déconcerté par ce qu'il venait d'apprendre.

« C'est mieux ainsi… (Le gentilhomme se massa le cou.) Écoutez-moi bien, Maître Ignace. La Sainte-Vehme a commencé à vous persécuter parce que, à l'époque, Vivïen possédait déjà l'*Uter Ventorum*, et elle pensait que vous étiez son complice. Il n'y a aucun doute à ce sujet. Au début, Vivïen avait l'intention de vendre le livre à l'archevêque Adolphe. Mais lorsque la Sainte-Vehme a découvert ses plans, elle a voulu se l'approprier. La suite, vous la connaissez…

— Je ne la connais que trop, hélas ! (Retrouvant sa froideur habituelle, Ignace rangea son couteau sous sa tunique.) J'ai vécu jusqu'à ce jour en exil à cause d'un livre dont je ne soupçonnais même pas l'existence. J'ai entendu parler pour la première fois de l'*Uter Ventorum* il y a deux mois seulement, je puis vous l'assurer. Cependant, un détail m'échappe. D'après mes découvertes, le Grand Maître de la Sainte-Vehme n'est autre que l'archevêque de Cologne en personne. Aussi, pourquoi avoir donné l'ordre de nous persécuter, Vivïen et moi, si le livre lui était déjà acquis ? »

Le comte Dodiko en resta pétrifié.

« Peu connaissent l'identité du Grand Maître…

— Au cours de toutes ces années, je ne me suis pas contenté de fuir, j'ai aussi mené mes propres investigations, reprit Ignace. Mais vous n'avez pas répondu à ma question. Pourquoi la Sainte-Vehme nous a-t-elle persécutés, alors que le livre avait déjà été proposé à son Grand Maître ?

— La situation n'est pas aussi simple, répliqua Dodiko. Ces dernières décennies, une succession de luttes intestines a miné la Sainte-Vehme, qui s'est scindée en plusieurs fractions. Et même si l'archevêque de Cologne reste révéré en tant que Grand Maître, il ne possède plus l'autorité suffisante pour se faire respecter. Les représentants des fractions adverses, parfaitement conscients de sa faiblesse, se disputent son titre et sa suprématie.

— Et je parie que Dominus est du nombre, présuma le marchand.

— Dominus, répondit le comte, est l'un des premiers de la liste… Voyez-vous, Maître Ignace, Vivïen et vous étiez empêtrés dans une sale histoire.

— Je commence à comprendre. Si l'un des Francs-Comtes parvenait à s'emparer de l'*Uter Ventorum*, il aurait l'autorité nécessaire pour dominer toutes les fractions et s'autoproclamer Grand Maître de la Sainte-Vehme. Son pouvoir serait tel qu'il conditionnerait les équilibres politiques du Saint Empire romain et du reste du monde. Il pourrait même influencer la curie romaine…

— En effet. Grâce au livre, il est possible d'accéder au savoir absolu, et par conséquent d'exercer un contrôle sur chaque chose et chaque individu.

— Et vous, Comte, quelle est votre implication dans cette affaire ? intervint brusquement Willalme. N'étiez-vous pas chargé par le Tribunal secret de persécuter Vivïen de Narbonne ? »

Contrarié par l'intervention du Français, Dodiko feignit de ne pas l'avoir entendu.

« Répondez à la question de mon ami ! le somma le marchand. N'avez-vous pas affirmé que vous étiez un traître ?

— C'est le cas, en effet, confessa le comte. J'ai trahi les Illuminés à l'instant même où j'ai connu Vivïen... Il m'a éclairé sur la nature miraculeuse de l'*Uter Ventorum* et sur la raison pour laquelle il devait rester caché. Comme vous l'avez compris, le livre donnerait un tel pouvoir au Tribunal secret que le monde pourrait tomber sous l'hégémonie d'un tyran impitoyable... Par ses explications, Vivïen m'a fait comprendre la nécessité d'éviter, coûte que coûte, une telle situation. Voilà pourquoi j'ai décidé de trahir mes commanditaires et de lui venir en aide.

— Si Vivïen nourrissait de si nobles intentions, pourquoi a-t-il cherché à vendre le livre à l'archevêque de Cologne, et plus récemment, au comte Enrico Scalò ? demanda Ignace, étudiant chaque mimique, chaque geste, chaque attitude du gentilhomme pour y déceler d'éventuelles traces d'ambiguïté. N'est-ce pas en contradiction avec ses desseins ?

— Dans le premier cas, il s'est agi d'une erreur. Vivïen, depuis peu en possession de l'*Uter Ventorum*, voulait simplement s'en défaire. Il avait vu en l'archevêque Adolphe un acheteur potentiel, mais, comme vous le savez, la transaction échoua. En ce qui concerne Scalò, il a servi d'appât : je présume qu'il souhaitait vous retrouver par son intermédiaire.

— Vous présumez ? Vous n'êtes donc pas sûr de ce que vous avancez ?

— Vivïen est un homme rusé. Il ne dévoile jamais complètement ses plans. Mais je suis certain d'une chose, il n'aurait pu vendre l'*Uter Ventorum* à Scalò, même s'il l'avait voulu, pour la bonne raison qu'il l'avait déjà morcelé et caché en Espagne.

— Mais pourquoi a-t-il agi ainsi ?

— Parce que, si la Sainte-Vehme l'avait capturé, elle n'aurait rien eu à se mettre sous la dent, répondit Dodiko. Mais à présent, le moment est venu de récupérer le livre. Vous n'êtes pas les seuls à vous être lancés sur ses traces, les émissaires de Dominus sont eux aussi à sa recherche... et ils savent exactement où il se cache.

— Si ce que vous avancez est vrai, vous avez fait preuve d'un grand courage, dit le marchand. Tourner le dos à la Sainte-Vehme n'est pas une mince affaire.

— Pardonnez-moi de m'interposer, intervint Uberto, qui avait jusque-là écouté en silence. Où se trouve Vivïen de Narbonne, actuellement ? »

Le marchand fut sidéré. Il était tellement pris par la conversation qu'il en avait oublié la question la plus importante.

« Il vous attend à la quatrième étape du parcours, répondit candidement Dodiko. Nous devons le rejoindre au plus vite. »

De toute évidence, le comte avait l'intention de se joindre à l'expédition. Ignace n'était pas très enthousiaste, mais il conclut qu'il serait ainsi plus facile, au besoin, de se défendre des ennemis.

« Pour l'heure, les Illuminés sont hors d'état de nuire. Ils n'attaqueront plus cette nuit, dit le marchand. Retirons-nous dans nos logis. Nous partirons demain, aux premières lueurs de l'aube. Naturellement, Comte, j'imagine que vous saurez où nous trouver au moment du départ…

— Je sais où vous logez. Soyez vigilants cette nuit, recommanda le gentilhomme.

— N'ayez aucun doute là-dessus ! »

Esquissant un salut, Dodiko s'éloigna.

64

Lorsque Slawnik rouvrit les yeux, il était plongé dans l'obscurité, et allongé sur un sol de pierre, dans un lieu froid et humide. Il massa sa nuque endolorie et se leva. Où avait-il atterri ? En tâtant les murs autour de lui, il comprit qu'il se trouvait enfermé dans une cellule.

Il s'efforça de rassembler ses derniers souvenirs. Il avait été à deux doigts de tuer Willalme, mais quelqu'un l'avait surpris par-derrière et frappé à la tête. Il devait s'être évanoui. Il se souvenait ensuite de la sensation d'avoir été soulevé de terre et transporté à l'intérieur. Il avait entendu des voix, quelqu'un avait parlé d'un monastère. Il avait été traîné sur des marches, des quantités de marches, peut-être en présence de moines. Il ne parvint pas à se souvenir de grand-chose de plus, mais cela lui suffit pour comprendre qu'il se trouvait dans les cachots du monastère de San Fagun, sous la surveillance des moines. Il devait faire encore nuit, sinon les gardes du bailli l'auraient déjà arrêté et remis aux autorités citadines pour qu'il soit jugé.

Il se recroquevilla sur le sol jonché de paille, et se frotta les paupières. Le lieu était si sombre que le Bohême ne parvenait même pas à distinguer ses doigts.

Enveloppé de silence, il chercha le réconfort dans de lointains souvenirs. Il se revit jeune et fier, débordant d'orgueil, à genoux au centre d'une salle éclairée. L'index et le majeur de sa main droite contre la lame d'une épée. L'épée de Dominus, son seigneur. Ce jour-là, il était devenu membre de la Sainte-Vehme, et avait été nommé Franc-Juge. « Je jure d'être fidèle au Tribunal secret, avait-il déclaré, de le défendre contre moi-même, contre l'eau, le soleil, la lune, les étoiles, les feuillages des arbres, tous les êtres vivants et tout ce que Dieu a créé entre le Ciel et la Terre, contre père, mère, frères, sœurs, femmes, enfants, tous les hommes enfin, le chef de l'Empire seul excepté... »

Ainsi avait-il juré, convaincu de devenir, tels les paladins de Charlemagne, noble et juste. Or, que lui avait réservé cette investiture ? Des assassinats, des empoisonnements, des tortures et des subterfuges ! Était-ce là l'honneur promis ? Le prix à payer pour la gloire de son seigneur ? Comment pourrait-il laver la honte qui l'avait éclaboussé, lui et sa famille ?

Plein d'amertume, il s'accroupit dans un coin de la cellule, tel un ermite en prière, et murmura les dernières paroles du serment : « Que Dieu et ses saints me soient en aide. »

Puis le bruit métallique d'une serrure brisa le silence.

Slawnik regarda en direction du cliquetis, sans parvenir à distinguer quoi que ce soit, jusqu'à ce qu'une torche vienne l'aveugler. On aurait dit que ses yeux voulaient jaillir de leurs orbites, puis ils s'acclimatèrent à la lumière. Alors le Bohême reconnut son sauveur.

Dominus franchit le seuil de la cellule et s'agenouilla devant lui, le fixant avec une moue compatissante.

« Cette nuit, nous avons échoué tous les deux, mon vassal, mais toute chose a son remède. Viens, sortons d'ici… J'ai persuadé les moines de te libérer. Ton camarade t'attend déjà dehors. »

L'aube commençait à poindre lorsque Uberto se rendit aux écuries. Ignace lui avait conseillé de se reposer encore un peu, mais le jeune garçon se sentait en forme et avait envie de se dépenser. Le sommeil, même bref, l'avait ragaillardi. Par ailleurs, il éprouvait le besoin de chasser les souvenirs de la nuit précédente, qui le tourmentaient depuis le réveil et l'obligeaient à repenser à l'événement.

Le silence de l'écurie n'était rompu que par le braiment d'un vieux mulet et le frétillement de queue d'une vache famélique. Toutefois, Uberto n'y prêta pas attention.

Il se rendit soudain compte qu'il n'était pas seul. Devant lui, appuyé contre une mangeoire pleine d'avoine, se tenait un homme, drapé dans une cape noire. Il était assez grand, du moins le semblait-il en dépit de son dos voûté. Uberto fut frappé par son visage, en partie dissimulé sous son capuchon : il était défiguré, entièrement couvert de cicatrices. Et, en parfait contraste avec ces traits disgracieux, brillaient deux yeux bleu clair.

« Tu es Uberto, n'est-ce pas ? » commença l'inconnu, après l'avoir froidement dévisagé.

Le jeune garçon fut pris au dépourvu.

« Mais comment le savez-vous ?

— Peu importe, je voulais simplement être sûr de ne pas me tromper. Rainerio de Fidenza, l'abbé du monastère d'où tu viens, m'a parlé de toi dans ses lettres.

— Je ne comprends pas. Qui êtes-vous ?

— Tu le sauras en temps voulu. Vous le saurez tous… Pour l'heure, retourne auprès de ton Ignace. Tu n'imagines pas ce que cache cet homme derrière son visage impassible. »

Uberto se raidit et serra les poings.

« Peut-on savoir ce que vous insinuez ? Ignace est quelqu'un de bien ! »

L'inconnu eut un petit rire méchant.

« Je n'insinue strictement rien, mon jeune ami. Demande donc à ton mentor, demande-lui qui il est réellement. »

Le jeune garçon baissa les yeux, incapable de répondre. Cet homme était fuyant comme un serpent. Le seul son de sa voix l'incommodait.

Le balafré s'écarta de la mangeoire, lançant un dernier regard à Uberto.

Pendant quelques instants, le jeune garçon resta pantois, les yeux fixés sur ses souliers. Comment cet homme savait-il autant de choses à son sujet, au sujet d'Ignace, et même de Rainerio de Fidenza ? À quels secrets faisait-il allusion ? Malheureusement, il n'eut pas l'opportunité de le savoir : quand il releva les yeux, le balafré s'était déjà éloigné, salissant l'air matinal d'un nouveau ricanement.

65

Après avoir quitté Sahagún, le groupe d'Ignace continua vers l'ouest, en compagnie du comte Dodiko. Le marchand n'avait rien dit du secret de l'ange Kokabiel, ni de la destination à atteindre. Il réfléchissait à la façon de procéder, fixant le sentier sinueux qui disparaissait dans les collines. Ils avaient couru un grand risque, la veille : Willalme s'en était tiré par miracle, et Uberto s'était retrouvé impliqué dans une histoire hasardeuse. Si tout s'était bien terminé, ils ne le devaient qu'à la chance. Mais comme le vent, elle pouvait tourner. Il fallait courir aux abris tant qu'il était encore temps.

Uberto chevauchait derrière Ignace. Depuis qu'il avait quitté Sahagún, il ressassait les paroles de l'homme balafré. Ce visage flottait dans son esprit, telle une image qui se réfléchit dans l'eau, et le hantait.

Le jeune garçon avait décidé de n'en parler à personne, mais ce secret lui pesait sur la conscience. Il n'avait pas l'habitude de mentir ni de dissimuler la vérité. Le ton de ces paroles l'avait envoûté, s'était gravé dans son esprit, et il ne savait comment sortir de cette situation.

Après deux jours de marche, le petit groupe atteignit les environs de Mansilla de las Mulas, non loin de León. Bientôt, Ignace fit halte près d'un carrefour qui déviait vers le nord et fit signe à la compagnie de s'arrêter.

Le soleil de l'après-midi brûlait le sentier caillouteux bordé d'arbustes. Aucun bâtiment, aucun puits, aucune source ne se profilaient à l'horizon. Les hommes retinrent leurs bêtes et jetèrent un regard circonspect autour d'eux. Que se passait-il ? Il était encore tôt pour s'arrêter pour la nuit.

Dodiko s'approcha du marchand, l'œil inquisiteur, visiblement contrarié par cette halte imprévue. Ignace scruta son visage échauffé, intolérant à la chaleur.

« Mon Seigneur, vous êtes en nage, dit-il, sarcastique. Votre carnation nordique ne supporterait-elle pas le climat de ces terres ?

— Pourquoi vous êtes-vous arrêté ? demanda le comte, sans répondre à la raillerie.

— Nous dévions. Nous allons vers le nord.

— Je ne crois pas que la quatrième partie du livre se trouve de ce côté, répliqua le gentilhomme, essuyant son front du dos de sa main.

— Je regrette, mais pour l'heure, je dois aller dans cette direction. Des affaires urgentes m'attendent.

— Vous pensez actuellement à vos affaires ? Mais quelle sorte d'homme êtes-vous donc ? protesta Dodiko. Retrouver l'*Uter Ventorum* passe avant tout !

— Si je dis que je dois me rendre au nord, j'irai, avec ou sans votre consentement, rétorqua Ignace, d'une voix grave. Je vous demande un jour de patience, rien de plus. De votre côté, vous continuerez vers

304

l'ouest. Attendez-moi à León. Vous logerez près de l'église San Isidoro, dans une pension nommée La Medialuna y la Cruz. Je vous y rejoindrai dès que possible.

— En agissant ainsi, nous perdons un temps précieux, insista Dodiko, et nous prenons des risques.

— Je regrette, mais je n'ai pas le choix. »

Manifestement dépité, le comte trottina autour d'Ignace, l'étudiant en silence.

« D'accord, je ferai comme vous dites, déclara-t-il. Je vous attendrai à La Medialuna y la Cruz… en espérant que vous ne trahirez pas ma confiance.

— Vous me reverrez bientôt, le rassura Ignace. (Puis il fit faire volte-face à son destrier et s'adressa à ses compagnons :) Uberto, Willalme, suivez-moi. »

Dodiko les regarda s'éloigner, puis il talonna son cheval en direction de León. Au fond de lui-même, il espérait de tout son cœur que le marchand de Tolède ne l'avait pas dupé.

66

Le chemin glissait vers le nord, se rétrécissant à mesure de leur avancée. Dodiko devait être loin désormais. Uberto et Willalme, en proie à la même déception, chevauchaient derrière le marchand. Aucun des deux n'avait osé demander d'explications quant à leur destination, ne connaissant que trop ce regard songeur, brandi comme un bouclier face à un tourbillon d'émotions.

Après avoir dépassé un village, la compagnie s'aventura le long d'un sentier de terre battue qui descendait jusqu'à la vallée. Elle dépassa l'église mozarabe San Miguel de Escalada, tandis que le soleil du soir étirait les ombres de son portique.

Le chemin charretier disparut progressivement, dévoré par des étendues d'herbe que le vent torride ébouriffait.

Avant la tombée de la nuit, les trois compagnons atteignirent une demeure rustique, perdue dans la vallée. Des murs d'ardoise se dressaient dans un environnement de placides arpents d'avoine, d'oliviers et de vignes. L'habitation se nichait au cœur du domaine, rassurante comme une étreinte maternelle.

Ignace ralentit l'allure de son cheval et s'approcha de l'enclos. Uberto le regarda descendre de sa selle et s'appuyer contre la palissade. Il ne l'avait jamais vu ainsi. Il semblait hésitant, presque mélancolique. Il gardait la tête baissée, comme envoûté par l'air de ce coin perdu.

Le marchand s'accroupit, caressa une touffe d'herbe et cueillit une fleur à la corolle blanche. Il la respira les yeux mi-clos, puis la jeta au vent, dans une liturgie nostalgique capable, à sa manière, d'embrasser des souvenirs lointains.

Soudain, une voix masculine, provenant du bâtiment, rompit le silence.

« Étrangers, que faites-vous ici ? Vous êtes sur un *solar*, une propriété privée ! »

À ces mots, le marchand sourit.

« Et qui possède l'*heredad* ? demanda-t-il haut et fort. Qui est le propriétaire de ce domaine ?

— Dame Sibilla ! C'est à elle qu'appartient tout ce que vous voyez. »

L'homme, toujours revêche, traversa la cour d'un pas alerte. C'était un individu allant sur la trentaine, sec, aux sourcils épais et au front bas. Il dévisagea Uberto, Willalme, et enfin Ignace. Puis, s'arrêtant à quelques pas de lui, il écarquilla les yeux, incrédule…

« Sainte mère de Dieu, je n'arrive pas à le croire ! s'exclama-t-il. *Patrón*, c'est vraiment vous ?

— Oui, Pablo, c'est vraiment moi. (Le marchand lui posa une main sur l'épaule.) Comme tu as grandi ! La dernière fois que je t'ai vu, tu étais encore un enfant, guère plus haut que les épis d'avoine.

— Il y a si longtemps, Patron. Oh ! Quand la patronne va savoir… Quand elle va savoir ! Je pensais que vous étiez… (Le servant se mordit la langue.) Non, il ne faut pas le dire ! Pas même penser à ces choses-là. Ça porte malheur, bredouilla-t-il, et il tomba à genoux d'émotion.

— Relève-toi, Pablo. Je suis si las que je risque de te tomber dessus, plaisanta Ignace avec bonhomie. Dis-moi plutôt, la patronne va-t-elle…

— Bien. Oui, elle va bien, répondit le jeune homme, avant que le marchand ait pu terminer sa phrase. Tout va bien, le domaine aussi. »

L'homme hocha la tête.

« Maintenant, conduis-nous à l'intérieur. Mes amis et moi avons besoin de repos. »

Pablo sourit et les escorta vers l'entrée de la villa, tout en continuant à murmurer, hilare : « Quand la patronne va savoir… quand elle va savoir… »

Uberto avait assisté, abasourdi, à la scène. Il marchait, silencieux, au côté d'Ignace, incapable du moindre commentaire. Était-ce la maison du marchand ? Et qui était dame Sibilla ?

Pablo accompagna les trois compagnons à l'entrée de la villa.

Le seuil franchi, ils se trouvèrent devant une vieille gitane aux épaules couvertes d'un châle noir. Dès qu'elle les vit, la femme joignit ses poings sur sa poitrine et s'approcha, les yeux humides, stupéfaite. Elle se dirigea vers Ignace, lui prit les mains et les embrassa. « Tant de temps a passé, Patron », murmura-t-elle, émue.

Le marchand la laissa faire, lui caressa la tête et la consola : « Chère Nina, ne pleure pas. Dis-moi plutôt où se trouve Sibilla. »

Sans cesser de sangloter, la vieille femme déclara que la patronne s'était retirée pour la nuit et dormait déjà. Elle demanda si elle devait la réveiller, mais Ignace répondit par la négative, sans laisser transparaître ses émotions.

« Vous avez faim, Patron ? (La servante tourna son regard vers les deux jeunes hommes entrés à la suite d'Ignace.) Je vous prépare quelque chose, ainsi qu'à vos deux compagnons ?

— Non, nous mangerons demain. Conduis mes amis aux chambres des invités, et va te coucher. Je connais la maison. Je me débrouillerai. »

La femme hocha la tête et fit signe aux deux jeunes gens de la suivre.

Avant de le quitter, Uberto attrapa le marchand par le bras, en quête d'explications. Ignace le fixa d'un air rassurant. « Nous en parlerons demain », se borna-t-il à répondre à sa question muette.

Le garçon en prit son parti et rejoignit Willalme et la servante.

Ignace traversait en silence les pièces de la villa, le pas hésitant. Chaque odeur domestique lui rappelait le parfum des pierres andalouses chauffées par le soleil. Cette sensation olfactive lui était familière, ainsi que le moindre froncement des rideaux ou le craquement du parquet. Rien n'avait changé depuis son départ.

L'écho des jours lointains résonna dans ces murs, et le réjouit un instant ; mais à sa disparition, seul demeura le silence de la nuit, froid et hostile.

Et elle ? L'attendait-elle encore, ou avait-elle cédé à la solitude et au désespoir ? Cela aurait été humain.

Le temps emporte tout sur son passage, tel un fleuve en crue.

À cette pensée, il se sentit comme un intrus. Il eut l'impression que sa vie passée ne lui appartenait plus. Pourquoi Sibilla aurait-elle dû l'attendre ? Pour quelle raison aurait-elle dû se souvenir qu'elle avait un mari ? Quinze ans, c'était si long !

Il s'arrêta devant un portrait de femme accroché au mur, et baissa la tête avec un sourire amer.

Il arriva devant une chambre à coucher, hésita un instant, puis entra.

Sibilla ouvrit les yeux et se tourna dans son lit, respirant profondément. Elle tâtonna à l'aveuglette, les oreilles encore bourdonnantes de rêves. Un bruit l'avait réveillée. Elle scruta l'obscurité, lentement, et l'aperçut soudain.

Il se tenait assis au fond de la pièce, juste en face d'elle, et la contemplait.

Cette apparition ne l'effraya pas. Au contraire, elle suscita en elle une sorte d'euphorie. Elle chercha du regard les traits de l'intrus, jusqu'à ce qu'elle rencontre ses yeux d'émeraude, humides de nostalgie et de souvenirs.

Elle quitta son lit et demeura debout, pétrifiée, ses longs cheveux noirs tombant sur ses épaules à demi nues. Elle fit un pas en avant, sans dire un mot, redoutant presque que l'image s'évanouisse au moindre murmure. Frémissante comme une bête sauvage, elle tendit le bras pour effleurer le visiteur nocturne, mais comprit qu'elle n'en avait pas le courage. Elle retira sa main, mais lui, plus rapide, s'en empara.

« Ignace… murmura la femme. C'est vraiment toi… »

L'homme ne répondit pas. Le nœud dans sa gorge l'en empêcha. Il s'agenouilla devant elle, et posa sa tête sur son ventre.

Il serait resté ainsi, serré contre ses hanches, une éternité.

« C'est vraiment toi… » continua Sibilla. Puis elle ne parvint plus à parler, et fondit en larmes. Elle se pencha sur lui, l'entourant de ses bras, comme si elle n'avait vécu que pour cet instant.

67

Aux premières lueurs de l'aube, Uberto quitta son lit et partit à la recherche d'Ignace. Il souhaitait des réponses à tant de questions.

L'idée que le marchand puisse avoir une maison et une famille le déconcertait. Et d'où venait cette décision subite d'abandonner les recherches de l'*Uter Ventorum* ? Y avait-il renoncé, ou s'agissait-il simplement d'une stratégie ?

« Demande-lui qui il est réellement », avait insinué, à Sahagún, le balafré.

Avec une pointe de déception, le jeune homme se souvint qu'Ignace ne lui avait toujours pas révélé le secret de l'ange Kokabiel. Du reste, depuis quelques jours, il s'était montré distant et plus mystérieux que jamais.

Tout en réfléchissant, il admirait les icônes et les tapisseries sur les murs. Il ne fut pas long à se repérer dans la villa.

Il déambula jusqu'à ce qu'il entende la voix du marchand, derrière une porte. On aurait dit qu'il riait. Uberto entra sans frapper et se retrouva sur le seuil, mais il referma aussitôt, embarrassé. Ignace était couché dans un lit avec une femme. Apparemment, ils se contentaient de parler, mais Uberto en fut troublé… Jusqu'alors, il avait considéré le marchand comme un maître à penser. Le voir allongé auprès d'une femme le lui révélait sous un autre jour. Était-il possible que cet homme sans racines ait des liens maritaux ou familiaux ? Tout à coup, son image reflétait une humanité, un tempérament sanguin, dont il ne le pensait pas pourvu.

Gêné et un peu effrayé, Uberto ne sut comment réagir. La vie au monastère ne l'avait pas préparé à de telles éventualités, ni à surmonter certains embarras. Devait-il faire comme si de rien n'était et repartir ? Il se sentit idiot.

Brusquement, la porte se rouvrit et, elle, la femme, apparut.

Sibilla s'avança à petits pas. Elle portait une robe de chambre en soie rouge. Elle n'était pas jeune mais incontestablement belle. Elle s'approcha de lui et caressa son visage.

« Je suis Sibilla, dit-elle, en souriant. Et tu es Uberto, n'est-ce pas ?

— Oui.

— Ignace m'a parlé de toi. Il dit que tu es un garçon très intelligent et courageux. »

Uberto baissa les yeux. « Je n'ai jamais pensé être courageux de ma vie, Madame. » Il éprouvait un vague malaise, à peine perceptible.

Sibilla était-elle l'épouse du marchand ? Comme elle était différente de lui ! Décidée et persuasive. Son sourire semblait embrasser tout ce qui l'entourait.

La femme était sur le point de répondre, mais Uberto

la devança : « Je tiens à m'excuser, Madame. Je vous ai dérangée. Je ne voulais pas… »

Elle secoua la tête, comme pour dire qu'il n'y avait rien de grave. Elle tenta de le retenir, mais le garçon fit un pas en arrière. Le sentiment de malaise gagnait en intensité, et Uberto ne fut bientôt plus en mesure de le supporter. Il esquissa un salut et partit en courant.

Sibilla demeura sur le seuil, et son sourire se voila de tristesse.

Une heure plus tard, Uberto était assis dans le séjour en compagnie d'Ignace et de Willalme. L'atmosphère était pesante, lourde de questions restées en suspens. Le marchand posa le diptyque de cire sur la table.

« Qu'y-a-t-il d'inscrit dessus ? demanda le garçon.

— L'énigme de l'ange Kokabiel, expliqua l'homme. Je l'ai trouvée à Sahagún, en haut de la tour de San Lorenzo. Lorsque le comte Dodiko et toi êtes arrivés, je venais de finir de la recopier. Elle était gravée sur le mur.

— Étrange personnage, ce Dodiko… intervint Willalme.

— C'est un homme singulier, admit Uberto. Et toi, Ignace, qu'en penses-tu ? »

Le marchand haussa les épaules et jeta un œil par la fenêtre. Le soleil était haut dans le ciel, et les gens de la maison rassemblaient l'avoine en bottes dorées.

« Il nous cache sûrement quelque chose. Nous ne pouvons nous fier à lui, ni nous permettre de le perdre de vue. (Il s'assombrit.) Je commence à me demander si Vivïen de Narbonne est réellement derrière toute cette histoire. »

Willalme le dévisagea.

« Crois-tu que Dodiko mente ?

— Je n'en sais rien. Mais j'ai l'impression que quelqu'un d'autre œuvre en coulisses.

— Tu veux parler de Dominus ?

— Pas seulement. Par son dernier geste, Dominus s'est trahi, il est désormais prévisible. Sans doute est-il en possession de l'énigme des quatre anges, comme nous, et la suit-il à la lettre. Mais je crois qu'il peine à l'interpréter… Sinon, pourquoi nous aurait-il tendu une embuscade à Sahagún ? Je pense qu'il a besoin de moi… ou plutôt, de nous, pour dénicher le livre. (Ignace s'apprêtait à quitter la table, puis se ravisa.) Cependant, autre chose me préoccupe. Comment la Sainte-Vehme a-t-elle pu nous retrouver dès notre arrivée à Venise ? Depuis quand espionnait-elle Scalò ? Et surtout, comment pouvait-elle savoir que le comte me commissionnerait pour récupérer le livre ? Le Tribunal secret ne jouit pas d'une influence particulière à Venise, il est donc probable que quelqu'un a prévenu ses émissaires.

— Ils auraient un informateur ? demanda Uberto.

— Je ne vois pas d'autre explication.

— Mais qui ?

— Quelqu'un qui tire les ficelles depuis un bon moment. (Le marchand plissa le front.) Peut-être depuis le début. »

Uberto eut un léger sursaut. Il repensa au mystérieux homme balafré et se remémora ses paroles. Devait-il le croire, ou valait-il mieux qu'il en parle à ses compagnons ? Mais avant qu'il eût le temps de décider, Sibilla fit son entrée.

La femme traversa la pièce d'un pas mesuré, tenant contre sa poitrine un panier de fruits. Ses cheveux étaient tressés en chignon et elle portait un bliaut bleu aux manches évasées. Elle salua d'un signe de tête et posa le panier sur la table. « Une petite attention pour les invités », dit-elle. Ignace lui prit la main et lui confia quelque chose à l'oreille. Elle hocha la tête, puis quitta le séjour de son pas gracieux.

L'homme fixa ses compagnons et leur présenta l'étrange dessin : « Regardez bien. »

Uberto et Willalme posèrent leurs yeux sur le croquis. Aucun des deux n'avait jamais rien vu de semblable.

« Un carré divisé en neuf cases, fit observer Uberto. Mais que signifient les caractères à l'intérieur ?

— Ce sont des lettres hébraïques, répondit le marchand.

— Des lettres hébraïques ? intervint Willalme. Mais ne cherchions-nous pas un codex persan ?

— Peut-être l'*Uter Ventorum* a-t-il été partiellement transcrit par un juif… supposa Ignace. Ou, plus simplement, l'hébreu a-t-il été jugé plus adapté ? Après tout, cet idiome est considéré comme la langue de la création, il était parlé par Dieu, les anges et les premiers hommes. »

Uberto fit signe qu'il avait compris.

« Et, dans notre cas, quel sens pourraient avoir ces neuf caractères ?

— Je connais peu la langue hébraïque, mais je m'y entends assez pour présumer que ces caractères ne composent pas des mots.

— Qu'est-ce qui te le fait penser ?

— Pour l'instant, il ne s'agit que d'une intuition. Mais le fait qu'ils soient contenus à l'intérieur d'une figure géométrique, un carré, et que chacun d'eux n'apparaisse qu'une fois, me laisse supposer qu'ils font référence à une formule mathématique.

— Pour les mathématiques, on utilise des chiffres, objecta Uberto, non des lettres… »

À ces mots, Ignace eut une illumination. Il plissa le front et suivit la pensée qui cheminait dans son esprit. Tout à coup, il tapa du plat de la main sur la table.

« Mais, bien sûr ! s'écria-t-il, faisant sursauter ses compagnons. La guématria ! »

Uberto et Willalme le regardèrent, ahuris.

« La guématria est probablement la solution, répéta l'homme, jubilant. C'est un système de substitution alphabétique, selon lequel chaque lettre hébraïque correspond à un chiffre !

— En es-tu certain ? » voulut s'assurer Uberto.

Ignace hocha la tête avec assurance.

« J'y ai été confronté il y a des années. C'est un spécialiste de la Kabbale qui m'y a initié. »

Et, ce disant, il traça, à côté du carré, un carré similaire, substituant aux lettres hébraïques les chiffres arabes leur correspondant.

4	9	2
3	5	7
8	1	6

Il observa, en même temps que les deux jeunes gens, la figure obtenue. Dénuée de sens, à première vue. Quelque chose en elle lui sembla toutefois familier, réveillant un souvenir remontant à l'école de Tolède, alors qu'Ignace était un enfant de dix ans seulement, et qu'il venait d'être admis au *studium*. Ce souvenir était lié à un débat auquel avaient participé certains *magistri*, notamment un dénommé Galib, qui avait manifesté à son endroit une affection presque paternelle. Ce débat portait sur l'interprétation d'une série de chiffres figurant sur un parchemin d'origine maghrébine. Galib avait déclaré que, pour en comprendre la signification, il fallait insérer les chiffres dans un carré… Et dès lors, tout s'éclaira dans l'esprit d'Ignace.

« Ce doit être un carré magique, déclara-t-il, avec conviction.

— J'ai déjà entendu parler des carrés magiques, intervint Uberto. On prétend qu'ils étaient utilisés par les astrologues musulmans pour jeter des mauvais sorts.

— Les astrologues arabes ont hérité des connaissances des carrés magiques de Ptolémée et de l'alchimiste Geber, c'est vrai, confirma le marchand, mais je crois que ces chiffres furent utilisés à des fins bien différentes de ce qu'affirment les superstitieux. (Il analysa la position des chiffres à l'intérieur du carré.) Neuf chiffres, dans neuf cases… (Il ferma les yeux à demi et rassembla ses idées.) Neuf, autant que les sphères célestes, Terre comprise… »

Le jeune homme saisit son raisonnement.

« Tu penses qu'à chaque chiffre correspond une planète ?

— Oui, répondit Ignace, mais ce n'est pas tout. Je soupçonne ces chiffres de reproduire, d'une façon ou d'une autre, l'ordre divin de l'univers. »

Uberto secoua la tête.

« Impossible ! ils sont dans le désordre…

— En apparence seulement, souligna le marchand. As-tu remarqué qu'en additionnant trois chiffres, n'importe lesquels, à l'horizontale, à la verticale ou en diagonale, on obtient toujours le même résultat, à savoir quinze ? Comme tu peux le constater, du chaos naît l'ordre… »

Le jeune homme échangea un regard sceptique avec Willalme et examina la figure, refaisant plusieurs fois le calcul.

« Incroyable, tu as raison ! dut-il admettre. Mais à quoi cela sert-il ?

— Peut-être à associer les astres à une combinaison secrète, avança Ignace. Je crois qu'il ne s'agit pas d'une simple figure géométrique, mais d'un talisman capable de contenir les énergies célestes à l'intérieur du carré.

— Pourquoi précisément recourir à un carré ?

— Parce que, naturellement, il symbolise la Terre. Et l'une des rares choses que nous savons, c'est que le but de l'*Uter Ventorum* est précisément d'attirer la sagesse angélique des sphères célestes vers notre monde. »

Là-dessus, le marchand sortit son cahier de parchemin et recopia le carré magique, ainsi que les autres notes concernant l'*Uter Ventorum*. Cela fait, il vérifia ce qu'il avait écrit et soupira. Les autres parties du livre étaient nécessaires. Et il ne serait pas facile de les récupérer.

Uberto s'approcha de lui, les yeux débordants de curiosité. « Dis-m'en davantage, magister. Révèle-moi d'autres choses sur le carré magique et sur les anges… »

À ces mots, Ignace sursauta, comme épouvanté.

« Mon garçon, pour qui me prends-tu ? lança-t-il, bondissant sur ses pieds. En dépit de ce que tu as pu imaginer, je n'ai jamais prétendu être ton *magister*. »

Uberto le fixa, stupéfait, comme s'il avait reçu une gifle. Pourquoi le traitait-on de cette manière ?

Le marchand fit nerveusement les cent pas à travers la pièce, puis se planta devant une fenêtre. Willalme lui posa une main sur l'épaule.

« Tu n'es pas juste de te montrer aussi dur avec lui. Il n'y est pour rien. »

Ignace fit un signe vague et baissa les yeux.

Willalme retourna s'asseoir, choisit une pomme dans la corbeille de fruits et lança un coup d'œil de réconfort en direction du pauvre Uberto.

Le marchand resta longtemps silencieux, comme en proie à un examen de conscience, les coudes plantés sur le bord de la fenêtre et le menton appuyé sur ses poings, le regard perdu dans le lointain. Lorsqu'il se retourna enfin, il semblait calmé, et désolé. Il s'approcha d'Uberto et posa une main sur sa tête. « Excuse-moi, murmura-t-il. Je ne voulais pas réagir de cette façon…

Je pense à l'étape suivante, et cela me rend nerveux. Nous ne pouvons nous permettre le luxe de nous exposer à d'autres dangers. Jusqu'ici, nous avons eu de la chance. »

Le garçon émit un grognement de protestation, puis s'apaisa, paraissant ne pas se rendre compte que le marchand continuait à parler. Soudain, une phrase arriva à ses oreilles, le laissant sans voix : « Je repartirai demain matin en compagnie de Willalme. Toi, Uberto, tu attendras notre retour ici. »

68

Ignace pensait avoir pris la décision la plus sage. Laisser Uberto revenait à assurer sa sécurité, tandis que Willalme et lui auraient une plus grande liberté d'action. Il n'était pas naïf, il avait deviné le but de l'attaque de Sahagún : la Sainte-Vehme n'avait pas l'intention de l'éliminer – en tout cas, pas pour l'instant –, mais de le rendre vulnérable en éliminant Willalme, et en l'obligeant à collaborer pour retrouver l'*Uter Ventorum*.

Et dans la perspective de récupérer les parties manquantes du livre, les affrontements avec Dominus allaient probablement se durcir.

« Le voyage se révèle plus dangereux que prévu, expliqua Ignace à Uberto. Tu dois attendre ici. Avec Sibilla, tu seras en sécurité. »

Willalme, les bras croisés, écoutait en silence.

Uberto, assis à la table du séjour, baissa la tête.

« Tu ne reviendras pas. (Il leva ses yeux brillants.) Tu m'abandonnes… »

Ignace fronça les sourcils, piqué au vif par ces paroles. Il préféra ne pas répondre, ramassa son précieux cahier de parchemin et se dirigea vers la porte, le visage tendu comme une statue de bronze. Arrivé sur le seuil, il murmura sans se retourner : « Je n'abandonne personne… »

On aurait dit qu'il se parlait à lui-même.

« C'est ainsi que tu as présenté les choses à ta femme ? lâcha Uberto. C'est ainsi que tu traites les gens qui t'aiment ? »

À ces mots, Ignace se retourna brusquement, un doigt menaçant pointé sur le jeune garçon. « Tais-toi ! le somma-t-il. Tu ne sais rien de moi. Ose encore ajouter quoi que ce soit et… » Il ne termina pas sa phrase. Uberto pleurait.

Blessé par cette image, plus encore que par les mots, Ignace frappa du poing contre la porte puis quitta la pièce.

69

Le lendemain, de bonne heure, Uberto entendit frapper à la porte de sa chambre. Il sortit de son lit à grand-peine. Pendant un moment, il dut faire un effort pour se rappeler où il se trouvait, et ce qui s'était passé la veille. C'était de plus en plus fréquent, ces derniers temps. Ces déplacements incessants le changeaient tellement de la routine quotidienne à laquelle il était habitué.

Il repensa au visage courroucé d'Ignace. Il ne l'avait jamais vu réagir ainsi, pas même dans les situations les plus critiques. « Entrez », dit-il en se frottant les yeux.

La porte s'ouvrit. C'était Sibilla.

La femme resta immobile sur le seuil, comme pour ne pas violer l'espace du jeune garçon. Elle portait des vêtements sombres. Ses cheveux, comme la veille, étaient relevés sur sa nuque, et elle tenait sur son ventre un bouquet de fleurs.

« Ignace s'en va. Veux-tu venir le saluer avec moi ?

— Je ne préfère pas.

— Tu es sûr ? Cela le peinera. »

Le garçon ne se donna pas la peine de répondre. Il resta silencieux, les mains sur son visage. Que lui voulait cette femme ? Elle n'était pas sa mère ! Il était cependant injuste de la traiter si durement. Alors, il quitta son lit et s'approcha d'elle. Dès qu'il fut à ses côtés, il éprouva une impression particulière, comme s'il se trouvait en présence d'une déesse ou d'une Madone plongée dans la tristesse. On aurait dit que cette femme errait sur un petit îlot perdu au milieu de l'océan. Alors, Uberto ne put se contenir :

« Comment faites-vous, Madame ? demanda-t-il consterné. Comment faites-vous pour accepter pareil destin ?

— Ma vie est une perpétuelle attente », répondit-elle avec un sourire résigné. Une attente ponctuée d'instants de bonheur. Comme ces plantes qui jouissent d'une brève floraison et restent sans fleurs le reste de l'année.

— Mais lui… Ignace… objecta le jeune garçon.

— La situation d'Ignace est pire que la mienne. Il a hérité d'un fardeau bien plus lourd, il doit fuir sans cesse, car sa seule présence met les personnes qu'il aime en danger. Ses poursuivants ne lui laissent aucun répit, et il erre depuis des années, en quête d'un salut. »

Uberto resta sans voix. Il contempla la belle dame, immobile sur le seuil.

Quelle force fallait-il pour vivre dans cet îlot de solitude ?

Devant l'étable, Ignace et Willalme se préparaient pour le départ. Pablo les aidait à installer une charrette tirée par deux chevaux et, tandis qu'il vérifiait les harnais, il grommelait pour lui-même : « Mais Patron, vous venez juste d'arriver et vous repartez déjà... »

Le marchand souriait avec amertume, sans trop l'écouter. En même temps, il expliquait à Willalme que voyager sur une charrette était la meilleure solution, car les Illuminés cherchaient trois cavaliers, et non une carriole bâchée.

« Ensuite, continua-t-il, n'oublie pas qu'ils ne connaissent pas la région. Ce sont des hommes du Nord, et ils se sentiront probablement dépaysés. Je ne crois pas qu'ils puissent s'appuyer sur d'éventuels renforts. »

Sibilla et Uberto arrivèrent. Ignace alla à leur rencontre et les serra dans ses bras.

Il caressa le visage de la femme, releva une mèche de cheveux qui s'était échappée du chignon et s'attarda un instant sur ses yeux humides. Il la fit taire avant qu'elle puisse prononcer une parole. Il ne voulait pas la voir pleurer.

« Je reviendrai. J'arrangerai ça. Je te le promets. »

Elle hocha la tête.

« Prends soin du petit », lui recommanda-t-il en souriant.

Willalme, déjà hissé sur la charrette, esquissa un salut. Il n'était pas accoutumé aux adieux. Il attendit que le marchand s'assît à ses côtés, puis incita les bêtes à partir.

Alors Uberto rentra, la mine boudeuse.

Quant à Sibilla, elle resta immobile sur le seuil, jusqu'à ce que la charrette disparût à l'horizon.

CINQUIÈME PARTIE

La queue d'Amazarak
et le bâton du Saint

« Tous ces prodiges de la magie ne s'accomplissent-ils point par la science et par les œuvres des démons ? »

Augustin d'Hippone,
De civitate Dei, VIII, 19.

70

Après une demi-journée de route, la charrette prit
la direction de León. Willalme était assis sur le siège
du cocher, les poings serrés sur les rênes. Ignace, à ses
côtés, semblait serein. Il regardait droit devant, sans
mot dire, plongé dans Dieu sait quelles pensées, dissimulant sa souffrance sous le détachement.

« Où allons-nous ? demanda le Français.

— Nous gagnerons León pour récupérer le comte
Dodiko, puis nous nous acheminerons vers la dernière
étape indiquée par l'énigme.

— La prochaine partie de l'*Uter Ventorum* se
trouve-t-elle loin ?

— La charade latine de l'ange Amazarak dit :
"*Asclepius servat aenigma Campi Stelle*", à savoir,
"Asclépios garde l'énigme dans le Champ de l'Étoile."

— « Le Champ de l'Étoile. » Encore un jeu de
mots ?

— Non. Il s'agit probablement de la cité de
Compostelle. C'est le nom qu'elle a reçu il y a trois
cents ans, lorsque, dit-on, une étoile révéla à des bergers que la tombe de l'apôtre Jacques s'y trouvait. Dès
lors, cet endroit fut nommé *Campus Stellæ*, le "Champ

de l'Étoile", et devint un lieu de pèlerinage. Deux siècles plus tard, le pape Urbain II la baptisa "Saint-Jacques", que l'on traduit ici, par "Santiago".

— C'est donc à Compostelle que sont conservés les véritables os de l'apôtre Jacques ?

— Véritables, à n'en pas douter… (L'homme sourit.) Autant que ceux de saint Pierre à Rome. »

Quand il eut saisi l'allusion, Willalme changea de sujet :

« Et Asclépios ? Qui est-il réellement ?

— Chaque chose en son temps, mon ami, répondit le marchand. Lorsque nous serons à Compostelle, tu sauras la suite.

— Espérons que nous ne passerons pas de mauvais moments comme à Sahagún », bougonna le Français, tout en regardant un troupeau de moutons qui paissaient tranquillement au bord de la route.

Deux cavaliers noirs atteignirent une villa rustique perdue dans la campagne. Ils avaient eu des difficultés à la trouver, se perdant dans un dédale de sentiers où les charrettes laissaient à peine leurs traces sur l'herbe.

Avant de s'approcher de l'habitation, le plus grand des deux descendit de cheval et ordonna à l'autre d'en faire autant. Son acolyte grimaça. Blessé à la jambe, il peinait à marcher, mais il obtempéra sans broncher.

Ils attachèrent leurs chevaux au tronc d'un olivier et s'acheminèrent vers la maison, avançant accroupis là où la végétation était la plus haute. Soudain, le premier des deux s'immobilisa. Il avait vu quelque chose. L'autre claudiqua à ses côtés.

« Slawnik, que se passe-t-il ?

— Un coup de chance. (Le Bohême indiqua un jeune garçon qui flânait dans les parages.) Le voilà !

— Parfait ! ricana le boiteux. Les ordres de Dominus sont clairs.

— Oui » répondit Slawnik, et il s'approcha du jeune garçon comme un loup aux abois.

Uberto avait compris les raisons d'Ignace, mais d'avoir été exclus à mi-parcours le faisait toujours souffrir. Tandis qu'il flânait le long d'une palissade délimitant les contours de la propriété, il ressassait l'événement. Au fond, les choses n'allaient pas si mal : un peu de repos, après avoir tant voyagé, lui serait bénéfique. Quelques heures de répit et les attentions de Sibilla avaient suffi à apaiser son angoisse et sa fatigue, même si le mystère du livre continuait à le hanter. La curiosité du marchand était contagieuse.

Pour se distraire, il avait décidé de profiter du grand air et d'un peu de tranquillité. Selon son habitude, il avait mis sa besace en bandoulière, avant de sortir. Depuis plus de deux mois qu'il la portait, il lui semblait presque inconcevable de sortir sans elle.

Il cheminait lentement, les bras ballants, comptant ses pas dans l'herbe. Il repensait à ce que lui avait raconté Ignace sur la civilisation des Mozarabes, lorsque soudain, presque sans s'en rendre compte, il se trouva nez à nez avec un homme. Ce n'était pas un paysan. Il était grand, vêtu de noir, et tenait un sac vide à la main. Uberto l'observa, croisa son regard menaçant et comprit. Il allait prendre ses jambes à son cou, mais vit qu'un deuxième homme se trouvait derrière lui.

331

Ils l'avaient coincé ! Et personne alentour pour lui venir en aide.

Il voulut crier mais n'en eut pas le temps : le sac s'abattit sur lui. Que se passait-il ? Il sentit qu'on lui passait une corde autour du buste et des jambes. Il opposa une ferme résistance, se débattant, terrorisé. Il dut frapper quelqu'un d'un coup de pied, car, brusquement, on le laissa tomber à terre, et, un bref instant, il crut pouvoir se libérer. Il tenta de se relever et de dénouer ses liens, mais un coup de poing l'atteignit en plein abdomen.

Il toussa, tandis que la douleur lui tordait l'estomac et se ramifiait jusque dans son thorax. Puis la nausée survint. Très vite, ses forces l'abandonnèrent et il s'évanouit.

Slawnik chargea le sac sur ses épaules, comme s'il contenait un chevreau capturé. Pourtant, il mit dans son geste davantage de soin qu'il ne voulait l'admettre, éprouvant un étrange malaise. Il se sentait comme quelqu'un ayant commis une énorme erreur. Tournant les talons, il s'apprêtait à s'éloigner de la villa.

« Un moment ! objecta son compère. Nous n'en avons pas encore fini. »

Le Bohême lui décocha un coup d'œil perplexe.

« Dominus a été clair, insista le boiteux. Enlever le gamin et tuer tous les autres.

— Personne n'a rien vu. Nul besoin de répandre le sang », répondit Slawnik, se dirigeant vers les chevaux et laissant entendre que, pour lui, la question était close. Continuer à parler de cette honteuse affaire l'irritait, et lui donnait envie de se trouver ailleurs.

Le boiteux le fixa, stupéfait.

« Mais les ordres…

— J'ai accompli mon lot de bassesses pour aujourd'hui. (Le Bohême agita le sac, tremblant de rage.) Quelle gloire tirerais-je à massacrer une famille de paysans ?

— C'est de l'insubordination ! Ces gens-là…

— Ces gens-là vivront. (Slawnik posa sa main libre sur la poignée de son épée.) Ils vivront, car ils ne sont coupables d'aucune faute. Maintenant, allons-nous-en ou, aussi sûr que Dieu existe, je te découpe en deux. »

Le boiteux, terrorisé, baissa les yeux et suivit le Franc-Juge, sans plus rechigner.

71

Le comte Dodiko était assis face à l'église San Isidoro de León, sous la véranda de La Medialuna y la Cruz. À l'abri de la chaleur de l'après-midi, il observait les nombreux passants défilant dans la rue poussiéreuse. Un cortège de visages dotés de chapeaux, de capuchons et de turbans aux couleurs criardes. Il avait l'impression qu'à tout moment pouvait surgir, parmi ces personnes, la figure balafrée de Scipio Lazarus. Le dominicain ne devait pas être bien loin. Depuis quelques jours, en effet, Dodiko avait l'impression d'être suivi. Mais ce qui le gênait encore davantage, c'était la conviction d'être le pion d'un jeu insaisissable, comme si quelqu'un cherchait à le mettre en relation avec Ignace et Vivïen pour d'obscures raisons. On ne lui ôterait pas ce soupçon, ni l'idée que l'artisan de cette intrigue n'était autre que Scipio Lazarus.

Il jeta un regard impatient en direction de la rue. Le marchand de Tolède ne s'était toujours pas manifesté, et le comte était las d'attendre. De plus, la chaleur de cette région l'opprimait. Si Ignace ne l'avait pas rejoint avant l'aube du jour suivant, il s'acheminerait seul vers

Compostelle. Là-bas, au moins, la brise marine adou-cirait cette maudite chaleur, se dit-il en se levant.

Au même instant, il vit deux hommes descendre d'une charrette. L'un resta immobile près des che-vaux ; l'autre, ôtant le grand chapeau de paille qui le protégeait du soleil, se dirigea d'un pas alerte vers lui. C'était Ignace.

Dodiko laissa échapper un soupir de soulagement. Il attendit que le marchand le rejoigne sous la véranda, puis s'exclama :

« Maître Ignace, finalement on peut compter sur vous !

— Vous en doutiez ? (Le marchand tapota le cha-peau de ses mains pour en faire tomber la poussière du voyage.) Je vous avais donné ma parole, si je me souviens bien.

— Et le petit ? Où est Uberto ? demanda le comte, constatant que Willalme se rapprochait, seul.

— Nous l'avons laissé en route, dans un couvent de religieuses, répondit Ignace. Il est trop fragile, vous l'aurez remarqué. Le voyage l'a épuisé. »

La nuit était tombée lorsque Pablo retourna à la villa. Il s'appuya contre les battants de la porte pour reprendre son souffle et essuya son front perlé de sueur. Il avait couru longtemps. Avant d'entrer, il réfléchit aux mots qu'il allait employer pour annoncer à la patronne les mauvaises nouvelles.

Dans la maison, retranchée dans le séjour, Sibilla faisait le guet à la fenêtre, les doigts crochetés à un pan de sa robe. À peine s'était-elle aperçue de la dis-parition d'Uberto qu'elle avait donné l'ordre aux domestiques de ratisser la propriété et les alentours. Et maintenant que les ténèbres dévoraient la terre, elle attendait dans l'angoisse, pensant à quel point elle avait été stupide de laisser le jeune homme seul.

Pablo entra et tomba à genoux. Ce n'était pas dans ses habitudes, car il avait été élevé dans cette maison comme un fils. Mais en cet instant, il gardait les yeux baissés, hésitant à parler.

« Parle ! lui ordonna Sibilla. L'avez-vous trouvé ?

— Non, Madame. Il a disparu, répondit le servant, avec une moue simiesque. Personne ne sait ce qui lui est arrivé… »

La femme porta ses mains à son visage.

« Va-t'en ! s'écria-t-elle. Laisse-moi seule ! »

Pablo se releva lentement, cherchant un moyen de la réconforter. Mais c'était un rustre, et les mots n'étaient pas son fort. Il sortit en silence.

La propriétaire de la villa resta toute la nuit devant la fenêtre. En larmes.

72

Uberto fut réveillé par une douleur aux côtes. Il mit un moment à se ressaisir, puis comprit : on l'avait chargé sur le dos d'un cheval comme un balluchon. Il se trouvait à plat ventre, tête et jambes ballantes, et les mains liées dans le dos. Son visage était recouvert d'un tissu rêche et irritant, qui l'empêchait de bien comprendre ce qui se passait. Il sentait simplement que la bête marchait au trot, et les cahots lui endolorissaient le thorax et l'abdomen.

D'après les sons qu'il percevait, deux hommes chevauchaient à ses côtés.

Il tenta de regarder à travers la toile du sac, mais impossible de distinguer quoi que ce soit. Peu à peu, il retrouva sa lucidité, et un terrible pressentiment lui étreignit le cœur : peut-être avait-il été capturé par les Illuminés.

Cependant, il ne pouvait s'empêcher de se demander de quelle utilité il pourrait bien être pour la Sainte-Vehme. Le marchand lui-même l'avait laissé tomber, sans même lui révéler la cachette d'Amazarak, le dernier ange cité dans l'énigme. Manifestement, il le considérait comme un poids inutile, une gêne… À moins qu'il n'ait prévu son enlèvement ? Peut-être l'avait-il abandonné volontairement en cours de route ? Était-ce possible ?

Le balafré l'avait mis en garde, après tout. Il lui avait recommandé de ne pas se fier au marchand, de ne pas s'en remettre à lui… Non ! Ignace ne pouvait l'avoir trompé. La sincérité se lisait dans ses yeux lorsqu'il l'avait confié à Sibilla. Mais au fond, que savait-il de ses yeux ? Comment pouvait-il prétendre connaître un homme capable de mille subterfuges, habitué à se cacher et à mentir dans son propre intérêt ?

Toutefois, Uberto ne savait toujours pas avec certitude si c'était bien la Sainte-Vehme qui l'avait enlevé. La maison du marchand se trouvait en dehors de l'itinéraire fourni par l'énigme. Il était impossible qu'ils l'aient trouvé par hasard, à moins que quelqu'un n'ait parlé… espionné… trahi… Dodiko, peut-être ? Peu probable. Ce gentilhomme était terrorisé par les Illuminés, il n'aurait pas risqué sa peau en se mettant en contact avec eux. Et s'il s'agissait du balafré ? Lui, effectivement, semblait en savoir long au sujet d'Ignace, et le surveillait depuis qui sait combien de temps.

Il avait de nombreuses raisons de s'inquiéter : qu'allait-il devenir ? Serait-il interrogé ? Le tortureraient-ils avant de le tuer, comme ce pauvre Gothus Ruber, ou le comte Scalò ?

Malgré la chaleur à l'intérieur du sac, le sang d'Uberto se glaça soudain. Les chevaux s'étaient arrêtés…

Slawnik descendit de selle et se dirigea vers le cheval sur lequel l'otage avait été chargé. Il attrapa le sac et le jeta par terre sans trop d'égards, puis le contempla tandis qu'un nuage de poussière se déposait dessus. Il pensa au jeune garçon, désolé et épouvanté, et, tout à coup, une inquiétude lancinante s'empara de lui, comme si, un bref instant, il s'était vu tel qu'il était et se méprisait lui-même.

C'était la première fois qu'il éprouvait une telle impression. Il soupira. D'où venait ce brusque sursaut d'humanité ? Serait-il devenu faible ? Non, ce n'était pas le cas, il le savait bien. Il repensa au jeune garçon et à tout le mal injustifié qu'il avait commis depuis qu'il était Franc-Juge.

Et tout ça, pour quoi ? s'interrogea-t-il.

Pour un livre, rien de plus.

Slawnik grogna. Que le diable emporte ce maudit livre ! Pourquoi Dominus ne comprenait-il pas ? Pourquoi n'abandonnait-il pas son projet et ne se décidait-il pas à conquérir la suprématie par l'épée plutôt que par la ruse ? Le Bohême aurait donné sa vie pour qu'il en soit ainsi. Qu'on l'ampute même d'un bras ou d'une jambe ! Ou qu'il finisse sur le champ de bataille, transpercé par un épieu ! Il en avait assez de commettre des atrocités pour récupérer un manuscrit insaisissable ! Il souhaitait se mesurer à un ennemi réel, se battre pour une noble cause, ainsi qu'il convenait à un chevalier de son rang. Et quel exploit glorieux venait-il d'accomplir ? Il avait enlevé un enfant.

La voix catarrheuse du boiteux vint interrompre ses pensées.

« Pourquoi évitons-nous les agglomérations ?

— Je ne tiens pas à éveiller les soupçons, ni à ce que quelqu'un remarque l'otage, répondit Slawnik. Nous cheminerons à distance de la grand-route jusqu'à Saint-Jacques. »

Sur ce, il commença à dénouer les liens qui fermaient le sac.

Son comparse l'observa, désappointé.

« Mais que faites-vous ?

— Vous voulez peut-être qu'il meure asphyxié ? À quoi pourrait nous servir un cadavre ? »

Le boiteux ne répondit pas.

À l'intérieur du sac, Uberto sentit les mains de Slawnik lui libérer les chevilles. Énormes, rugueuses comme de la roche, ces mains semblaient de pierre.

L'instant d'après, le jeune garçon sentit la fraîcheur de la nuit lui caresser le visage, mais son soulagement s'évanouit dès qu'il vit ses ravisseurs devant lui.

Le Bohême, sans dire un mot, délia la corde qui lui enserrait les bras et le traîna contre un arbre. Il le fit s'accroupir au pied du tronc, puis se pencha sur lui.

« Je ne dors jamais, dit-il, pointant son poignard sous sa gorge. Si tu essaies de t'enfuir, je te tue. »

Sans attendre un signe d'assentiment de sa part, Slawnik s'éloigna du prisonnier et commença à s'occuper des chevaux. Après les avoir débarrassés de leur selle, il les attacha à un arbrisseau pour qu'ils puissent brouter en paix. Entre-temps, le boiteux avait allumé le feu.

Les deux hommes s'assirent devant et mangèrent en silence. Uberto, recroquevillé sur le sol, les observait, stupéfait. Ils n'avaient l'un pour l'autre aucun geste amical, aucune parole chaleureuse, on aurait dit des chiens errants, penchés sur leur pitance. Tant bien que mal, il tenta de trouver une position supportable, abandonnant son dos contre le tronc ; mais il était tout endolori, ses bras étaient gonflés et engourdis, et les liens le blessaient, pénétrant presque dans sa chair. Qui sait où se trouvait Ignace en ce moment ?

Quand ils eurent mangé, les deux ravisseurs s'allongèrent pour se reposer. Le boiteux se tourna sur le côté et s'endormit presque aussitôt, tandis que l'autre se coucha près du feu, en face du garçon, la tête appuyée contre sa selle, et les mains agrippées à la boucle de sa ceinture, près du manche de son poignard. Uberto semblait l'intriguer. Il le fixait, les paupières mi-closes, comme s'il tentait de saisir un souvenir lointain.

Uberto détourna le regard. Cet homme l'intimidait et, très vite, il comprit qu'il ne lui avait pas menti : il ne dormait pas. Il restait immobile, les yeux entrouverts.

Il le regarda toute la nuit.

73

Bien que le chemin vers Saint-Jacques devînt de plus en plus impraticable, le nombre des pèlerins augmentait de jour en jour. Beaucoup se déplaçaient à pied, le visage brûlé par le soleil et la gorge asséchée par la soif. Certains, épuisés par le trajet, s'arrêtaient sur le bord de la route et s'allongeaient au milieu des rochers et des touffes d'herbe. Il était souvent difficile de les distinguer des mendiants et des estropiés.

Willalme observait tous ces gens avec une stupeur croissante.

« Il est naturel de rencontrer autant de pèlerins, lui expliqua Ignace. Tu vois ce mont devant nous ? C'est le Cebrero. Cela signifie que nous ne sommes pas loin de Compostelle. Et n'oublie pas que le 25 juillet, jour de la Saint-Jacques, est passé depuis peu. Nombre de voyageurs viennent ici célébrer l'événement.

— Parmi tous ces gens, il sera plus facile de passer inaperçus, commenta Willalme.

— Oui. Mais nous devrons agir vite et discrètement. (Ignace se tourna vers Dodiko, qui chevauchait à côté de la charrette.) Dites-moi, Comte, quand Vivïen se décidera-t-il à se montrer ?

— Comme vous le savez, Vivïen de Narbonne est un homme extrêmement prudent, répondit le gentilhomme. Avant de dévoiler sa présence, il souhaitera s'assurer qu'il ne court aucun danger. J'ignore le lieu qu'il a choisi pour attendre notre arrivée.

— C'est pourquoi, dit Willalme, il ne se manifestera pas avant que nous ayons récupéré la partie de l'*Uter Ventorum* cachée à Compostelle. »

Dodiko hocha la tête.

« Vivïen ne doit pas être bien loin de la quatrième partie du livre, conclut le marchand. Il doit même avoir un œil dessus d'une façon ou d'une autre… Sinon, comment pourrait-il savoir que nous sommes là ? »

Le comte écarquilla les yeux.

« Croyez-vous que Vivïen en personne conserve la dernière partie du livre ? »

Ignace fit un geste vague.

« Nous le saurons bientôt. »

Une chose était sûre, pensait-il : lorsqu'il serait face à Vivïen, il exigerait de lui des explications.

74

Redescendu des plateaux par le col d'El Poyo, le groupe mené par Slawnik gagna la vallée en déviant légèrement vers le sud, le long d'un fleuve qui continuait vers l'ouest. Les deux sbires avançaient avec circonspection. À leur suite, sur la troisième monture, venait l'otage.

Uberto, libéré du sac, se tenait en selle, les mains immobilisées dans le dos et les chevilles attachées aux étriers, pour éviter qu'il s'enfuît.

Le jeune garçon voyageait dans ces conditions depuis quasiment une semaine. Il était épuisé, d'autant que les deux cavaliers noirs ne s'accordaient pas le moindre repos, souvent pas même la nuit.

Leur destination, d'après ce qu'il avait compris, était Saint-Jacques-de-Compostelle.

Uberto remarqua, de l'autre côté du fleuve, une longue procession d'hommes se dirigeant vers l'ouest. Ils cheminaient tous à pied, même ceux qui possédaient charrettes et chevaux. Il s'agissait probablement d'un cortège de pénitents, le dernier sacrifice des pèlerins avant d'accéder à l'objet de leur destination cultuelle : la citadelle sainte.

Qui sait si, parmi ces gens, ne se trouvaient pas Ignace et Willalme ? C'était fort probable. À cette pensée, le cœur d'Uberto se serra. Il s'efforça de réfléchir à la façon dont il pourrait se libérer et prendre la fuite ; mais Slawnik parut deviner ses desseins et, après l'avoir transpercé d'un regard effrayant, s'approcha de lui et l'empoigna par le col.

« N'y pense même pas, tu sais à quoi tu m'obligerais », grommela-t-il, passant son index sous sa gorge. Uberto crut lire dans sa menace un brin d'indécision, presque d'humanité, mais il ne sut comment l'interpréter.

Puis le Bohême se tourna vers son acolyte : « Arrêtons-nous ici, sous ces arbres. Nous entrerons dans la ville cette nuit. »

Les faubourgs de Saint-Jacques grouillaient littéralement de pèlerins. Pas un coin de la ville qui n'eût son rassemblement de moines, ses groupes de pénitents ou ses étals d'objets sacrés. Il était impossible d'avancer à cheval, aussi la compagnie d'Ignace décida-t-elle de continuer à pied.

« À la nuit tombée, l'agitation cessera et nous pourrons agir en toute liberté », annonça le marchand.

Willalme acquiesça.

« Nous pourrons enfin chercher l'Asclépios mentionné dans l'énigme. As-tu déjà une idée de qui ou de quoi il s'agit ? »

Dodiko resta silencieux. De toute évidence, comme le Français, il était sur des charbons ardents, et attendait la réponse du marchand.

« Asclépios est le dieu grec de la médecine... (Ignace haussa plusieurs fois les épaules, comme s'il exposait une évidence.) L'allusion de l'énigme n'est pas fortuite : l'ange Amazarak initia les hommes à la magie des plantes, et Asclépios recourt aux mêmes expédients, à des fins curatives.

— Et alors ? le pressa Dodiko. En substance, de quoi s'agit-il ?

— Je suis convaincu que le nom désigne à la fois un lieu et une personne. Il s'agit d'une bibliothèque située dans la partie ouest de la ville. Depuis des années, y réside un vieux médecin d'origine berbère, que tout le monde connaît sous le nom d'Asclépios. (Ignace sourit, contemplant les visages incrédules de ses compagnons.) Vivïen et moi le connaissons fort bien. C'est une personne de confiance.

— Est-il possible que tout soit si simple ? murmura le comte. Un si grand secret, caché derrière un puéril jeu de mots ?

— Les choses les plus simples passent généralement inaperçues, commenta le marchand.

— Devons-nous chercher dans une bibliothèque ? (Willalme parut s'apaiser.) Cela ne me semble pas une entreprise bien risquée.

— L'église San Lorenzo avait un aspect menaçant, peut-être ? rétorqua Ignace. Nous ne savons pas ce qui nous attend. Et nous devons tenir compte du fait que Dominus a pu nous précéder. Si tel était le cas, nous devrions nous contenter de deux parties du livre seulement.

— Deux parties seulement ? (Le comte Dodiko afficha une certaine déception.) Vous devriez en posséder déjà trois !

— Nous avons récupéré les parties de l'*Uter Ventorum* dissimulées à Puente la Reina et à Sahagún, répondit, à regret, le marchand. Nous n'avons pu accéder à la première partie, qui se trouve à Toulouse. La ville étant assiégée par les croisés français, il était impossible d'en franchir les murs. »

Le gentilhomme réfléchit un instant.

« Il s'agit là d'un problème tout à fait contournable. Je suis déjà allé à Toulouse. Avec mon aide, vous pourrez vous y rendre sans peine.

— Parfait ! conclut Ignace, qui n'aimait guère voir des tiers se mêler de la résolution des énigmes. Mais, pour l'heure, concentrons-nous sur la recherche de l'ange Amazarak… »

75

La nuit était tombée sur Compostelle, et le calme l'avait effectivement emporté sur l'agitation de l'après-midi. Les pèlerins s'étaient retirés dans les hospices et les pensions, ou gisaient endormis sur les bords des routes, ne soupçonnant pas le nombre de personnes qui se faisaient assassiner ou dépouiller après le coucher du soleil, dans la citadelle sacrée.

Un bruit de pas traversa la *plaza*. Une silhouette drapée dans un manteau gagna la cathédrale, contourna le grand bâtiment cruciforme, et continua en direction du transept méridional.

Non loin de là, près de la Puerta de las Platerías, Slawnik attendait, les bras croisés et le souffle agité. Un soupçon de malaise traversa son visage. À cet instant précis, il aurait préféré se trouver ailleurs... Pour tromper son inquiétude, il contemplait les incroyables reliefs sculptés sur le portail : on prétendait qu'ils étaient l'œuvre d'un tailleur de pierre toulousain à l'habileté plus infernale que divine.

Soudain, son attente prit fin. Dominus se tenait à quelques pas de lui.

« Mon Seigneur », dit le Bohême, allant à sa rencontre.

Le Franc-Comte s'arrêta devant lui. Il l'examina avec défiance, comme s'il flairait quelque chose. Slawnik s'en aperçut et détourna le regard.

« Nous sommes désormais arrivés au terme de cette mission, mon vassal, dit Dominus. Ne me déçois pas maintenant… »

Le Bohême esquissa une révérence, espérant ainsi gagner en crédibilité.

« Jamais de la vie, Mon Seigneur. Je suis votre bras et votre épée.

— Je l'espère bien. Mais, dis-moi, avez-vous trouvé le gamin ?

— Oui. Nous l'avons pris en otage. Les indications sur la propriété se sont révélées exactes.

— Comme tu peux le constater, les informations que j'ai obtenues à Toulouse nous ont été utiles. (Un rictus de satisfaction déforma le visage de Dominus.) Et l'épouse du marchand ? Et les domestiques ? Les avez-vous…

— Tués, mentit Slawnik. Ils sont tous morts.

— Parfait. Nous utiliserons le gamin comme monnaie d'échange. Ignace se montrera conciliant. Nous n'aurons aucune difficulté à nous faire remettre le livre.

— Le livre… bien sûr… murmura le Bohême.

— Tout est prévu pour cette nuit. N'oublie pas, nous n'interviendrons pas avant que le marchand ait récupéré la dernière partie de l'*Uter Ventorum*. Nous devrons attendre qu'il s'introduise dans la bibliothèque d'Asclépios, d'ici quelques heures… Et veille à ne pas le tuer. Il nous le faut vivant. »

Slawnik fixa son interlocuteur d'un regard de pierre.

« Oui, Mon Seigneur.

— Maintenant, va te préparer, c'est pour bientôt. (Le Franc-Comte se retourna, mais avant de quitter la pièce, il ajouta :) Et n'oublie pas, Slawnik, ne me déçois pas. »

Le Bohême baissa la tête en signe de soumission, sans répondre. Il attendit que Dominus se fonde dans les ombres de la nuit, puis se dirigea vers sa cachette. Tandis qu'il tournait le dos à la cathédrale, une idée lui traversa l'esprit. Trahison.

Mais dans son cas, s'agirait-il vraiment d'une trahison ? Son but n'était pas de trahir pour assouvir son ambition personnelle ou son avidité, ce qu'il voulait c'était retrouver son amour-propre et sa noblesse perdus. À la vérité, Dominus l'avait dupé en lui faisant miroiter un destin de gloire et de fierté, alors qu'il l'avait davantage transformé en tueur qu'en noble guerrier à son service. Non, conclut Slawnik, dans son cas, il ne s'agissait pas d'une trahison, mais d'une rébellion contre une vie ignoble imposée par un seigneur oublieux de l'idéal de la chevalerie et du sens de la mesure. Cependant, au fond de lui brûlait toujours le désir de devenir, à l'image de son père, un guerrier droit et inflexible. Or s'il souhaitait réellement s'engager sur cette voie, il n'y avait qu'une solution : détruire l'*Uter Ventorum*. Car, comme dans le cas de Dominus, même le chevalier le plus vertueux, alléché par la promesse d'un pouvoir surnaturel, pouvait s'écarter du droit chemin.

Slawnik se sentit envahi d'une impression nouvelle, un sentiment pur et fugace sur lequel il fut incapable de mettre un nom. Peu importait. Seule comptait la conscience d'avoir enfin trouvé une cause pour laquelle se battre.

Uberto était détenu dans l'obscurité d'une masure, assis sur une chaise bancale, les mains liées et la tête penchée en avant. La pièce était vide, privée de fenêtre. Pas de table ni de lampe. L'odeur de foin emplissait l'air, lui chatouillant les narines et l'asphyxiant. La seule chose visible dans la pénombre était le contour d'une porte barrée, auréolé d'une lumière venant de l'extérieur. De l'autre côté, le boiteux montait la garde ; le géant devait être sorti pour s'acquitter d'une tâche inconnue.

S'efforçant d'entendre ce qui se passait de l'autre côté de la porte, le jeune garçon se rendit compte que, depuis un moment, il ne percevait plus aucun bruit. Peut-être le boiteux était-il lui aussi sorti.

Il s'arma de courage et tenta de se relever. S'ils l'avaient vraiment laissé sans surveillance, il lui fallait se décider à atteindre cette porte et tenter de s'enfuir. Les muscles engourdis par ses liens, il se déplaçait à grand-peine. Il fit pression sur ses genoux, le buste penché en avant, le visage déformé par l'effort. Son dos le faisait souffrir, il était raide comme un bout de bois.

Au prix d'un effort extrême, il se projeta en avant, mais ses chevilles le lâchèrent et il s'effondra sur le sol. Se tournant au dernier moment sur le côté, il évita à sa tête de frapper le sol.

Il attendit en silence, le cœur battant. Le raffut pouvait avoir attiré l'attention, mais personne ne vint.

Il recommença à se mouvoir lentement, en rampant, puis, prenant appui sur ses genoux, il parvint à se relever. Il lui restait à délivrer ses poignets de ses liens. Il arpenta la pièce, en quête d'objets susceptibles de l'aider dans cette entreprise, mais ne trouva rien.

Il s'approcha de la porte pour écouter. Et, n'entendant aucun bruit, il risqua le coup. Il se retourna et saisit, tant bien que mal, la poignée de ses mains liées. Il espérait que le verrou n'était pas tiré, mais avant qu'il eût le temps de s'en assurer, la porte s'ouvrit brutalement vers l'intérieur !

Uberto, heurté par le battant, tomba de nouveau à terre, et s'ouvrit le front. Seule la frayeur dans laquelle il se trouvait l'empêcha de défaillir.

Il reconnut le Bohême. Slawnik s'approcha de lui, le releva et tira son poignard de sa ceinture.

« Ne me tuez pas, je vous en prie ! » implora le jeune garçon.

Le sbire ne répondit pas. Il ferma à demi les yeux et saisit brusquement l'otage dont il trancha les liens d'un geste sûr.

Uberto était libre ! Instinctivement, il porta ses poignets endoloris devant lui et entreprit de les masser, puis, le cœur battant, il dirigea son regard vers la seule issue. Mais le géant bohême s'interposait entre l'entrée et lui. Fuir semblait impossible.

Slawnik le regarda et s'effaça soudain. « File ! grogna-t-il. Tu es libre… »

Ce furent ses seules paroles. Déconcerté par la scène, Uberto fixa ce visage dur et impénétrable, s'efforçant de comprendre où était le piège. Mais le géant demeurait immobile et muet.

Uberto décida de ne pas défier davantage le sort et, bien que terrorisé, il prit la fuite.

Quittant le sombre taudis, il déboucha dans un fenil. Avant de gagner la sortie, il aperçut, à la lueur d'un flambeau, un cadavre gisant sur le sol. Il avait la barbe et les cheveux roux, et une expression de stupeur sur le visage. C'était le boiteux.

Un instant, le jeune garçon tenta de comprendre ce qui s'était passé en ce lieu, puis il s'éloigna au pas de course, s'enfonçant au cœur de la nuit torride de Compostelle.

Dans l'obscurité de la masure, Slawnik serrait son poignard cruciforme dans sa main.

Il savourait un goût de liberté retrouvée. Sa liberté.

Après tant d'années d'incertitude, il savait enfin quoi faire.

76

Cette nuit-là, la tension du marchand fut à son comble.

Comme prévu, après la tombée du jour, Ignace et Willalme sortirent pour se rendre à la bibliothèque d'Asclépios. Mais avant de prendre cette direction, ils durent s'acheminer vers un autre quartier de Saint-Jacques, où logeait le comte Dodiko. Le gentilhomme, accoutumé au confort, avait choisi un hébergement plus conforme aux habitudes d'un aristocrate. L'auberge se trouvait au cœur de la citadelle, et pour l'atteindre, ils durent arpenter les rues principales, ce dont Ignace se serait volontiers passé, étant donné les circonstances.

Mais lorsqu'ils arrivèrent à l'auberge, Dodiko ne s'y trouvait pas. Les deux hommes pensèrent immédiatement au pire et s'empressèrent d'interroger l'aubergiste, qui ne savait pas grand-chose. Le comte avait dîné et était parti précipitamment sans laisser de message.

« Regarde dans quel pétrin nous sommes ! » souffla Willalme.

Sa déception initiale surmontée, Ignace observa l'aménagement de la chambre attribuée au comte.

« Nous n'avons pas le temps de savoir ce qui lui est arrivé. Filons d'ici ! Nous irons chez Asclépios sans lui. »

Ils quittèrent donc l'auberge et s'aventurèrent dans le dédale des ruelles désertes.

L'air de cette nuit exceptionnellement chaude les enveloppa comme un linceul. Tandis qu'ils arpentaient les rues menant aux remparts occidentaux, le marchand réfléchissait aux derniers événements. Dodiko l'avait-il trahi ? Était-il allé récupérer la quatrième partie du livre sans lui ? Ou avait-il été agressé par la Sainte-Vehme ? Dans ce cas, on aurait retrouvé son cadavre ou des signes de lutte. Or la chambre était intacte et, d'après le témoignage de l'aubergiste, le comte aurait quitté l'auberge sain et sauf, et non accompagné.

Ils atteignirent un faubourg. Au-delà de l'ancienne enceinte, rempart inviolé depuis les invasions normandes, on entendait le mugissement de la mer.

Le marchand ferma à demi les yeux, respira la brise saumâtre, puis regarda devant lui, en direction d'une tour en ruine.

« Voilà, dit-il, c'est la bibliothèque d'Asclépios. »

Willalme observa le bâtiment à la base carrée, couronné de crénelures érodées par les intempéries.

« De prime abord, elle n'est guère rassurante, commenta-t-il.

— Allez, entrons », l'encouragea le marchand, indifférent à ces paroles.

L'humidité stagnait dans la tour, se mêlant à l'odeur de moisi. Les deux visiteurs avancèrent dans l'ombre et se retrouvèrent devant un escalier de pierre menant vers le haut. Les marches étaient étroites et taillées dans la roche, glissantes comme les galets d'une rivière. Ils gravirent avec un luxe de précautions la trentaine de marches, et arrivèrent devant une porte fermée.

Ignace cogna son bourdon contre le battant.

« Asclépios ! clama-t-il d'une voix forte. Ouvre ! C'est moi, Ignace de Tolède ! »

Willalme et lui attendirent quelques instants, sans obtenir de réponse.

Le Français, impatient, allait et venait nerveusement. Sans trop prêter d'attention à l'agitation de son compagnon, le marchand frappa de nouveau.

« Mais enfin, ouvre, vieux sourd ! »

On entendit enfin une clé tourner dans la serrure, puis le loquet d'un verrou. À la suite de quoi, paresseusement, la porte s'ouvrit, et un vieil homme aux cheveux blancs et courts apparut. Il avait un visage allongé, agrémenté d'une barbichette grise et portait une tunique jaune. C'était Asclépios de Malabata, le propriétaire et gardien de la bibliothèque au sommet de la tour.

« Qui vient frapper à cette heure ? Peut-on savoir ? demanda-t-il, les paupières gonflées de sommeil.

— Asclépios, c'est Ignace. Me reconnais-tu ? »

Toujours immobile sur le seuil, le vieillard dirigea sa lampe vers l'homme. Il l'observa avec un désintérêt apparent, avant de lancer : « Alvarez... Ça alors, c'est vraiment toi ! (Il fronça les sourcils.) Toujours aussi

356

mal élevé, réveiller un pauvre vieux à cette heure de la nuit ! Tu ne pouvais pas attendre demain matin ? »

Avant que le marchand ait eu le temps de répondre, Asclépios était déjà à l'intérieur.

« Viens, Alvarez, entre. Ton ami aussi. Et refermez la porte, bon sang ! »

Willalme, impressionné par la vigueur du vieil homme, suivit le marchand, tirant la porte derrière lui. Il franchit le seuil et pénétra dans une antichambre dotée de deux accès : celui de gauche conduisait à une sorte de salon, celui de droite à un autre escalier.

« Peut-on savoir pourquoi il t'appelle Alvarez ? murmura le Français à l'adresse de son compagnon.

— C'est le *cognomen* de ma famille depuis des générations », répondit Ignace sans se retourner.

Indifférent à leur conversation, Asclépios s'engagea dans l'entrée de droite et se mit à monter lentement les marches. Les deux hommes le suivirent jusqu'à l'étage supérieur. L'endroit était divisé en une succession, plus ou moins régulière, de pièces carrées et meublées d'armoires pleines de livres.

Asclépios de Malabata se déplaça dans ce labyrinthe sans se soucier d'eux jusqu'à ce qu'ils atteignent la plus grande salle. La pièce rappelait un scriptorium monastique, si ce n'était certains objets disposés sur les étagères. Willalme remarqua d'étranges tenailles, des balances romaines en bronze et des reproductions d'entrailles humaines. Il aperçut même un petit pot plein de dents.

Le vieil homme s'assit péniblement à sa table de travail et Ignace s'installa en face de lui. Parmi la pile de livres entassés sur le bureau, il reconnut un traité de magie médicale connu sous le nom de *Cyranides*.

« Qu'est-ce qui t'amène, Alvarez ? s'enquit Asclé-pios. Tu ne t'es pas beaucoup manifesté ces dernières années. Je te croyais mort… »

Le marchand hocha la tête mais, au lieu de répondre, il jeta un regard dans un gros volume à portée de main.

« Vas-tu cesser de fouiner ? s'enflamma le Berbère. Laisse tomber ce livre, c'est une copie du *Canon* d'Avicenne. Un médecin siennois m'en a fait don.

— Je reconnais cette œuvre. Mon *magister*, Gérard de Crémone, l'a traduite de l'arabe.

— Un grand homme, ce Gérard. C'est par respect pour lui que je garde un brin d'estime à ton égard. Et en mémoire de ton pauvre père ! Lui était un homme comme il faut, pas un vagabond de ton espèce ! »

À la mention de son père, Ignace se rembrunit.

« Il n'a jamais été libre, déclara-t-il, piqué. Il a gâché sa vie au service des autres, sans jamais penser à lui…

— Misère, il était *notarius* du roi de Castille ! s'emporta le vieil homme, le rouge au visage. Tu connais un honneur plus grand ? Tu aurais pu choisir de suivre ses traces, ou de succéder à Gérard de Crémone, en tant que *magister*… Mais par ton obstination à ne vouloir accepter d'ordre de personne, tu as tout abandonné, ta famille et le *studium*, et, à la première occasion, tu es parti ! (Comme le marchand encaissait le reproche sans broncher, il cessa de s'acharner sur lui et changea de sujet.) Eh bien, où étais-tu toutes ces années ?

— J'ai très peu de temps. (Le regard d'Ignace se fit pénétrant.) Dis-moi, quand as-tu vu Vivïen de Narbonne pour la dernière fois ? »

Asclépios eut un mouvement de recul. Il dévisagea

son interlocuteur, comme pour s'assurer de sa bonne foi.

« Il était ici il y a deux jours, déclara-t-il, croisant ses bras frêles sur sa poitrine étroite. Mais tu arrives trop tard. Il est déjà reparti.

— Je vois… (La voix du marchand se brisa légèrement, trahissant son appréhension.) A-t-il emporté quelque chose de ta bibliothèque ?

— Tu veux parler de l'*Uter Ventorum* ? demanda le Berbère.

— Oui ! » répondit Willalme, devançant son compagnon.

Asclépios fixa le Français et sourit.

« Folle jeunesse ! Vous voulez toujours tout, tout de suite. Vous avez toujours peur qu'on vous dérobe la terre sous les pieds, soupira-t-il. Eh bien, le livre est ici. Vivïen n'est pas venu le chercher, mais simplement s'assurer qu'il était toujours sous ma garde, après toutes ces années. »

Ignace posa ses coudes sur la table, l'air renfrogné.

« J'ai absolument besoin de ce livre… ou, plutôt, de la partie qui t'a été confiée.

— Tu me la bailles belle ! répondit Asclépios, en écarquillant les yeux. (Il s'abandonna contre le dossier de sa chaise et agita ses doigts osseux.) Et qu'en ferais-tu ?

— Il s'agit d'une affaire de la plus haute importance. Après moi, d'autres vont venir la chercher, et mieux vaudrait qu'ils ne la trouvent pas. Et mieux vaudrait qu'ils ne te trouvent pas non plus, pour tout te dire. Ce sont des gens extrêmement dangereux. Qui utiliseraient le livre à des fins malveillantes. »

Asclépios se tut un moment, hésitant quant à la décision à prendre.

« Alvarez, je ne te fais pas confiance, confessa-t-il. Tu es quelqu'un d'excessivement curieux et tu utiliserais le livre à mauvais escient. Mais, hélas, on dirait que je n'ai pas le choix. (Là-dessus, il glissa sa main dans un tiroir dissimulé sous la table et en tira un petit volume. Il le jeta sous les yeux de son interlocuteur.) Le voici. Je n'ai aucune idée de ce que ces pages renferment. Je ne les ai pas lues. Appelle-ça de la frousse, si tu veux. Pour moi, il s'agit simplement de bon sens. »

Le marchand s'empara du livre sans hésiter et l'ouvrit. Il commença à lire et leva un regard contrarié vers Asclépios. Puis il se remit à feuilleter l'ouvrage, incrédule.

« Mais c'est une plaisanterie ! » s'exclama-t-il, plein d'amertume.

Le vieil homme parut tomber des nues.

« Quoi ?

— Es-tu sûr que c'est le bon livre ?

— Mais bien sûr, quelle question ! Vivïen a été très clair là-dessus. »

Ignace lui montra le manuscrit. « Regarde. Lis toi-même… »

Asclépios, rétif, s'empara du livre et l'ouvrit au hasard. Il fut aussitôt frappé par une phrase : « La lumière et les ténèbres, la vie et la mort, la droite et la gauche, sont sœurs les unes des autres ; elles sont inséparables. » Il passa une de ses mains sur son menton.

« On dirait un passage de l'Évangile de l'apôtre Philippe », dit-il.

Saisi d'un doute, il feuilleta le codex, et en parcourut de nouveaux passages, avant de conclure :

« Il s'agit bien de l'Évangile de Philippe, cela ne fait aucun doute.

— En effet, confirma Ignace. Ce n'est pas le genre de livre que je m'attendais à trouver.

— Pourtant Vivïen m'a assuré qu'il m'avait remis le secret de l'ange Amazarak ! La quatrième partie de l'*Uter Ventorum*… Je ne comprends pas. Que vient faire ici cet Évangile apocryphe ? »

Le vieil homme restitua le codex au marchand, qui le feuilleta encore une fois, en regardant attentivement chaque page.

« Comment est-ce possible ? continua Asclépios, se frappant le front de la main.

— Peut-être renferme-t-il quelque chose ? » l'interrompit Ignace.

À ces mots, Willalme s'approcha de lui et tourna instinctivement son regard vers les pages, oubliant qu'il ne savait pas lire.

« Non, Willalme. Ne cherche pas dans le texte ! »

Là-dessus, Ignace retira des pages un long signet de peau, cousu dans la reliure.

« Voilà ! Il s'agit probablement du message de Vivïen… »

Asclépios examina la fine bandelette de cuir.

« En es-tu sûr ?

— Regardez la surface, suggéra Ignace. Vous voyez ? Des lettres ont été tracées.

— Un vrai travail d'orfèvre… (Le vieil homme fit courir ses yeux sur la suite de caractères.) Elles doivent avoir été gravées sur le cuir à l'aide d'un stylet. Que nous apprennent-elles ?

c
a
p
u
r
l
b.
m.
u.
v
l
l
l
l

— C'est encore un autre cryptogramme de Vivïen, dit le marchand.

— La solution se cache dans l'énigme des quatre anges, dans la dernière ligne écrite en provençal : *"Amezarak volvet la sa cue a le bastun de Jacobus"*, à savoir : "Amazarak enroule sa queue autour du bâton de Jacobus."

— Comprends-tu ce que cela signifie ? demanda Willalme.

— Pas encore, répondit Ignace. Mais le moment est venu de le découvrir… »

Uberto gagna, au pas de course, le cœur endormi de la citadelle, et s'arrêta au milieu de la *plaza*. Il reprit son souffle, fixant les grandes tours jumelles qui se dressaient de chaque côté de la cathédrale.

Il savait comment retrouver Ignace. Lors de sa séquestration, il avait entendu ses ravisseurs parler de l'emplacement de la quatrième partie de l'*Uter Ventorum*. La ville à laquelle ils se référaient était Compostelle. Le jeune garçon ne disposait pas de renseignements précis concernant la cachette, mais se souvenait par cœur de la charade rédigée en provençal par Vivïen de Narbonne. « *Amezarak volvet la sa cue a le bastun de Jacobus.* » Ignace se trouvait probablement à Compostelle. Si Uberto parvenait à retrouver la quatrième partie du livre, il retrouverait aussi son maître.

Le problème était de savoir ce qu'était le *bastun de Jacobus*.

Se tournant en direction de la cathédrale, Uberto eut une idée. Il s'achemina vers l'entrée principale et arriva devant le Pórtico de la Gloria, une somptueuse colonnade surmontée de bas-reliefs. Les yeux du jeune garçon parcoururent les ombres du Pórtico, jusqu'à ce qu'ils tombent sur le *parteluz*, la colonne qui divise le porche en deux et abrite en son sommet la sculpture de saint Jacques le Majeur.

L'apôtre avait été représenté en habit de pèlerin. Il trônait en haut de la colonne, soutenant un linteau de sa tête. Dans sa main droite, il tenait l'Évangile, et dans la gauche un bourdon.

Uberto imagina que ce bourdon pouvait être le *bastun de Jacobus*. Il n'en était pas certain, mais il devait s'en assurer. S'il avait vu juste, une partie de l'*Uter Ventorum* était cachée là. Il regarda attentivement la statue, fit le tour de la colonne et l'examina sous toutes les coutures, mais sans succès. Ce n'était que l'œuvre minutieuse d'un tailleur de pierre.

363

Son intuition était fausse. Et s'il n'y avait pas de trace du livre ici, il n'avait aucune idée de l'endroit où pouvait se trouver Ignace en ce moment. Gagné par le découragement, Uberto sortit de la cathédrale et tituba sur la place comme un ivrogne.

Alors qu'il errait sans but, le visage noyé de larmes, un homme surgit de l'obscurité et le saisit par le bras. Le garçon sursauta. Il le regarda, stupéfait : c'était le comte Dodiko.

« Uberto, que fais-tu ici ? Que s'est-il passé ? lui demanda le gentilhomme.

— Vous savez, Mon Seigneur, ce qui m'est arrivé… »

Mais le comte l'interrompit sans écouter la réponse à sa question.

« Pour l'instant, l'heure n'est pas aux explications, mon jeune ami. Je vais retrouver Ignace à la bibliothèque d'Asclépios. Viens, suis-moi… »

Uberto se sentit renaître. Il allait retrouver le marchand ! Il sécha ses larmes et, plein d'espoir, chemina au côté de Dodiko.

77

À l'ombre de la bibliothèque d'Asclépios, Ignace observait attentivement le signet laissé par Vivïen. Les minuscules caractères gravés sur la bande de cuir faisaient référence à quelque chose dont le sens continuait à lui échapper. Caressant sa barbe, l'homme se remémora encore une fois la devinette en provençal : « *Amezerak volvet la sa cue a le bastun de Jacobus* », « L'ange Amazarak enroule sa queue autour du bâton de Jacobus. »

« La queue… Voilà ce qu'est la queue, dit-il au bout d'un moment, serrant le signet entre ses doigts. Mais que diable peut bien être ce *bastun de Jacobus* ? Il manque encore un indice.

— Et s'il s'agissait d'une allusion à *Jacobus maior*, l'apôtre Jacques ? suggéra Asclépios, qui écoutait à la lueur d'un chandelier.

— Le patron des pèlerins ? » ajouta Willalme, observant les traits du vieillard, dévorés par un jeu de clairs-obscurs.

Ignace eut une intuition : « Saint Jacques… *Sant-Yago*… Bien sûr ! Sa représentation la plus vénérée se

365

trouve ici, à Compostelle, en haut du *parteluz* du Pórtico de la Gloria ! »

Le Français écarquilla les yeux.

« Aurais-tu un bâton, par hasard ?

— Oui, mais là n'est pas la question. Le saint Jacques du Pórtico de la Gloria est vêtu comme un pèlerin… Il symbolise les milliers d'hommes qui se rendent à Saint-Jacques chaque année. Tu comprends ? Le Jacobus de la devinette fait référence à n'importe quel voyageur qui accompagne son chemin d'un *bastun,* autrement dit d'un bourdon. »

Là-dessus, Ignace prit le signet par l'extrémité qui dépassait du codex et l'entoura autour de son bourdon, veillant, à chaque tour, à ne pas superposer les spirales, mais à les garder côte à côte.

« Voilà, expliqua-t-il à la fin du processus. La queue d'Amazarak s'est enroulée autour du bâton de saint Jacques. »

Les lettres du signet, placées les unes à côté des autres, formèrent une combinaison de sigles.

$$c \quad u \quad b. \quad v \quad l$$
$$a \quad r \quad m. \quad l$$
$$p \quad l \quad u. \quad l \quad l$$

« Fascinant ! admit Asclépios. Tant que le ruban n'est pas enroulé, le message reste illisible. C'est un vieil expédient carthaginois.

— On dirait qu'il restitue une liste de sigles, fit observer le marchand. Mais je ne vois pas à quoi cela peut correspondre. Peut-être avons-nous utilisé un mauvais processus.

— Absolument pas… (Le vieil homme se rapprocha de lui.) Laisse-moi regarder plus attentivement. Ces lettres me rappellent quelque chose. »

cub. VI
arm. I
plu. II

« C'est bien ce que je pensais ! continua-t-il, frappant de son poing la paume de sa main. Il s'agit de la cote d'un livre.

— Aurais-tu l'amabilité de nous faire partager cette découverte ? demanda Ignace, irrité de s'être fait devancer dans son raisonnement.

— C'est simple. Ce sont des abréviations. Elles indiquent *cubiculum VI, armarium I, pluteum II*. À savoir : salle VI, armoire I, étagère II. J'adopte ce système pour ranger les livres de ma bibliothèque, depuis des années. À chacun d'eux correspond un classement unique : une salle, une armoire et une étagère bien définies. J'ai noté chaque cote dans un gros registre, de manière à pouvoir retrouver facilement n'importe quel ouvrage.

— Je vois… Vivïen a utilisé ta méthode pour cacher son secret.

— Probablement. Venez ! » les exhorta Asclépios, s'acheminant dans le labyrinthe de la bibliothèque.

Les deux compagnons lui emboîtèrent le pas.

Jetant un œil sur les étagères, Ignace constata que la bibliothèque comptait non seulement des livres de médecine, mais aussi des ouvrages de philosophie, de mathématiques et de littérature. Durant toutes ces années de recherches, le vieux Berbère avait rassemblé un inestimable patrimoine, un dédale d'encre, mêlant pensée orientale et pensée occidentale.

Asclépios avançait lentement, éclairant le chemin avec un bout de chandelle. Il compta méticuleusement les salles et les meubles, esquissant des gestes saccadés de ses doigts, et, après avoir franchi le seuil d'un petit corridor, il annonça : « Voilà. Nous sommes dans le sixième cubiculum. » Il s'arrêta devant une encombrante armoire, l'ouvrit et éclaira l'intérieur à l'aide de la chandelle.

Ignace s'approcha de lui, fébrile et impatient.

« S'agit-il du premier armarium ?

— Oui.

— Alors, nous devons chercher sur la deuxième étagère. »

Le vieil homme fouilla sur le rayonnage.

« Il n'y a rien, ici, grommela-t-il, déçu. Quelques palimpsestes… Un livre sur le soufisme persan… Un traité médical de Rhazès de Bagdad… Rien d'autre.

— Attends, intervint le marchand. Qu'est-ce que c'est, là, au fond, posé dans le coin ? »

Asclépios approcha la chandelle et éclaira un petit récipient de terre cuite. On aurait dit un flacon ou un pot de parfum. Ignace tendit la main et s'empara délicatement de l'objet. « C'est un reliquaire, dit-il, pour conserver les reliques des saints. Voyons ce qu'il contient. »

Le marchand ôta le bouchon qui scellait le goulot, retourna le reliquaire et versa son contenu dans sa paume. En sortit un minuscule rouleau de papyrus et quelques graines et racines séchées.

De prime abord, un œil inexpérimenté aurait pu s'y méprendre, car l'ensemble évoquait un petit tas de reliques et un feuillet de prières. Mais il s'agissait de tout autre chose.

Ignace renifla les végétaux, puis dénoua le lien de cuir qui fermait le rouleau. Il lut avidement, réenroula à la hâte le papyrus et l'enserra dans l'encolpion avec le reste du contenu.

« Qu'as-tu trouvé ? demanda Asclépios. Est-ce la quatrième partie du livre ? Le secret de l'ange Amazarak ?

— Oui, répondit le marchand, victorieux. Il s'agit de la recette de l'*haoma*, une vieille potion utilisée par les mages. Elle était employée lors des grands rituels, car elle avait la réputation d'élever l'âme et de la transporter vers les sphères célestes.

— L'*haoma* ? (Le vieil homme tripota sa barbichette grise.) J'étais persuadé que la recette originale était perdue. On dit que Zarathoustra en avait interdit l'usage.

— En effet. Et je pensais même que certains ingrédients étaient devenus introuvables. Mais Vivïen a retrouvé les principaux et les a enfermés dans cette fiole, en y joignant la recette.

— On dit que les Vikings firent usage de substances similaires pour accroître leur force : certaines plantes permettent à l'homme de dépasser ses facultés physiques et mentales. Je me demande si leur usage est bien licite. »

Le marchand ne répliqua pas, mais la curiosité qui brillait dans ses yeux exprimait clairement sa disposition d'esprit. Il fit disparaître le flacon dans sa besace et se tourna vers Willalme.

« Allons-y. Nous ne pouvons pas nous éterniser ici. »

Le Français acquiesça. Lança un sourire d'adieu en direction d'Asclépios et s'achemina vers la sortie.

Avant de partir, Ignace étreignit le vieil homme. Surpris, le bibliothécaire grogna, puis lui rendit son geste.

« Réfléchis-y, Alvarez, recommanda Asclépios. Ne cède pas à l'orgueil et à la soif du savoir au-delà du nécessaire. C'est un homme de science qui te met en garde. Nous sommes nés pour garder les pieds sur terre. Des bêtes de chair, voilà ce que nous sommes ! Pas des créatures immortelles. Certaines portes doivent rester fermées… Et puis, méfie-toi. J'ai lu quelque part que l'*haoma*, absorbée en dose excessive, peut se révéler mortelle.

— Cher ami, derrière tes sempiternels grognements, tu caches une prévenance presque paternelle. (Le marchand s'approcha de son oreille et lui chuchota :) J'ai encore besoin de ton aide. Il faut que tu me rendes un dernier service. »

Le vieil homme le regarda d'un air courroucé.

« Oublie ! N'y pense même pas ! »

78

Ignace et Willalme dévalèrent à toute vitesse un escalier raide et anguleux. Au rez-de-chaussée, ils trouvèrent une petite porte dérobée qui permettait de sortir par l'arrière du bâtiment.

« Je ne pensais pas que cette ruine pouvait abriter des passages secrets », confessa le Français, savourant l'air de la nuit. Il était enfin délivré de l'odeur malsaine qui régnait dans la tour.

« Ce n'est pas étonnant. La bibliothèque d'Asclépios est l'une des anciennes défenses de Compostelle, expliqua le marchand, allongeant le pas. Dépêchons, maintenant. Nous devons nous éclipser au plus vite. »

Ils se mirent en route, glissant le long des murs pour se fondre dans les ombres. Mais, non loin du bâtiment, ils virent l'imposante silhouette d'un homme d'armes à cheval. Willalme le reconnut aussitôt : c'était le géant bohème. Cette fois, il ne portait pas son masque mais avançait majestueusement, au trot, le regard décidé.

Slawnik tira sur ses rênes et descendit de selle. Il s'approcha des deux hommes, d'un air menaçant, la main droite sur la poignée de son épée.

« Remettez-moi le livre, Ignace de Tolède, et il ne vous sera fait aucun mal, déclara-t-il, résolu.

— Désolé, Messire. Je ne puis satisfaire à votre requête, même avec la meilleure volonté. (Le marchand fit un pas en arrière. Il se tourna vers son compagnon et cria :) À la tour ! Il est encore temps. Nous y serons en sécurité.

— Non ! éclata Willalme. Nous l'aurons toujours à nos trousses ! Je ne tiens pas à passer le reste de ma vie à regarder derrière moi. Cette histoire doit cesser !

— Tu perds l'esprit. Suis-moi ! » lui ordonna Ignace.

Mais le Français était sourd à tout rappel à l'ordre. Seule la colère dictait sa conduite. Il dégaina rapidement son cimeterre et se jeta sur l'ennemi.

Avec une habileté consommée, le Bohême tira son épée et para un coup qui visait son flanc gauche.

Les lames se croisèrent.

« J'ai vu comment tu te bats, le Français ! lança Slawnik, tandis qu'il tentait de mettre son adversaire à genoux. Tu ferais mieux de te rendre ! »

Le jeune homme plia sous l'offensive du Bohême. La puissance de ses bras était incroyable ! Il tenta de résister à leur pression, serrant les mâchoires sous le coup de l'effort, mais en vain : après une vaillante résistance, il fut projeté à terre. Il se remit aussitôt en position de défense, prêt à parer l'attaque. Mais son ennemi lui offrit une trêve inespérée.

Le Bohême lança un regard compatissant en direction de son adversaire et se dirigea vers sa monture, dégainant une seconde épée, fixée à l'arçon avant de sa selle. Il fit tournoyer les deux lames ensemble, fendant l'air, et resta immobile, en attente.

Se relevant, Willalme respira profondément et avança courageusement, tandis qu'Ignace assistait à la suite de l'affrontement avec un frémissement croissant. Le Français était rapide, virevoltait sur lui-même, portant des coups aux flancs, aux épaules et aux genoux ; il semblait engagé dans une danse guerrière, élégante et fatale. Slawnik, plus lourd, manœuvrait ses épées, faisant pleuvoir des coups doubles du haut vers le bas, telle une mante religieuse acharnée. Ses estocades et ses fendants étaient si rapides qu'ils martelaient son adversaire sans répit.

Vint cependant un moment où le cimeterre de Willalme atteignit son adversaire, le blessant au-dessus de la hanche droite. Le Bohême se contenta de grogner, méprisant la douleur, et continua de se battre, assénant un coup puissant vers le bas. Le Français réussit à le parer, mais se retrouva malgré tout à genoux. Quand il tenta de se relever, les deux lames l'enserrèrent.

Profitant du handicap de son adversaire, Slawnik se prépara à porter l'attaque décisive. Avec l'épée qu'il tenait dans sa main gauche, il bloqua la défense de son ennemi, tandis que de la droite, il lui envoyait un coup dans les côtes.

Willalme ferma les yeux, résigné à mourir. Il sentit la caresse de l'écume marine et le clapotement sec d'une quille, et se retrouva à bord d'un navire croisé, écrasé par un groupe de soldats chrétiens. Puis le souvenir s'évanouit, laissant son esprit engourdi. Incapable de comprendre ce qui venait de se passer.

Ignace, jusque-là resté en retrait, avait immobilisé le bras du Bohême, avant qu'il ne porte le coup.

Slawnik se dégagea de l'emprise du marchand avant de se ruer sur lui. « Sois maudit ! rugit-il, bouillant de rage. Tout est de ta faute ! Je vais te massacrer, et ensuite je brûlerai ce satané livre, de sorte que plus personne ne tue pour s'en emparer ! »

Il leva les bras, prêt à frapper.

Ignace tendit son bourdon, dans un geste de défense désespéré, et ferma les yeux, résigné. Il entendit alors les fers tinter au contact d'une autre lame métallique. Ne parvenant pas à croire qu'il était indemne, il rouvrit les yeux, et, fixant le visage du géant, il y lut son propre étonnement. Il ne comprit ce qui s'était passé qu'en se retournant et en découvrant à ses côtés le comte Dodiko. Il était arrivé juste à temps pour le sauver, parant de son épée le coup dirigé vers le marchand. Ignace avait échappé d'un cheveu à la mort.

La situation s'était renversée.

Slawnik venait d'être frappé par Willalme au flanc droit. La blessure, palpitante, déversait des flots de sang sur sa hanche. Sans pour autant se laisser abattre, le Bohême tira de nouveau ses épées et les plaça en position d'attaque, en se tournant vers le nouvel arrivant.

« Restez hors de mon chemin ! lui hurla-t-il, frémissant de rage autant que de stupeur. Personne ne m'arrêtera. Pas même vous !

— Comment oses-tu, pauvre fou ? (Dodiko avança, pointant son épée contre lui.) File, tant qu'il est encore temps !

— Non, je ne vous obéirai plus ! (Slawnik le dévisagea d'un air méprisant et cracha par terre.) Votre parole n'a plus aucune valeur pour moi. Je romps mon serment.

— Tais-toi, imbécile ! » cria le comte, se lançant à l'assaut.

Ignace, qui avait écouté, stupéfait, constata avec surprise que le comte réussissait à tenir tête au géant. Le Bohême répondait aux attaques par des coups vigoureux, mais aggravait sa situation à chaque mouvement. Dodiko empiétait sur sa ligne de défense, l'obligeait à reculer sans cesse, jusqu'au moment où Slawnik perdit l'équilibre. Irrité par son handicap, il tenta de renverser la situation en s'élançant en avant, mais le comte n'espérait rien d'autre : il attendit qu'il se rapproche et le frappa sans hésitation.

Slawnik sentit la lame de son adversaire perforer sa tunique, pénétrer sa chair et s'enfoncer aisément dans ses entrailles. Telle l'aiguille d'une couturière traversant un tissu.

Le Franc-Juge laissa choir les épées et tendit ses mains vers le comte. Il pressa ses doigts autour de son visage, le fixant de ses yeux d'enfant incrédules. Puis il se tourna tout à coup vers Ignace.

« Méfiez-vous de lui… bredouilla-t-il d'un filet de voix, car son… »

Dodiko l'agrippa à la gorge et, de sa main droite, tourna la lame dans la blessure, arrachant un gémissement méprisant au géant agonisant. Il le laissa glisser sur le sol et, après s'être assuré qu'il avait expiré, retira l'épée de son ventre et l'essuya sur ses vêtements.

Entre-temps, Ignace avait porté secours à Willalme et l'avait aidé à se relever. Le Français était épuisé, mais sain et sauf.

En se retournant, il se rendit compte de la présence d'une quatrième personne.

« Uberto ! » s'exclama-t-il, ébahi.

79

Lorsque Uberto acheva le récit de ses mésaventures, Ignace posa ses mains sur ses épaules.

« Il semblerait que nous soyons voués à faire route ensemble, toi et moi. »

Tandis que le jeune garçon souriait, rasséréné, de nouvelles questions se bousculaient dans l'esprit du marchand. Comment les Illuminés avaient-ils déniché sa maison ? Une seule personne savait où elle se trouvait ! Un pressentiment lui vint, limpide, mais le marchand le rejeta.

Dodiko rengaina son épée, puis se tourna vers ses compagnons :

« Dites, Maître Ignace, avez-vous déjà retrouvé la quatrième partie du livre ?

— Oui, répondit le marchand. Mais je ne l'ai pas avec moi. »

Le gentilhomme parut très surpris.

« Et où l'avez-vous mise ?

— Je l'ai laissée à la bibliothèque d'Asclépios, dans ma besace, avec les autres parties de l'*Uter Ventorum* en ma possession. J'ai agi ainsi par souci de sécurité, ne sachant ce qui pouvait m'arriver une fois sorti de la tour. Et, comme vous pouvez le constater, Comte, j'ai eu raison de me montrer prudent. »

Il indiqua le corps de Slawnik étendu sur le pavé.

« Vous êtes malin. Cependant, l'heure est venue de récupérer votre besace, souligna Dodiko.

— Bien au contraire, j'ai décidé de la laisser là-haut, entre ces murs. (Le marchand indiqua avec désinvolture le sommet de la tour.) C'est la meilleure chose à faire. Je tiens à oublier l'*Uter Ventorum*. Si Vivïen a choisi de s'en débarrasser, il avait probablement de bonnes raisons. Vous ne croyez pas ? »

Uberto fixa, stupéfait, le visage d'Ignace. Il n'aurait jamais imaginé l'entendre parler ainsi. Il jeta un regard interrogateur en direction de Willalme, qui, comme à son habitude, se contenta de hausser les épaules avec indifférence.

« Avez-vous perdu la raison ? s'indigna Dodiko. Vous ne pouvez agir de la sorte !

— Je regrette de vous décevoir. Ce livre n'est plus mon affaire », répondit le marchand, le regard fuyant.

Le gentilhomme, visiblement déçu, dévisagea Ignace non sans mépris, comme s'il cherchait une preuve de sa sincérité, puis tourna les talons et se dirigea aussitôt vers la tour.

Le marchand le suivit des yeux jusqu'à ce qu'il le vît disparaître à l'intérieur du bâtiment en ruine. Alors seulement, il s'autorisa un rictus sournois.

« Bon, allons-nous-en », dit-il à l'intention de ses camarades.

Avant d'obéir au marchand, Uberto s'approcha du cadavre de Slawnik. Il observa la blessure qui lui lacérait le ventre, ses grosses mains plaquées autour, comme pour tenter de la refermer. Même dans la mort, son visage gardait une expression sévère : ses mâchoires étaient contractées, et son front, plissé.

Bien qu'il s'efforçât d'analyser la succession de tous ces événements, le jeune homme ne parvenait toujours pas à déterminer si le Bohême avait été un homme bon ou mauvais. Il se pencha pour mieux contempler ces traits austères, se demandant pourquoi il lui avait laissé la vie, pourquoi il avait désobéi aux ordres reçus. Le visage de Slawnik eut alors une soudaine contraction ; ses yeux s'écarquillèrent sur ses iris vitreux, brouillés par la mort. Le jeune garçon sursauta de peur et s'apprêtait à s'éloigner, terrorisé, lorsque le Bohême l'agrippa par le col et l'attira vers lui. À bout de souffle, il bredouilla quelque chose, puis referma les yeux et expira.

Uberto bondit sur ses pieds, bouleversé. Ses compagnons, qui avaient assisté à la scène, accoururent aussitôt.

« Que s'est-il passé ? demanda Ignace.

— Cet homme… (Uberto réprima un frisson.) Il vient de me révéler l'identité de Dominus ! »

80

Peu soucieux de la décision d'Ignace, le comte Dodiko s'aventura dans la tour d'Asclépios. Le marchand était fou de s'imaginer qu'il allait renoncer à l'*Uter Ventorum*. D'ailleurs, ce misérable Espagnol n'avait aucune idée de ses véritables intentions...

Il gravit les marches jusqu'à ce qu'il atteigne la porte d'accès aux étages de la bibliothèque. Étrangement, elle n'était pas fermée, mais simplement entrouverte. Il poussa le battant, chemina dans l'obscurité et traversa les différentes pièces jusqu'à ce qu'il trouve les salles où les livres étaient conservés. Il déambula parmi les *cubicula* déserts, furetant partout, et jetant pêle-mêle tout ce qui entravait ses recherches.

Bientôt, il aperçut la lueur d'une chandelle sur une table et, s'approchant, découvrit sur son plateau une vieille besace en cuir : ça ne pouvait être que celle d'Ignace !

Enfin ! Après toutes ces recherches, il avait réussi à s'emparer des trois parties de l'*Uter Ventorum* ! Sans perdre une minute, le comte ouvrit la besace. Vide ! Il vérifia plus attentivement, tâtant chaque recoin en quête de poches dissimulées ou de doubles fonds. Sans succès. Furieux, il la lança au loin. On l'avait dupé !

Il fut alors pris d'un étrange malaise, une sorte d'étourdissement, qui bien vite se mua en vertige. Presque sans s'en rendre compte, le comte s'écroula sur le sol. Il tenta de se relever, sans parvenir à garder l'équilibre. Il s'agrippa à la table, mais l'odeur émanant de la chandelle le suffoqua.

C'était une senteur âcre, très différente de l'odeur habituelle de la cire fondue. Elle rappelait plutôt l'arôme des extraits végétaux. Le comte comprit la cause de son trouble. Il se pencha sur la table et, l'écume à la bouche, s'empara du chandelier et l'éteignit maladroitement. Puis il s'effondra et attendit que l'effet de l'intoxication disparaisse.

L'attente fut éprouvante et truffée d'hallucinations.

Soudain, un bruit de pas retentit dans la bibliothèque, et une silhouette encapuchonnée émergea des ténèbres. Elle traversa la pièce, se pencha sur le comte, puis lui releva la tête, en lui soutenant le menton.

« Nous nous revoyons enfin, Dodiko. À moins qu'il ne soit plus juste de vous appeler Dominus ? »

Dodiko sursauta. Qui était cet homme ? Comment connaissait-il son identité ? Il tenta de reculer, mais constata qu'il ne parvenait pas à maîtriser son corps. Ses membres étaient devenus légers et insensibles. Seuls son visage, sa langue et le bout de ses doigts avaient gardé le sens du toucher. Son estomac, quant à lui, était en proie à de terribles spasmes nauséeux.

« N'essayez pas de bouger, ce serait peine perdue, conseilla l'ombre. Vous accusez les symptômes d'un empoisonnement à la belladone… mais n'ayez crainte, la substance que vous avez inhalée n'est pas mortelle.

Mon intention n'était pas de vous tuer, mais seulement de vous étourdir. »

Dominus tenta d'identifier celui qui parlait. Il roula ses pupilles dilatées autour de la pièce, luttant contre le vertige, et les braqua sur le visage de son interlocuteur.

« Scipio Lazarus… chantonna-t-il, avec un sourire hébété.

— Vous m'avez reconnu malgré l'effet de la drogue ? Admirable ! Après tout, n'êtes-vous pas le grand Dominus, le "marteau" de la Sainte-Vehme ? Je constate, cependant, qu'Ignace de Tolède vous a trompé très facilement, en vous soufflant les parties du livre par un tour enfantin. (L'homme encapuchonné ramassa la besace vide.) Se faire rouler par un Espagnol ! Vous m'avez vraiment déçu…

— Comment avez-vous fait… pour comprendre qui j'étais ? bredouilla Dominus. Je me suis montré habile… astucieux dans mes dissimulations…

— Pas suffisamment. Je vous avais à l'œil depuis longtemps, avant même notre rencontre à Toulouse. (Scipio Lazarus ne put retenir un petit rire sarcastique.) Mais, dites-moi… Votre façon d'agir m'intrigue : pourquoi n'avez-vous pas tué Ignace de Tolède ? Vous avez eu plus d'une occasion de le faire.

— Parce qu'il ne possède que trois parties du livre, grogna Dominus.

— Il lui manque celle cachée à Toulouse… Et lui seul sait exactement où elle se trouve. Vous souhaitiez vous servir de lui, acheva l'homme au capuchon. Vous n'étiez pas capable de résoudre l'énigme tout seul.

— Pourquoi êtes-vous venu me tourmenter ? Qu'attendez-vous de moi ? » demanda le Franc-Comte, scrutant avec insistance le visage de Scipio Lazarus. Il réveillait en lui des souvenirs lointains, enfouis dans sa mémoire… Où l'avait-il vu ?

« Vous n'avez pas encore compris ? Je suis venu prendre votre place. (Le balafré tira un poignard cruciforme de sous sa robe et l'approcha de la gorge de Dominus.) *Mors tua, vita mea*.

— Attendez ! hurla ce dernier, qui reprenait peu à peu le contrôle de son corps. (La torpeur commençait à s'estomper. Un moment encore et il pourrait facilement se débarrasser de cet infirme.) Maintenant, je me souviens ! Je vous reconnais ! Nous pouvons nous entendre ! Vous êtes… »

Les paroles de Dominus se perdirent dans un obscène gargouillis, interrompues par la lame de l'homme au capuchon. Le Franc-Comte frémit dans un dernier spasme, puis expira, la tête penchée sur le côté. Après s'être assuré qu'il était bien mort, Scipio Lazarus le fouilla et tira de sous son manteau un objet de céramique : le masque rouge. Il l'admira longuement, puis le rangea avec satisfaction dans une poche intérieure de sa cape.

« L'enfer vous attend, comte Dodiko. »

Tout se déroulait selon ses plans.

Il devait maintenant retrouver Ignace de Tolède et récupérer l'*Uter Ventorum*.

« Je soupçonnais le comte Dodiko d'être Dominus, mais je n'en ai été certain que lorsque son sbire nous a attaqués, la nuit dernière, admit Ignace alors qu'ils s'arrêtaient devant l'écurie d'une auberge. Il nous a menti depuis le début, ce vautour. Après tout, si Vivïen n'a pas été sincère avec moi, comment imaginer qu'il ait pu faire confiance à un douteux déserteur de la Sainte-Vehme ?

— Mais alors, en déduisit Willalme, le guerrier que le comte a abattu cette nuit avait trahi la cause des Illuminés.

— C'est pourquoi Dodiko lui a sauté à la gorge avant qu'il rende l'âme, poursuivit Uberto. Il l'a empêché de nous mettre en garde et de révéler son identité.

— C'est exactement ce qui a dû se passer, confirma Ignace. Peut-être qu'en me tuant ce Bohême souhaitait mettre un terme à l'avidité de Dominus et à sa quête du livre. Mais, de toute évidence, Dominus ne l'entendait pas ainsi. »

Uberto hocha la tête, pensant au nombre de fois où il s'était trouvé en compagnie du comte Dodiko, sans rien soupçonner à son sujet. Il frissonna, jetant un regard autour de lui pour savoir dans quel coin de la ville ils se trouvaient. Ils avaient confié leurs chevaux et leurs charrettes dans cette bourgade et venaient les récupérer. Leur intention était de quitter Saint-Jacques au plus vite.

Les trois compagnons pénétrèrent dans l'écurie, avançant dans l'odeur de paille et de crottin, lorsqu'ils virent soudain un homme au visage couvert. Sans montrer sa stupeur, Ignace alla à sa rencontre et lui tapa sur l'épaule.

« Vieil Asclépios, tu as réussi à nous rejoindre, se réjouit-il.

— Vous rejoindre, tu parles ! (La bouderie du vieux Berbère transpira sous son capuchon.) Il y a un moment que je t'attends ! Tu sais combien de criminels rôdent

383

la nuit par ces ruelles ! Tu souhaitais peut-être qu'on attente à ma vie ?

— Comment a-t-il fait pour arriver ici avant nous ? (Willalme scruta le vieillard, comme s'il se trouvait devant un fantôme.) Pour quitter la tour sans se faire repérer ?

— Je t'avais bien dit que cette tour recelait de nombreux passages secrets, lui confia le marchand.

— Tu dois t'être fourré dans un joli pétrin, Alvarez ! murmura Asclépios, tendant un balluchon à Ignace. Prends ça. Voici le contenu de ta besace. Ainsi que tu me l'as demandé.

— Ton aide a été précieuse, mon vieux. (Le marchand s'empara du paquet.) À présent, tu dois partir, toi aussi. Je regrette, mais tu ne serais plus en sécurité au sein de ta tour. Nous allons à…

— Attends, Alvarez, avant de prendre des décisions hâtives, l'interrompit le vieil homme. Je dois encore te communiquer une nouvelle importante.

— De quoi s'agit-il ?

— D'un message. Vivïen me l'a confié il y a deux jours, lorsqu'il est venu me rendre visite. Il m'a prié de te le remettre au moment où tu déciderais de quitter Compostelle. »

Là-dessus, Asclépios tira un billet d'une poche de son vêtement et le tendit à son ami. Le marchand lut le court message.

Cher ami,

J'imagine que tu es en possession des anges Tamiel, Kokabiel et Amazarak. Je t'attendrai à minuit, le dix-septième dimanche avant la Pentecôte, dans la basilique de Venise. Je serai en compagnie

*d'Armaros, le premier des quatre anges, afin que
nous puissions enfin les réunir.*

Vivïen

« À minuit, le dix-septième dimanche avant la Pentecôte… murmura Ignace. Ça tombe le 29 septembre, le jour de la fête de saint Michel Archange… C'est dans moins de deux mois.

— Qu'as-tu l'intention de faire ? lui demanda le vieil homme.

— J'irai au rendez-vous, naturellement. J'embarquerai pour l'Italie avec Uberto et Willalme, c'est le moyen le plus rapide et le plus sûr de parvenir à destination, expliqua le marchand. Toi, en revanche, Asclépios, tu prendras ma charrette et tu feras route vers l'est, en direction de Mansilla de las Mulas, puis tu dévieras vers le nord. Passé l'église de San Miguel de Escalada, tu découvriras une petite vallée. Là, dans une villa rustique, vit Sibilla, ma femme. Informe-la de la situation. Dis-lui qu'Uberto est sain et sauf, et occupe-toi d'elle. Et rappelle-lui que je la rejoindrai… dès que possible. »

SIXIÈME PARTIE

Le chant d'Armaros

« Les magiciens sont appelés "faiseurs de maléfices", car ce sont des criminels qui perturbent les éléments, dérangent l'esprit des hommes et provoquent leur mort sans avoir besoin d'utiliser le poison mais par la seule force de leurs incantations. »

Isidore de Séville,
Etymologiarum libri, VIII, 9.

81

La *cocca* à voile carrée glissait à vive allure, fendant les vagues en direction du détroit de Gibraltar. Ignace, appuyé à tribord, observait la ligne insaisissable de l'horizon.

« Tu peux me dire ce qu'il y a au-delà de ces eaux ? demanda une jeune voix derrière lui.

— Non. (L'homme se tourna vers Uberto.) Je pense que personne ne sait ce qui se cache derrière l'horizon. »

Le jeune garçon sourit tendrement. Pour la première fois, Ignace ne savait pas répondre à l'une de ses questions. Il regarda droit devant lui, enthousiasmé par l'ondulation des flots.

« Où allons-nous ?

— Nous venons de passer Lisbonne. Le navire continuera en cabotant jusqu'à Gibraltar, fera escale à Marseille, puis accostera à Gênes. De là, nous continuerons par voie terrestre jusqu'à Venise. (L'homme examina le front du jeune homme.) Montre-moi cette blessure. Tu as mal ?

— Non, répondit Uberto. Je me la suis faite à Compostelle. Je suis tombé en essayant de m'enfuir… Ce n'est qu'une égratignure.

— On dirait qu'elle cicatrise. Mais tu en garderas la marque… » constata le marchand en lui écartant une mèche sur le front.

Les mots d'affection qui suivirent se perdirent dans les cris des mouettes.

Après plusieurs jours de marche, Asclépios de Malabata arriva à destination. Il arrêta les chevaux et étira son dos, tandis qu'il observait la villa rustique se dressant au milieu d'un domaine. Il avait quitté sa bibliothèque à regret et, plus d'une fois au cours du trajet, il avait pensé rebrousser chemin avec sa charrette et retourner vers sa tour en ruine. Mais à ce moment précis, devant tant de quiétude, il se sentit invité à aller de l'avant.

Devant l'habitation, il regarda autour de lui, le visage doré par la lueur matinale. Il vit une vieille gitane occupée à étendre du linge au soleil.

« Excusez-moi. Est-ce bien la maison de Dame Sibilla ? lui demanda-t-il aimablement.

— Ça dépend, répondit la servante avec défiance. Qui la demande ?

— Je suis un ami d'Ignace de Tolède. »

À ces mots, la femme s'assombrit et scruta l'étranger avec suspicion, à la suite de quoi elle lui fit signe d'attendre et se dirigea vers la villa, appelant haut et fort sa patronne. Peu après, elle ressortit aux côtés d'une femme dont la beauté et le port altier semblaient cacher l'amertume d'un deuil ou d'une perte récente.

Sibilla regarda l'étranger, mais s'adressa à sa servante :

« Nina, as-tu demandé son nom à cet homme ?

— Je suis Asclépios de Malabata, médecin, intervint le vieillard, sans attendre que la gitane s'exprime. J'apporte des nouvelles de votre mari, Ignace Alvarez. »

Là-dessus, l'homme fit mine de s'agenouiller, mais la dame intervint :

« Relevez-vous, Asclépios de Malabata. Pardonnez mon embarras, mais je ne suis guère habituée à recevoir des messagers envoyés par mon mari. Il préfère se cacher du monde entier.

— C'est un fait, madame. Mais je suis porteur d'espoir », répondit le Berbère, fixant le visage incrédule de Sibilla.

82

La chaleur de la fin août déclinait après le coucher du soleil. Une brume étouffante flottait dans les rues de Toulouse, se déposant sur les visages impassibles des douze apôtres sculptés à l'entrée de Saint-Sernin.

Vivïen de Narbonne s'arrêta devant l'imposante basilique pour observer la flèche de la tour octogonale et la rosace de la façade occidentale.

La croix était le symbole du soleil et du *camino* vers Compostelle. Voilà pourquoi il avait choisi ces deux églises jumelles – Saint-Saturnin à Toulouse, et Saint-Jacques à Compostelle – pour cacher les parties initiale et finale de l'*Uter Ventorum*.

Il attendit patiemment que la messe du soir s'achève, puis entra dans l'église. Il parcourut la nef centrale, les mains jointes et la tête baissée. Il s'agenouilla devant l'autel et, le visage baigné de larmes, bredouilla un *Pater noster*, remerciant le Seigneur de l'avoir délivré de la persécution des Illuminés. L'émissaire le plus cruel de la Sainte-Vehme était mort ! Vivïen se souvint avec un frisson d'effroi du jour où cet homme terrible l'avait pourchassé près de Saint-Michel-de-la-Cluse, et de l'accident au bord d'un ravin du mont Pirchiriano…

Le Masque rouge ne le menacerait plus ! Il était libre de rencontrer Ignace de Tolède sans que plus personne ne s'y oppose.

Et tout cela, grâce à Scipio Lazarus…

Laissant ses souvenirs de côté, il se remémora les premières lignes de l'énigme des quatre anges, qu'il avait lui-même composée. Armaros dort sous les yeux de Saint-Sernin. Saturnin cache les mots dans le maître-autel de Toulouse.

Il savait exactement où chercher. Tout en faisant semblant de prier, il tira un petit couteau d'une manche de sa robe et entreprit de gratter autour d'une dalle, au pied de l'autel. Le mortier se désagrégea facilement.

Toujours agenouillé en position de prière, il déplaça la dalle avec précaution. Après s'être assuré que personne ne l'observait, il plongea sa main dans la cavité qui venait d'apparaître et en sortit un rouleau de parchemin. Il remit ensuite la dalle en place, se signa et se releva, rendant grâce au Seigneur.

Avant de sortir, il glissa un œil vers les colonnades des nefs latérales. Personne ne l'espionnait dans l'ombre des arcades. Il sortit de la basilique, dépassa une patrouille de soldats, puis il tira le rouleau de la poche de sa robe et regarda ce qui y était écrit. Il sourit. La première partie de l'*Uter Ventorum* était à nouveau entre ses mains. Il ne lui restait plus qu'à se rendre à Venise et à se préparer à ses retrouvailles avec Ignace de Tolède.

83

Tout était silencieux autour de la basilique Saint-Marc. Sur les murs voisins du palais du doge, les flambeaux dansaient fièrement. Un air lourd et salin soufflait sur la place.

Ignace s'attarda devant la façade. L'histoire allait se conclure là où elle avait commencé. Il aurait dû s'y attendre. Vivïen avait toujours été fasciné par l'organisation symétrique des événements.

« Vous attendrez dehors », intima-t-il à ses compagnons.

Uberto fit un pas en avant, contrarié. Le marchand lui posa la main sur l'épaule.

« Ne discute pas, vous ferez comme ça, un point c'est tout. Et si un problème survenait, n'hésitez pas à fuir. »

À ces mots, le jeune garçon se résigna.

Ignace avait tant de choses à lui dire, mais il domina ses sentiments et se tourna vers Willalme : « Si l'affaire devait mal tourner, occupe-toi de lui. »

Le Français acquiesça, se drapant dans sa cape verte. Il faisait froid.

Désormais, l'heure n'était plus à la réflexion. En proie à un tourbillon d'émotions, le marchand se dirigea vers l'entrée de la basilique. Les battants étaient entrouverts, il n'eut qu'à les pousser pour pénétrer à l'intérieur. Il traversa la nef principale, déserte. Vivïen l'attendait probablement dans la crypte, il s'achemina donc vers l'abside et descendit aux niveaux inférieurs. Il marcha dans l'obscurité, longeant lentement les murs.

Parvenu dans la nef centrale de la crypte, il discerna une silhouette encapuchonnée, debout devant l'autel. Elle était à peine éclairée par la lueur des cierges, et semblait célébrer une messe silencieuse pour une assistance invisible.

Ignace s'approcha, n'en croyant pas ses yeux.

« Vivïen, est-ce vraiment toi ? »

L'individu bougea. « Ignace, enfin… »

Le marchand reconnut immédiatement cette voix mais réfréna son enthousiasme. D'autres sentiments lui rongeaient le cœur. Il pointa vers lui un index accusateur, le regard sévère.

« Moi aussi, j'étais impatient de te revoir. Impatient et surtout avide d'explications ! Pourquoi m'as-tu caché le secret de l'*Uter Ventorum* pendant toutes ces années ? La Sainte-Vehme m'a pourchassé par ta faute, moi qui ignorais tout de ce maudit livre ! Es-tu seulement conscient du tort que tu m'as fait ?

— C'est ainsi que tu salues un vieil ami ? (L'homme encapuchonné haussa les épaules et dévoila son visage d'un geste théâtral.) N'aie pas peur, je vais tout t'expliquer. »

Ignace dévisagea son vieux compagnon d'aventures et eut une épouvantable surprise : Vivïen était complètement défiguré. De profondes cicatrices dévoraient sa figure, ainsi qu'un nez difforme et un bec-de-lièvre.

Le marchand l'observa, stupéfait.

« Vivïen, j'ai du mal à te reconnaître… Qu'est-il arrivé à ton visage ? »

Dès qu'ils furent seuls, Uberto et Willalme tentèrent de trouver une ouverture qui leur permît de regarder à l'intérieur de la basilique. Après avoir inspecté le périmètre de l'édifice, le Français s'arrêta devant une petite fenêtre de la crypte. Il jeta un œil, puis fit signe à son compagnon d'en faire autant.

À l'intérieur, se trouvaient deux hommes en grande conversation.

Uberto regarda à travers la fenêtre et écarquilla les yeux.

« Ce moine, je l'ai déjà vu, murmura-t-il. Je l'ai croisé en Espagne, à Sahagún. Il m'a parlé ! »

Uberto se remémora leur furtive conversation.

« Demande donc à ton mentor. Demande-lui qui il est réellement », lui avait-il soufflé.

Mais alors, si le balafré était Vivïen de Narbonne, pourquoi ne lui avait-il pas révélé son identité à Sahagún ? Pourquoi ne s'était-il pas enquis d'Ignace, au lieu de nourrir des soupçons dans son dos ?

« Ignace est peut-être en danger », lança-t-il, effrayé, à son compagnon.

« Mon visage ? (Le moine passa ses doigts sur ses cicatrices.) Si j'ai survécu jusqu'à présent, c'est précisément à cet horrible masque que je le dois. »

Ignace ne fit aucun commentaire. Le ton de Vivïen, très étrange, révélait une dissonance, comme un soupçon de folie.

« Tu veux savoir comment c'est arrivé ? continua le balafré. Ça s'est produit trois ans après notre incident de Cologne. Tu te trouvais déjà en Orient, à l'époque. De mon côté, je me cachais dans les Alpes, à Saint-Michel-de-la-Cluse, et je pensais pouvoir échapper à la Sainte-Vehme. Mais Dominus m'a retrouvé ! J'ai juste eu le temps de sauter en selle et de quitter le monastère, mais il m'a suivi... Il convoitait le livre, ce misérable ! (Il eut un sanglot effroyable, essuya son visage aux manches de sa robe, puis laissa échapper un petit rire nerveux.) C'est alors que je suis tombé... Oh, ce fut terrible ! J'ai été précipité dans le ravin, et j'ai roulé jusqu'à la vallée. Je me souviens dans le détail de chaque rocher que j'ai heurté. La douleur a été atroce. Le lendemain matin, un berger m'a trouvé. J'étais à l'agonie, mais toujours en vie. Il m'a soigné et a réussi à me sauver, même si mon corps est resté mutilé... En tout cas, je n'ai eu aucun mal à simuler ma mort. D'après les moines de Saint-Michel, mon décès est survenu le mercredi des Cendres de l'an 1205. Je l'ai laissé croire, et, dès lors, fus délivré de tous, même de Dominus... As-tu vu ma tombe ? ricana-t-il. Oh... mais bien sûr que tu l'as vue, sinon tu ne serais pas là.

— Et qu'as-tu fait ensuite ? Même si tu étais méconnaissable aux yeux des Illuminés, tu ne pouvais utiliser ton nom.

— Je suis devenu une nouvelle personne, un nouvel homme. J'ai fui à Rome, puis j'ai rencontré frère Dominique de Guzman, dont j'ai rejoint le mouvement religieux, et je suis devenu dominicain. Je me suis établi au *studium* de Bologne, ensuite j'ai été transféré à Toulouse, au couvent Saint-Romain. Personne ne connaissait ma véritable identité, pour tous, j'étais Scipio Lazarus.

— C'est alors que tu as commencé à me chercher… en déduisit Ignace.

— En effet. (Vivïen tordit son bec-de-lièvre.) Tu étais encore en Orient, mais, pendant mon séjour à Bologne, j'ai découvert un lieu où tu n'avais fait que passer, le monastère de Santa Maria del Mare. J'y ai appris que tu y avais caché un précieux secret, et que, tôt ou tard, tu y retournerais. (Il rit.) Tu n'aurais jamais renoncé à venir rechercher ton trésor… Nous savons tous deux de quoi il s'agit, n'est-ce pas ? Mais ne nous égarons pas. J'ai gagné la confiance d'un moine ambitieux, Rainerio de Fidenza, convenant parfaitement à mon plan. Je l'ai fait nommer abbé de Santa Maria del Mare, à la seule condition qu'il enquête sur toi. »

Le marchand plissa le front, gagné par le soupçon.

Vivïen le défia d'un rictus diabolique.

« Le vieux Maynulfo de Silvacandida, ton confident et ami, entravait mes plans. Il n'a pas succombé au froid hivernal, comme on te l'a laissé entendre. C'est moi qui l'ai tué, parce que ce lâche de Rainerio en était incapable. Ensuite, j'ai appuyé la nomination de ce même Rainerio à la tête de l'abbaye. Il fut facile de le faire élire abbé, car l'ordre dominicain auquel j'appartenais est soutenu par le pape et de nombreux nobles. Je n'ai eu qu'à envoyer des lettres de sollicitation aux personnes compétentes. Et, en échange de ce service, Rainerio t'a surveillé durant tout ce temps, me rapportant chaque information qu'il glanait à ton sujet.

— Assassin ! (Ignace avait du mal à contenir sa colère.) Et puis, dix ans plus tard, tu as appâté le comte Scalò avec la promesse du livre. Tu as agi ainsi pour m'attirer à Venise, et me mêler à cette sale affaire ! C'est ce qui s'est passé, n'est-ce pas ?

— Oh, Ignace… la situation est plus complexe que tu l'imagines.

— Traître ! gronda le marchand. Tu t'es servi de moi comme d'une marionnette ! Tu m'as caché l'existence de l'*Uter Ventorum*, et tu as mis ma vie et celle de ma famille en danger !

— Tu m'étais utile. Tu étais l'appât idéal. Grâce à toi, je me suis enfin libéré de Dominus !

— Que veux-tu dire ?

— Après avoir simulé ma mort, j'ai enquêté sur Dominus et découvert son identité. C'était le comte Dodiko, un noble saxon arrivé en Languedoc avec les croisés. Mais pour l'éliminer, je devais le forcer à se découvrir. Je me suis servi de l'*Uter Ventorum* pour convaincre Scalò de te faire revenir d'Orient. Entre-temps, j'ai écrit à Dodiko, sous le nom de Scipio Lazarus, pour lui révéler que tu devais prochainement débarquer à Venise afin de récupérer le livre. Dominus n'a pas perdu une minute, il a truffé les rues de Venise d'espions. Du reste, c'était prévisible : il me croyait mort, tu restais donc le seul lien avec l'*Uter Ventorum*. Au début, il t'a fait filer par un vassal bohême, Slawnik, puis il t'a rejoint lui-même en Espagne, se faisant passer pour ton allié. Pendant ce temps-là, je vous espionnais tous les deux. Vous étiez trop occupés par la recherche du livre pour vous rendre compte de ma présence. C'est ainsi que Dodiko est tombé dans mon piège. Pauvre idiot ! Je l'ai rencontré à Toulouse et il ne m'a pas reconnu. Pour gagner sa confiance, je lui ai même révélé où tu habitais… Puis j'ai attendu le bon moment, et je l'ai tué ! »

Le marchand le foudroya du regard. Voilà comment les Illuminés avaient retrouvé sa maison et enlevé Uberto. Ses soupçons s'étaient révélés exacts, Vivïen était bien l'informateur de Dominus !

« Misérable ! s'exclama Ignace. Tu es la cause de mon malheur. Tu n'imagines pas ce que j'ai enduré toutes ces années pour échapper à Dominus et à la Sainte-Vehme ! J'y vois clair, maintenant ! Tu as organisé une délirante chasse au trésor pour te débarrasser de Dominus, sans te soucier de la malédiction qui s'abattrait sur moi ! »

Il se rua alors sur le balafré, le frappa au visage et l'envoya heurter l'autel de la crypte.

Vivïen accusa le coup et se retrouva à terre. Le marchand, dans sa fureur, l'agrippa par le cou. Il resserra son emprise, regardant le visage difforme se contracter sous l'effet de la suffocation.

« Ma vie… ma famille ont volé en éclats, par ta faute !

— Attends… parvint à articuler le balafré. J'ai apporté la première partie du livre… L'ange Armaros…

— Pauvre insensé ! (Ignace relâcha son emprise avant qu'elle ne soit fatale.) Ta chute dans la montagne t'a rendu non seulement invalide mais aussi fou ! L'*Uter Ventorum* n'existe pas… il n'a jamais existé. Je ne m'en rends compte que maintenant !

— Tu te trompes, répondit Vivïen en toussant. Je t'avais dit que la situation était plus complexe qu'elle le paraissait… (Il haleta.) Le livre existe. Il existe ! Sinon, pourquoi Dominus nous aurait-il pourchassés toutes ces années durant ?

— Alors, pourquoi n'en as-tu pas fait usage ? » s'enquit le marchand, comme si désormais la réponse n'avait plus d'importance.

Vivïen se releva.

« Parce que j'en suis incapable, bon sang ! C'est la raison pour laquelle je t'ai attiré ici : j'ai besoin de ton aide. Les quatre parties de l'*Uter Ventorum* doivent être assemblées dans un ordre précis. Je les ai étudiées pendant des années, mais leur sens m'échappe toujours. Tu es la seule personne en mesure de déchiffrer le secret du livre.

— Tu as perdu l'esprit, Vivïen. (Ignace dévisagea l'homme avec un sourire amer.) Comment peux-tu prétendre à mon aide ? Tu as trahi mon amitié, tu es devenu un diabolique calculateur. Autrefois, tu étais différent…

— Quinze années vécues dans la terreur peuvent changer une personne. La peur m'a métamorphosé en l'homme que je suis, répliqua le balafré, s'emparant d'un cierge allumé et s'acheminant vers la sortie de la crypte.

— Mensonges ! J'ai vécu dans la même terreur, et je n'ai pas trahi mes amis pour autant. La vérité, c'est que tu as toujours été sans scrupules… mais d'une grande habileté pour cacher ta véritable nature ! tonna le marchand, le suivant instinctivement le long des nefs souterraines. Te rends-tu compte du nombre de vies que tu as sacrifiées pour ton propre salut ?

— En somme, tu n'as pas l'intention de m'aider ? » demanda Vivïen, exaspéré.

On aurait dit qu'il lui lançait un ultimatum.

« Non, répondit Ignace, en se dirigeant vers le passage menant à l'étage supérieur de la basilique.

— Réfléchis bien, tu pourrais le regretter ! » siffla Vivïen lorsqu'ils atteignirent le centre de la nef principale.

Ignace s'arrêta et jeta un regard autour de lui. Soudain, les arcades de Saint-Marc parurent chanceler. Il se sentit pris au piège. C'est alors que la voix aiguë de Vivïen fendit le silence.

« Vois-tu, cher ami… Je ne me suis pas contenté de tuer le comte Dodiko. J'ai aussi pris sa place… Tu ne parles plus à Vivïen de Narbonne, ni même à Scipio Lazarus… mais à Dominus ! »

Le marchand lui lança un regard chargé de rancœur et d'étonnement. Vivïen portait le Masque rouge !

Terrifié par cette vision, Ignace recula.

Un brouhaha confus commençait à s'élever des arcades supérieures des nefs. Le marchand leva les yeux et, dans l'obscurité, vit une torche s'allumer, puis une autre, une autre encore, et ainsi de suite, jusqu'à ce que toute la basilique se retrouve éclairée *a giorno*.

Les mosaïques dorées du plafond, illuminées par les flammes, scintillaient dans toute leur magnificence. Un peu plus bas, assis dans les tribunes, se tenaient des dizaines d'individus masqués. Le marchand fit un tour sur lui-même, faisant courir son regard le long des arcades, et fixa une à une ces silhouettes terrifiantes. C'étaient des hommes et des femmes de tous âges. Outre leur masque, chacun portait un long manteau noir.

Vivïen leva les bras.

La foule frémit, criant à l'unisson : « *Ave Dominus !* »

Ignace, submergé par les clameurs, tomba à genoux, terrifié, tandis que la foule drapée de noir descendait des loges et l'encerclait, se pressant de plus en plus autour de lui. Durant un instant, il entrevit la silhouette de Vivïen, son ancien compagnon de route, l'abominable Masque rouge sur le visage. Ses paroles pénétrèrent dans son esprit comme une lame de rasoir : « À présent, tu vas m'aider, que tu le veuilles ou non ! Dominus te l'ordonne ! »

Le marchand fut enchaîné puis traîné vers l'extérieur.

Le replet Henricus Teotonicus fut l'un des derniers à descendre des tribunes de la basilique. Il se fraya un chemin dans la cohue, gêné par son obésité, et se dirigea vers l'homme au masque rouge. Il devait lui parler de toute urgence. Il s'approcha de lui, le scrutant à travers les œillères de son masque doré, et chercha les mots appropriés. Parvenu à ses côtés, il dit : « Mon Seigneur, qu'allons-nous faire du prisonnier ? »

Le Masque rouge répondit froidement :

« Ce n'est pas votre affaire. Je suis le seul à savoir quelles questions lui poser. (Il le dévisagea attentivement.) Contentez-vous de me rester fidèle, comme vous l'avez toujours été. Faites-moi confiance. Je respecterai les engagements. »

Henricus Teotonicus fit un pas en avant, baissant humblement la tête. Montrer du respect lui coûtait.

« Emmenez au moins une commission de Francs-Juges, afin qu'ils assistent à l'interrogatoire et puissent en témoigner. En cas de refus, elle pourrait rendre compte du mécontentement...

— Peut-être faites-vous allusion à une éventuelle conspiration ! rétorqua le Masque rouge avec nervosité.

— Mon Seigneur, de grâce, ne prenez pas ce ton hostile, s'empressa de répondre Henricus Teotonicus. Je ne fais qu'exprimer les désirs de vos partisans. »

À vrai dire, Vivïen aurait préféré recourir à d'autres mots avec ce moinillon présomptueux. S'il en était désormais là, arborant le masque rouge, ce n'était que grâce à lui.

« Ainsi que j'en ai décidé, répondit le Masque rouge, d'une voix grave, le livre est de mon ressort. Je m'en chargerai seul, dans un lieu isolé. Je n'accepterai pas d'autres conditions. S'il m'arrivait quoi que ce soit, personne ne serait plus en mesure de convoquer les entités angéliques, soyez-en sûr. Cependant, je tiendrai ma promesse, n'ayez crainte. Nous tirerons tous deux avantage de cette affaire. De votre côté, calmez l'inquiétude de vos amis. »

Henricus Teotonicus hocha la tête, esquissant sous son masque une moue embarrassée. Pour l'instant, il n'avait d'autre choix que d'obéir.

Vivïen était conscient de devoir beaucoup à cet homme.

Henricus était influent et respecté. Avant même de tuer Dodiko, Vivïen s'était entendu avec lui pour prendre la place du Masque rouge. Le convaincre avait été simple, il avait fait appel à son ambition refoulée et à sa haine pour Dodiko. Aujourd'hui il le retrouvait sur son chemin, avec bien d'autres prétentions, et proférant des menaces voilées de courtoisie.

404

Vivïen réfléchissait à ses projets. La Sainte-Vehme était peu puissante à Venise, et privée de guide charismatique. Il avait réussi à gagner sa confiance grâce à la promesse du pouvoir que pourrait conférer le livre. Mais il la perdrait sans aucun doute s'il n'obtenait pas de résultats concrets.

Plongé dans ces réflexions, il s'approcha de trois Francs-Juges qui l'attendaient, en retrait.

« Emmenez le prisonnier et tenez-vous éloignés des autres. Nous partons. »

84

Minuit était passé depuis longtemps, et la place Saint-Marc baignait dans une brume laiteuse. Soudain, les portes de la basilique s'ouvrirent. Uberto et Willalme eurent à peine le temps de se cacher sur le côté du bâtiment pour ne pas se faire repérer.

De l'intérieur, sortit une multitude d'hommes vêtus de noir, tous masqués. Ils défilèrent en silence devant la façade de la basilique puis se dispersèrent dans la nuit, certains dans les rues, d'autres sur des gondoles amarrées aux canaux.

« Qui sont tous ces gens ? Et où est Ignace ? murmura Uberto, inquiet.

— Le voilà ! »

Willalme indiquait un petit groupe d'hommes se dirigeant vers le quai. Un individu masqué de rouge ouvrait la marche, suivi de trois hommes d'armes qui accompagnaient un prisonnier enchaîné.

Uberto s'apprêtait à sortir de sa cachette.

« Il faut faire quelque chose, aidons-le !

— Pas maintenant. (Le Français le retint par un bras.) Au moindre signe d'alerte, bon nombre de ces hommes pourraient faire demi-tour et nous tomber dessus. Nous devons patienter. Regarde, le groupe d'Ignace s'isole des autres. Attendons… »

Le détachement qui conduisait le marchand atteignit le quai. Dans la plus grande dispersion, Uberto et Willalme entreprirent de les suivre. Ignace fut poussé à bord d'une petite embarcation, sur laquelle, un à un, prirent place les quatre autres hommes. Les amarres larguées, ils s'éloignèrent parmi les brumes de la lagune.

Willalme se précipita sur le quai, courut le long d'un ponton et détacha un bateau arrimé à un pieu de bois pourri.

« Nous ne devons pas les perdre de vue », dit-il, tendant une rame à son compagnon.

La brume absorbait tout dans sa grisaille. Le clapotis des rames brisa le silence de la lagune, accentuant l'impression de désolation.

Uberto et Willalme ramèrent toute la nuit, sans quitter des yeux l'embarcation sur laquelle se trouvaient Ignace et ses ravisseurs. La visibilité étant réduite, il n'était guère facile de garder l'œil sur lui. Par chance, la lumière placée à la poupe de la barque constituait, en dépit de sa faible intensité, un bon repère. Uberto la fixait continuellement, priant pour qu'elle ne s'évanouisse pas dans la brume.

Soudain, la lumière s'éteignit au bord d'une langue de terre, à proximité de la silhouette cendrée d'une tour.

Tandis que l'aube commençait à fendre la grisaille du brouillard, Willalme accosta un îlot voisin, planté de roseaux. Depuis leur cachette, les deux compagnons virent les ravisseurs descendre à terre et traîner Ignace

407

à l'intérieur du bâtiment. Cette tour devait être un phare abandonné.

Willalme et Uberto ramèrent alors dans cette direction. Ils dissimulèrent la barque dans un enchevêtrement de branches et, à quatre pattes, aussi discrets que des chats, s'approchèrent de la tour.

85

Ignace ouvrit les yeux. Il gisait dans une pièce humide. Le sol était froid, couvert de dalles d'argile, et les murs, décrépis et tachetés de moisissure. L'unique source de lumière venait d'une fenêtre en arc donnant sur l'est, suffisamment grande pour qu'un homme puisse s'y pencher jusqu'à mi-buste. Sur le mur d'en face, il distingua une porte en bois. Le marchand tenta de se lever pour l'atteindre, mais ses poignets étaient enchaînés au mur.

Vivïen se tenait debout devant lui. Un long vêtement noir avait remplacé sa robe, tandis que son visage restait dissimulé derrière le masque rouge.

Le marchand le regarda avec dégoût.

« Je m'attendais à tout, mais pas à ce que tu deviennes l'un des leurs.

— Ce fut un choix nécessaire à ma survie, confessa Vivïen. Il n'y avait pas un endroit où ils ne m'auraient déniché. Même en vivant sous une fausse identité, j'étais sûr que, tôt ou tard, ils me reconnaîtraient. La seule façon de cesser de fuir était de me joindre à eux. Je me suis donc introduit par la ruse parmi les Illuminés… »

Le prisonnier regarda vers le centre de la pièce, où un chaudron rempli de braises était posé sur un trépied. Il le lui désigna.

« C'est avec ça que tu comptes obtenir ma collaboration ? Tu veux me torturer ?

— Seulement si nécessaire…

— Je ne parlerai pas, même sous la torture. (Ignace se recula contre le mur. Les chaînes émirent un cliquetis métallique.) Quand tu sauras, tu me tueras de toute façon.

— Mais tu éviterais de souffrir. (Vivïen se dirigea vers une table et s'empara d'un cahier de parchemin.) Je me suis permis de jeter un œil à tes notes, continua-t-il, feuilletant le manuscrit. Je vois que tu as diligemment transcrit toutes les parties de l'*Uter Ventorum*… Toutes, à l'exception de celle de l'ange Armaros. (Il reposa le cahier et montra un petit rouleau au prisonnier.) Armaros enseigna aux hommes l'art des sortilèges. Eh bien, ce rouleau de parchemin contient sept sortilèges : tirés des anciens cérémoniaux des Sabéens, ils servent à évoquer les sept entités qui gouvernent les planètes. Tu vois ? Il s'agit des sept anges qui vivent dans les sphères célestes. Mais il n'est possible d'en invoquer qu'un. Comment ferai-je pour choisir la bonne invocation, sans risquer de commettre un terrible impair ? Tu sais pertinemment, j'imagine, que dans ce genre d'affaire les erreurs peuvent coûter cher… »

Les lèvres d'Ignace esquissèrent un demi-sourire.

« Tu es pathétique… »

Vivïen ouvrit les bras dans un geste d'apaisement.

« Aide-moi à comprendre, mon ami…

— Et dans quel but ? Pour te voir devenir le nouveau Grand Maître de la Sainte-Vehme ? C'est ce que tu as promis en échange à tous ces hommes réunis à Saint-Marc, la nuit dernière ? Tu veux satisfaire leur soif de pouvoir grâce au livre ?

— Et si tel était le cas ?

— Pauvre fou ! Après t'avoir utilisé, les Francs-Juges t'élimineront, sans attendre... »

Vivïen se tut. Il ne pouvait pas donner tort à Ignace. Il avait rassemblé un grand nombre d'adeptes, mais il ne se fiait à aucun d'eux. La plupart de ces hommes étaient des partisans du comte Dodiko. En outre, Henricus Teotonicus complotait de son côté, il en avait la certitude.

C'était par crainte des représailles qu'il avait choisi de s'éloigner avec le marchand et de l'isoler dans cette tour, loin de tous. Il n'avait emmené avec lui qu'une poignée d'hommes de confiance : trois sbires de basse condition, ignorant tout du pouvoir du livre. Son autorité était encore instable, mais une fois résolu le mystère de l'*Uter Ventorum*, il lui serait plus facile d'obtenir l'obéissance des Francs-Comtes installés à Venise. Tout dépendait donc de la collaboration d'Ignace.

« Je te le demande pour la dernière fois, déclara Vivïen, à bout de patience. Aide-moi de ton plein gré. Sinon, tu parleras de toute façon, mais en souffrant.

— Plutôt mourir, répondit le marchand.

— Soit ! » dit Vivïen en frappant dans ses mains.

La porte s'ouvrit et un homme au visage dissimulé par un capuchon fit son entrée. Sans perdre de temps, l'individu tira un fer rouge du brasero et s'approcha du prisonnier.

« Ne t'arrête que lorsqu'il sera décidé à collaborer »,
ordonna le Masque rouge.

L'entrée de la tour était un portail couronné d'un
arc de tuiles décolorées. Pas de battants ni de grilles
entravant son passage, juste un homme qui montait la
garde.

Willalme et Uberto se tenaient tout près, cachés au
milieu des roseaux.

« Je passe devant », murmura le Français.

Le jeune homme acquiesça.

Rampant hors de sa cachette, Willalme progressa
silencieusement en direction du bâtiment. À quelques
pas de lui, le garde faisait les cent pas, le regard las.
Le Français attendit le moment propice, puis agit à la
vitesse de l'éclair.

Le garde ne se rendit compte de rien. Une main se
posa sur son front, et une lame de poignard glissa sous
sa gorge. Il tomba à terre, dans un gargouillis.

Aussitôt, Willalme fit signe à Uberto de le rejoindre.

Après s'être assurés que personne d'autre ne montait la garde, ils s'acheminèrent vers les étages supérieurs.

Le bourreau replongea le fer rouge dans les tisons
du brasero. Ignace, hébété par la douleur, laissa tomber
son visage en avant et sombra dans l'inconscience.

« Il ne veut pas parler, constata sèchement le sbire.

— Tôt ou tard, il parlera, tu verras, dit le Masque
rouge. Quand il se réveillera, je trouverai le moyen de
lui délier la langue. Je pourrais le menacer de tuer une
personne qui lui est chère. »

La porte s'ouvrit brusquement, et entra un homme vêtu de noir, l'air fort inquiet. Après un bref regard sur la silhouette inanimée du marchand, il annonça : « Des intrus aux étages inférieurs ! »

Vivïen réprima un cri de rage. Il n'avait pas envisagé d'intrusion. Qui cela pouvait-il être ? Des Illuminés guidés par Henricus Teotonicus ? Des compagnons d'Ignace ? « Va voir ! s'exclama-t-il, d'un ton autoritaire. (Puis, il se tourna vers le bourreau.) Accompagne-le. Tuez tous ceux que vous trouverez ! »

Uberto et Willalme étaient montés presque jusqu'au sommet de la tour, mais toujours pas de trace d'Ignace. Sans perdre courage, ils continuèrent à gravir les marches de pierre. Ils atteignirent enfin une grande pièce, sorte de salle de banquet, meublée d'une vieille table en forme de fer à cheval et entourée de chaises. Des tonneaux vides et des céramiques noircies par le feu étaient entassés le long des murs, et de la paille sèche et des taches sombres recouvraient le sol.

Soudain, d'une entrée latérale, déboulèrent deux sbires vêtus de noir, l'un à visage découvert, l'autre portant une cagoule de bourreau. Ils dégaînèrent aussitôt leurs épées et foncèrent, menaçants, sur les deux intrus.

Agissant d'instinct, Willalme prit une chaise près de la table et la lança contre son plus proche agresseur, puis il poussa Uberto sur le côté.

« File ! l'exhorta-t-il. Trouve Ignace ! » et il dégaina son cimeterre dans un sifflement métallique.

Le garçon se précipita vers l'accès à l'étage supérieur, mais, avant de quitter la pièce, lança un dernier regard en direction de son compagnon. Il le vit sauter sur la table, entre les deux hommes de main, et faire pleuvoir des bottes parfaitement synchronisées pour les tenir occupés tous les deux.

Uberto fut pris d'un accès de honte : il abandonnait un ami face au danger. Cependant, il pensa au marchand et gravit quatre à quatre les marches menant au sommet de la tour, jusqu'à ce qu'il atteigne un vestibule dont la porte était fermée. Il la libéra rapidement de sa barre et entra. Ce qu'il vit lui coupa le souffle.

Ignace était prostré dans le coin d'une pièce, la tête penchée en avant, moite de sueur et inconscient. Ses vêtements déchirés laissaient entrevoir son torse couvert de brûlures. Le garçon hésita, les yeux braqués sur les blessures parcourant son buste, suivant la ligne de ses côtes, telles des morsures causées par des crocs monstrueux.

Après un bref accès de panique, il s'approcha d'Ignace et tenta de le réveiller. Il l'appela par son prénom, le secoua par les épaules, mais il n'y eut pas moyen de le faire revenir à lui. Il chercha alors un moyen de le délivrer de ses chaînes. Regardant autour de lui, il ne vit rien susceptible de l'aider. Une idée lui vint. Il fouilla dans sa besace et en sortit le flacon de verre qu'il avait récupéré à Puente la Reina, dans le laboratoire de Gothus Ruber. Ignace lui avait dit que l'*Aqua regina* était un acide capable de dissoudre tous les métaux.

Il ôta le bouchon et versa le contenu de la fiole sur les chaînes, essayant de concentrer le liquide sur un point unique. Une exhalaison méphitique lui monta aux narines, tandis qu'un filet de vapeur rougeâtre s'élevait du métal.

Les maillons de la chaîne prirent une coloration jaunâtre, se corrodèrent lentement, attaqués par l'*Aqua regina*, mais ils ne se brisèrent pas. Uberto entoura ses mains de chiffons, s'empara de la tige de fer plongée dans le brasero et en passa l'extrémité incandescente sur la chaîne, là où il avait versé l'acide. À sa grande satisfaction, Ignace ne tarda pas à être libéré de ses chaînes.

Le jeune garçon jeta la tige et commença à traîner le prisonnier vers l'extérieur, mais, sans qu'il s'en avise, deux mains surgies du néant l'agrippèrent par les cheveux.

Willalme, habité par la fureur, se battait toujours contre les deux hommes de main.

Se dégageant de deux agressions à la fois, il réussit à se concentrer sur un seul adversaire. Il para ses coups, le repoussa d'une ruade puis le transperça de part en part. Mais à peine eut-il le temps de se retourner vers le deuxième agresseur qu'un coup de sabre le frappait en pleine poitrine.

Le Français fit un pas en arrière, sans présenter de lésions apparentes. Son agresseur, surpris, le fixait d'un air dépité, cherchant les traces de sa blessure. Le tissu de la tunique avait été déchiré, mais en dessous brillait une insoupçonnable cotte métallique. On n'en trouvait pas de semblables en Europe, mais Willalme l'avait en sa possession car elle provenait de l'équipement des guerriers sarrasins.

Lorsque l'ennemi revint à la charge, le Français avait déjà planifié sa contre-attaque. Il frappa à droite, d'un fendant vers le bas, que l'autre para en baissant son épée. Alors, Willalme tournoya sur lui-même, assenant un coup terrible à gauche, qui amena le fil de sa lame à la naissance du cou de son adversaire. La tête se détacha net et alla rouler sur le sol.

Le corps décapité s'écroula comme une armure vide. Willalme rangea son cimeterre dans son fourreau et se précipita à la recherche de ses compagnons.

86

Uberto gigotait comme un chevreuil pris au piège, ignorant qui l'avait surpris par-derrière. Son agresseur ne semblait pas particulièrement fort, mais le fait qu'il le retînt par les cheveux, lui interdisait tout mouvement. Torturé par une douleur à la nuque, le jeune garçon parvint néanmoins à lui saisir les poignets et à desserrer l'emprise.

« Que comptes-tu faire, morveux ? » siffla l'individu.

Uberto reconnut cette voix, c'était celle du balafré ! Faisant fi de sa souffrance, il pencha la tête en avant et réussit à se libérer d'une bourrade, puis il se tourna brusquement. Devant lui, se tenait le Masque rouge.

L'agresseur ne perdit pas un instant. Il avança, furieux, mais Uberto tendit ses mains en avant, de toutes ses forces, pour essayer de se défendre et, sans même s'en rendre compte, réussit à pousser l'homme et à le faire tomber à la renverse.

Vivïen glissa, jambes en l'air, et alla heurter le brasero, qui se renversa en répandant les tisons partout sur le sol. Dans un cri furieux, il atterrit de dos sur ce tapis ardent et se débattit comme un poisson sur la grève. Les braises traversèrent ses vêtements en crépitant, et une odeur de chair brûlée se répandit dans la pièce.

Vivïen se releva, inspecta ses vêtements pour se débarrasser des braises accrochées et, en proie à la fureur, brandit le fer du bourreau, invectivant Uberto. Le jeune garçon, pris de panique, recula en tremblant, et trébucha.

Ignace avait repris connaissance. Tout d'abord, il ne comprit pas vraiment ce qui lui était arrivé. Il était abruti par la douleur, comme si des myriades de langues épineuses fouillaient sous sa peau. Lorsqu'il rouvrit les yeux, alerté par les bruits de lutte, il ne perçut que des images confuses, puis sa vue s'accommoda et la scène lui apparut clairement. Il reconnut Uberto, gisant sur le sol, et Vivïen, prêt à le frapper. Horrifié, il craignit d'être un spectateur impuissant avant de réaliser avec stupeur que ses chaînes avaient été brisées !

Au mépris de sa souffrance, il avança péniblement, recouvrant à chaque pas un meilleur contrôle de lui-même. Il s'approcha subrepticement de Vivïen tandis que celui-ci s'apprêtait à frapper le jeune garçon. Ignace l'agrippa par ses vêtements et tenta de le traîner vers l'extérieur, mais sa faiblesse lui fit perdre l'équilibre et il s'écroula de tout son poids sur lui. Surpris, le moine le repoussa, puis fit courir le fer encore chaud sur son corps.

« Si le livre ne me revient pas, il ne reviendra à personne d'autre ! » s'écria-t-il, furibond.

Uberto assistait à la scène, pétrifié.

Le marchand recula maladroitement et, très vite, se retrouva dos au mur, face à Vivïen en furie.

« Sache que j'ai la solution de l'*Uter Ventorum* ! » dit alors Ignace.

À ces mots, le moine s'arrêta net, la barre de fer en l'air et le souffle court. Il jeta un rapide coup d'œil derrière lui, pour s'assurer que personne ne l'attaquait, puis fixa le marchand.

« Qu'attends-tu pour parler ? le menaça-t-il. Tu veux que je te tue ? Ou bien que j'élimine d'abord le morveux ? »

Le marchand fit un signe de reddition. À cet instant, il remarqua un objet métallique qui dépassait du manteau de Vivïen, au niveau des côtes : un poignard cruciforme.

« Le secret réside dans le carré magique, commença-il, pour tenter de distraire son adversaire. Il faut comprendre à quelle sphère céleste il se réfère.

— Explique-toi plus clairement », le pressa Vivïen qui se dirigeait déjà vers la table où se trouvait le cahier ouvert d'Ignace.

Le marchand, à bout de forces, rassembla néanmoins le peu d'énergie qui lui restait pour saisir l'occasion. D'un geste brusque, il glissa sa main sous le manteau de son adversaire, sortit son poignard et, en un éclair, le lui planta à la naissance du cou. La lame s'enfonça sans résistance, pénétrant dans la chair jusqu'à la garde.

Vivïen émit un gémissement de surprise, puis fut secoué d'un tremblement. Il laissa tomber son fer, porta sa main à sa blessure, et retira le poignard d'un geste sec. Un flot de sang jaillit de la plaie. L'homme se traîna en arrière en vacillant et retira son masque rouge, dévoilant son visage balafré qui se contractait dans sa vaine tentative d'aspirer un peu d'air. Il fixa Ignace avec dureté, s'apprêtant à le maudire. Mais sa voix se brisa et ses traits difformes se tordirent dans une moue étonnée. Ce n'était pas un regard de haine qu'il avait devant lui. De la pitié, et non de la rancœur, filtrait des yeux d'Ignace.

Un bref instant, Vivïen s'accorda un sourire bien-veillant, puis il se rendit compte que son cœur était sur le point de céder. Il écarquilla les yeux, terrorisé par l'idée de la mort, se traîna à reculons et s'approcha de la fenêtre, maculant le sol de traînées de sang irrégulières. Il semblait vouloir fuir, mais il n'existait plus pour lui de lieu où se cacher, ni d'identités derrière lesquelles se dissimuler.

Le bec-de-lièvre s'entrouvrit. En sortit d'abord un gargouillement, puis un filet de voix : « Désormais, tu es libre… »

Ignace courut vers lui en lui tendant les mains, mais Vivïen, désormais déboussolé, interpréta ce geste comme une menace. Il recula, effrayé, heurta le garde-fou et tomba. Le marchand essaya de le rattraper, mais il était trop tard. Vivïen disparut derrière l'arc de la fenêtre. Il fut, ce matin-là, le dernier pan de ténèbres absorbé par le soleil.

Willalme, arrivé juste à temps pour assister à la scène, restait tétanisé d'effroi.

Ignace, à la fenêtre, regardait vers la base de la tour, où gisaient les restes de celui qui, autrefois, avait été son plus cher ami. Puis il se tourna vers l'intérieur de la pièce et avança en titubant vers ses compagnons. Il

se sentait extrêmement faible. « Vous allez bien ? »
demanda-t-il, les scrutant, le visage livide.

Tous deux hochèrent la tête.

Il indiqua le cahier et le rouleau posés sur la table.
« Récupérez-les… »

Aussitôt après, il sentit ses forces l'abandonner. Il
leva les yeux au ciel et s'évanouit.

87

« Les misérables ! Regarde dans quel état ils l'ont mis ! s'exclama le Français, découvrant les brûlures sur la poitrine d'Ignace. Il a absolument besoin de soins. »

Le visage du marchand était extrêmement pâle, et ses yeux cerclés de noir. En le voyant si vulnérable, Uberto eut le cœur serré. Il aurait fait n'importe quoi pour le sauver. « Je sais où l'emmener, dit-il, résolu. À mon monastère de Santa Maria del Mare. C'est le lieu le plus proche que je connaisse. Nous sommes déjà à mi-chemin, cette tour est très au sud par rapport à Venise. Si nous nous hâtons, nous y serons en moins d'un jour de navigation. »

Willalme réfléchit à la manière de procéder, puis accepta et prit le corps inanimé d'Ignace dans ses bras.

« Descendons de cette tour. Aide-moi à le transporter.

— Attends… (Le jeune garçon ramassa tout ce qui se trouvait sur la table pour le ranger dans sa besace.) Ce sont les différentes parties de l'*Uter Ventorum* », expliqua-t-il.

Puis il rejoignit son compagnon, et ils quittèrent ensemble le vieux bâtiment.

Ils retrouvèrent leur barque parmi les roseaux et prirent le large sitôt à bord.

La nuit tombait, mais Uberto et Willalme ne semblaient pas vouloir s'arrêter. Ils ramaient en silence, gardant un œil sur le marchand, allongé à l'arrière sous une couverture. Par chance, la brume ne s'était pas levée, et la lune et les étoiles scintillaient dans le ciel.

Uberto ne put s'empêcher de noter l'expression inquiète du Français et, pour la première fois, il lut la peur dans ses yeux.

« Tu l'aimes beaucoup, constata-t-il avec une pointe d'envie. Vous êtes comme un père et son fils.

— Nous ne nous connaissons pas depuis bien longtemps. Guère plus d'un an, expliqua son compagnon. Mais je lui dois la vie, voilà pourquoi je reste à ses côtés.

— Comment est-ce arrivé ? demanda Uberto, sans cesser de ramer. Raconte-moi…

— Comme tu le sais, j'ai vécu sur un navire de pirates musulmans, commença Willalme. J'étais devenu l'un des leurs, et j'avais appris à tuer… Un jour, alors que nous nous trouvions au large de Saint-Jean-d'Acre, un voilier croisé nous a abordés et notre équipage a été exterminé. Je ne pleure pas la mort de mes camarades : c'étaient des assassins sans scrupules, au fond ils n'ont eu que ce qu'ils méritaient… Et je ne valais guère mieux…

— Les croisés t'ont-ils capturé ? s'enquit Uberto.

— Oui », répondit son compagnon, tandis qu'il se remémorait la bataille.

Après un long affrontement, il était resté seul dans la mêlée. Les guerriers chrétiens l'avaient entouré, comme intrigués : on ne dénichait pas tous les jours un guerrier aux cheveux blonds dans les rangs des musulmans. Malgré la défaite, Willalme ne s'était pas rendu ; il avait continué à jouer de l'épée, aveuglé par la rage. À la fin, ses ennemis l'avaient encerclé, désarmé et roué d'innombrables coups ; puis ils l'avaient traîné, inanimé, dans la cale de leur voilier, où ils l'avaient attaché à une corde, et l'avait suspendu comme un trophée de chasse. Willalme se rappela cette horrible sensation : livré à la faim et à la soif, il pendait comme une bête en attente d'être dépecée. Après des jours de souffrance, alors qu'il était sur le point de s'abandonner à la mort, un homme avait surgi devant lui.

« Aide-moi… » avait haleté le Français.

L'inconnu s'était approché et lui avait offert à boire.

« Ne cède pas à la douleur, avaient été ses paroles. Je vais m'occuper de toi. »

Et ce fut le cas. De ce jour, le marchand de Tolède avait pris soin de Willalme.

« Par le plus pur des hasards, Ignace s'était embarqué à Saint-Jean-d'Acre, précisément à bord de ce navire, expliqua le Français, tandis qu'Uberto écoutait, fasciné. Après m'avoir trouvé agonisant, il eut pitié de moi et paya une rançon aux soldats afin qu'ils me libèrent. Dès lors, ma vie fut liée à la sienne. »

Son récit terminé, Willalme se réfugia dans le silence. Il regarda le marchand, qui ne semblait pas se réveiller.

« Ne cède pas à la douleur, mon ami, murmura-t-il. Pas maintenant que tu as mené tes recherches à bien. »

Si seulement il s'était souvenu de quelque prière, chrétienne ou musulmane… Le moment aurait été bien choisi pour la dire.

88

Aux premières lueurs de l'aube, la barque accosta non loin du monastère de Santa Maria del Mare.

Uberto sauta à terre, se précipita vers la cour et les bâtiments adjacents, en quête d'aide. Il n'avait quitté cet endroit que quelques mois, mais il lui semblait qu'un siècle s'était écoulé.

En un instant, se forma autour de lui un attroupement de moines, ravis de sa soudaine réapparition. Ils l'étourdirent d'étreintes et de questions, mais, d'un geste, Uberto leur imposa le silence, et invita la petite troupe à le suivre jusqu'à l'embarcation.

Lorsqu'ils atteignirent les berges du canal, ils se trouvèrent en présence d'un homme aux cheveux blonds qui soutenait le corps inanimé d'un moribond. Les moines le reconnurent aussitôt.

« Sauvez-le, je vous en prie ! s'exclama Uberto. Il est blessé. Sa fièvre est très forte. »

À ces mots, deux robustes novices s'avancèrent et prêtèrent main-forte à Willalme pour porter le marchand jusqu'au monastère.

Grâce aux soins des moines, Ignace se rétablit en une semaine. Durant tout ce temps, Uberto l'assista et s'occupa de lui avec beaucoup d'égards. Un matin, quand il fut complètement rétabli, le garçon s'approcha de son chevet, l'air de celui qui a une révélation importante à faire. Ignace était réveillé depuis peu. Il s'assit sur le bord de sa paillasse et l'observa, intrigué.

Le jeune garçon lui tendit deux objets : un cahier de parchemin et un petit rouleau.

« J'ai récupéré les parties de l'*Uter Ventorum*. Je les ai trouvées dans la tour où tu étais détenu. »

L'homme vérifia les documents.

« Mon cahier… dit-il. Et ça, c'est le rouleau des sept sortilèges, que possédait Vivïen, le secret d'Armaros. Bien joué ! Nous avons enfin reconstitué le livre. »

Uberto acquiesça.

« Tu es encore faible. Tes blessures doivent finir de se cicatriser », tempéra-t-il, tentant de freiner l'enthousiasme du marchand. Le jeune homme savait que dès qu'il serait remis, il quitterait ce coin perdu.

« Je n'en aurais jamais réchappé sans toi, assura Ignace. (Il hésita un instant avant d'ajouter :) J'ai une proposition à te faire.

— Je t'écoute.

— D'ici quelques jours, je vais repartir. Je ne remettrai probablement plus les pieds à Santa Maria del Mare, expliqua-t-il, s'efforçant de garder un certain détachement. Le choix t'appartient : tu peux décider de rester, ou de te joindre à moi. Tu es libre d'agir à ta guise, sans que personne ne te force… »

Là-dessus, il se leva.

« Que fais-tu ? Tu es trop faible encore pour quitter ton lit, objecta Uberto, surpris par cette proposition.

— Je dois parler à quelqu'un… (Ignace s'appuya contre le montant de la porte, le regard sombre.) Profites-en pour décider de ce que tu veux faire. Je ne serai pas long. »

Bien que peu de personnes fussent au courant, depuis plusieurs semaines, l'abbé Rainerio de Fidenza était gravement malade. Il avait contracté le paludisme pendant la saison estivale, et son état empirait de jour en jour. De fortes fièvres l'obligeaient à garder le lit et, désormais, même les offices les moins contraignants lui étaient interdits. Quasiment infirme, il se tourmentait sur son grabat, en proie à des tremblements, moite de sueur. Bien que les moines eussent multiplié les fumigations et les ablutions, de sa paillasse montait désormais l'odeur de la mort.

Sortant d'un demi-sommeil, l'abbé regarda vers la porte de sa chambre. Il avait entendu des pas. Il vit un homme entrer et s'approcher de son chevet. Il émit alors un râle puis se réfugia sous ses couvertures.

« N'ayez pas peur, vénérable Rainerio. Je ne suis pas venu vous tuer, le rassura Ignace de Tolède. D'ailleurs, à ce que je vois, vous avez déjà un pied dans la tombe.

— Qu'attendez-vous de moi ? » murmura l'abbé.

Une bouffée d'haleine pestilentielle sortit de sa bouche.

« Je suis venu vous annoncer la mort de Scipio Lazarus, votre bienfaiteur. Il vous attend en enfer.

— Espèce de misérable… Comment sais-tu… haleta Rainerio.

— Que vous étiez de mèche avec lui ? C'est très simple, il me l'a avoué lui-même. Sachez qu'il ne fréquentait personne, comment dire… d'honnête. Et il ne vous tenait pas non plus en haute estime : vous étiez sa marionnette, comme tant d'autres.

— Adorateur du diable… Assassin ! *Necromanticus* ! » jura le moribond.

Ignace s'assit sur le bord du lit, le gratifiant d'un regard compatissant.

« Pourquoi me haïssez-vous à ce point ? Qu'y a-t-il dans ma misérable existence que vous détestez tant ? »

L'abbé lui lança un regard furieux, et cracha deux mots.

« Votre secret…

— Mon secret ? Mais vous n'avez toujours pas compris ce dont il s'agit ? Vous l'avez toujours eu sous le nez. Je l'ai laissé quinze ans dans ce monastère avec l'aval de Maynulfo de Silvacandida, votre vénérable prédécesseur. Et je l'ai emporté il y a quatre mois, lorsque je suis parti pour Venise… »

Rainerio fut parcouru d'un tremblement. Son visage livide, presque verdâtre, se transfigura de stupeur. Il avait enfin compris.

Ignace esquissa une respectueuse révérence pour prendre congé et se dirigea vers la sortie.

Uberto déambulait dans la cour, tête baissée et bras croisés. Ayant réfléchi à la proposition du marchand, il était impatient de lui communiquer sa réponse. Soudain, il le vit sortir des appartements de l'abbé et venir à sa rencontre.

L'homme lui posa une main sur l'épaule, et le fixa gravement.

« As-tu décidé ?

— Oui, répondit le jeune garçon. Je veux venir avec toi.

— Parfait. (Ignace laissa échapper un sourire.) Alors, va chercher Willalme. Dis-lui que nous partons dans deux jours. Il me reste une dernière chose à faire. »

Épilogue

« Savoir. Pouvoir. Entendre. Se taire. »

Zarathoustra

Après bien des jours de voyage, et une fois franchis les murs de Turin, Ignace arriva au mont Musinè. Il demanda à Uberto et à Willalme de l'attendre au pied de la montée puis s'achemina seul au milieu des roches magmatiques. Il emporta peu de choses. Sa besace contenait le cahier de parchemin et le rouleau des sept invocations, un petit sac de plantes, un pot de cuisson et un mortier.

Durant les jours précédents, la neige avait blanchi les flancs escarpés, dissimulant leur aridité. Enveloppé dans une peau de loup, le marchand avançait au gré des rochers, imprimant ses traces sur le manteau neigeux. Il se dirigeait vers le sommet. Le mont Musinè était un lieu nimbé de mystère. On prétendait que l'esprit d'Hérode y déambulait sur un chariot de feu et que les sorcières se réunissaient dans ces roches pour y célébrer leurs rites.

Lorsque la nuit tomba et que le vent hurla, Ignace éclaira son chemin à l'aide d'une torche, jusqu'au moment où il trouva une clairière appropriée à ses projets. Il s'assit sur une saillie rocheuse et alluma un feu. Il sortit le mortier de sa besace et y versa les

433

ingrédients de l'*haoma*, trouvés à Saint-Jacques. Il les amalgama avec le pilon et enrichit la mixture d'autres extraits végétaux, puis continua à les incorporer jusqu'à l'obtention d'une consistance homogène. Enfin, il versa la préparation dans le pot de cuisson, ajouta de l'eau, et la mit sur le feu.

En attendant que la potion fût prête, il se releva et dessina sur la neige une succession de figures géométriques. Le manque de luminosité ne lui facilita pas la tâche. Lorsqu'il eut correctement délinéé l'image, il prit une poignée de cendre au bord du foyer, et en remplit les sillons tracés dans la neige afin de les rendre plus visibles. L'opération terminée, il retourna s'asseoir sur la roche et resta immobile à contempler son dessin.

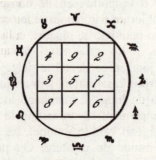

Il avait obtenu ce talisman à partir des deux figures géométriques de l'*Uter Ventorum*, du tatouage de Gothus Ruber et du carré magique. Tamiel et Kokabiel. Il avait eu bien du mal à comprendre comment les utiliser, mais avait fini par se convaincre que le secret consistait à les associer. Mais de quelle manière ? Au début, il n'était vraiment pas sûr de la manière de procéder, jusqu'à ce qu'il comprenne : le cercle du zodiaque devait se trouver en marge de la figure, pour accueillir dans sa partie intérieure le carré, symbole de la Terre, qui, à son tour, contenait les sphères célestes, représentées par neuf chiffres. À partir de là, tout avait été clair, et la superposition des dessins s'était révélée plus simple que prévu.

Pour parvenir à résoudre l'énigme, il suffisait de comprendre à quelle sphère céleste correspondait chaque chiffre. Il s'agissait probablement, pensa Ignace, de l'étape que Viven n'avait pas réussi à franchir ; il n'avait donc pu se livrer à l'invocation.

Malgré la torture, le marchand s'était tu, mais il pensait déjà à la solution. Le secret devait résider dans le système cosmologique des Chaldéens, qui associaient le culte des planètes à celui d'êtres surnaturels semblables aux anges. Si ce raisonnement était juste, les sphères célestes, de la plus petite à la plus grande, devaient correspondre aux chiffres suivants.

1 = Terre
2 = Lune
3 = Mercure
4 = Vénus
5 = Soleil
6 = Mars
7 = Jupiter
8 = Saturne
9 = Étoiles fixes

Ignace ne put s'empêcher de constater que le chiffre 5, à savoir le Soleil, se trouvait au centre du carré magique. Les autres corps célestes l'entouraient en tant que sujets. Ce n'était certes pas une coïncidence. Les ordres géométrique et mathématique lui indiquaient la même direction !

Le Soleil devait être la clef de l'énigme… Mais comment permettrait-il d'accéder au dernier secret de l'*Uter Ventorum* ? Ignace supposa que la solution du mystère dépendait de la partie du livre cachée à Toulouse. Il tira donc de sa besace le rouleau contenant les sept invocations et le consulta à la lueur des flammes. Il découvrit sur le document sept formules rituelles, chacune dédiée à une créature céleste différente : Syliāel, Haraqiel, Bitael, Šams, Rūbīyāel, Rūfīyāel, et Išbāl.

C'étaient les noms des divinités sabéennes, semblables en tous points aux archanges de la Bible et aux Amesa Spenta des mages persans. Ignace fut convaincu, dès lors, que l'*Uter Ventorum* était non seulement un livre d'invocation mais aussi le dernier témoignage d'une tradition ésotérique qui assimilait les anges hébraïques et chrétiens aux créatures célestes des anciens peuples d'Orient. Et soudain la peur l'envahit, non à cause de la créature céleste qu'il s'apprêtait à invoquer, mais en pensant aux conséquences, au cas où le livre viendrait à tomber entre les mains des autorités ecclésiastiques.

Mais la curiosité était trop grande, la chaîne des déductions ne pouvait se rompre ! Il se demanda lequel des sept noms contenus dans le rouleau devait être invoqué. Chacun d'eux se référait à une essence angélique résidant dans une sphère planétaire, en régissait le mouvement et les influx magiques. Et ce, selon un ordre qu'Ignace se rappelait avec précision.

Lune = *Syliāel*
Mercure = *Haraqiel*
Vénus = *Bitael*
Soleil = *Šams*
Mars = *Rūbīyāel*
Jupiter = *Rūfīyāel*
Saturne = *Išbāl*

De nouveau, ce fut le carré magique qui le guida. Il chercha le nom se rapportant au chiffre 5, à savoir le Soleil, et établit la correspondance avec Šams, la déesse angélique qui gouvernait l'astre le plus lumineux de tous. Šams, étant également la divinité à laquelle les Sabéens dédiaient des temples de forme carrée, était donc celle à invoquer ! Ignace identifia, sur le rouleau, l'invocation qui portait son nom : écrite en arabe, en caractères minuscules, elle restait lisible.

Il s'approcha du foyer pour surveiller le récipient sur la flamme. Du goulot s'élevaient des effluves aromatiques. Lors de l'ébullition, les herbes avaient transmis leurs propriétés magiques à l'eau : l'*haoma* était prête.

Ignace éloigna le récipient du feu et, en attendant que le liquide refroidisse, traça autour de lui un cercle de protection.

Il but une première gorgée de potion et laissa tomber sur le sol la fourrure qui le protégeait du froid. Alors il se tourna vers l'est et enfila un anneau d'or à son index droit, comme le veut l'usage quand on souhaite évoquer Šams.

Sans quitter le cercle, il se plaça devant le talisman, ouvrit les bras et récita le texte de l'invocation.

*Salut à toi, Šams, reine bienheureuse de l'hayākil res-
plendissant
qui concentre en toi toute la beauté
qui exerce ta domination sur six planètes
qui te suivent comme un guide
et se laissent gouverner par toi...*

Les mots épousaient l'air nocturne, voltigeant
comme des phalènes autour d'un feu. Et tandis que
l'*haoma* commençait à faire effet, la cantilène résonnait à ses oreilles, réveillant des sensations enfouies.
Les phrases se réduisirent à des syllabes et revêtirent
soudain une autre signification.

Ignace but une deuxième gorgée de potion, exacer-
bant ainsi ses sens. Il perçut bientôt, avant son apparition, la lumière de l'aube, de l'autre côté des montagnes.
La lune prit la forme d'une cavité d'ivoire tournée vers
la Terre, et ses spires absorbaient l'obscurité.

Désorienté, l'homme ne comprenait pas s'il était en
proie à des hallucinations ou à la folie. Son esprit
vacilla, et le paysage rocheux changea d'aspect, se
métamorphosant en collines verdoyantes, traversées
par un fleuve argenté. La première pensée du marchand
fut qu'il se trouvait devant la *Xvarnah*, le paysage
glorieux auquel aspiraient les prêtres persans, la
dimension de l'Esprit et du Divin. Le *mundus imagi-
nalis*. Ignace contempla ces doux sommets, avec le
sentiment que, précisément là, sous ce ciel ambré,
devait se trouver le Paradis terrestre et la Caverne des
Trésors, où avaient été ensevelis Adam et Ève, et, plus
tard, les mages.

À la troisième gorgée de potion, il fut pris d'une
brusque convulsion et il tomba à genoux. Le contact

de la neige ne le gêna pas, mais ses membres tremblèrent comme des branches secouées par la tempête.

Asclépios de Malabata avait raison ! Voilà pourquoi Zarathoustra avait interdit l'usage de l'*haoma* ! Cette substance était toxique !

Fixant les premiers rayons du soleil qui rougissaient les sommets, Ignace se résigna à la mort. Ses forces l'abandonnèrent. Il avait pu admirer le paysage mystique de *Xvarnah* mais n'était parvenu à faire apparaître aucun être surnaturel. Tandis qu'un sentiment de défaite l'oppressait, un violent tremblement le parcourut. Il tenta de résister aux spasmes, grinçant des dents de douleur, puis s'évanouit.

Un battement d'ailes, peut-être, dans la nuit.

Ignace rouvrit les yeux. Il était allongé sur le manteau neigeux, les membres insensibles. Devant lui, il reconnut Uberto.

« Nous t'avons attendu des heures. (Le visage du garçon trahissait le soulagement.) Puis, nous avons décidé de venir te chercher.

— Par chance… » murmura l'homme.

Willalme surgit à ses côtés, l'aida à se relever et l'installa près d'un feu. La chaleur de la flamme le réconforta.

« Que s'est-il passé ? demanda Uberto. Tu es parvenu à voir l'ange ?

— Je n'en sais rien, répondit le marchand, tendant ses paumes vers le feu. J'ignore ce qui s'est passé. Peut-être ne suis-je pas suffisamment pur, comme l'étaient les mages, ou simplement n'était-ce pas ce que je désirais vraiment. En tout cas, pas autant que je désire vivre auprès de ma famille. Auprès de ma femme et de mon fils.

— Ton fils ? (Le jeune garçon recula d'un pas.) Tu as un fils ?

— Oui. Je pensais l'avoir perdu, mais je l'ai retrouvé. »

Willalme se mit en retrait, tandis qu'Uberto dévisageait Ignace, hésitant.

Le marchand se blottit dans sa fourrure et commença son récit.

« Tu dois savoir qu'il y a quinze ans, lorsque je me suis rendu à Cologne avec Vivïen, Sibilla nous accompagnait. Le voyage fut très long, mais il était nécessaire. Après avoir mené à bien la livraison pour l'archevêque Adolphe, j'avais l'intention de me retirer des affaires. Nous voulions commencer une nouvelle vie, plus paisible.

— Et que s'est-il passé ? demanda le jeune homme.

— À cause de Vivïen et de l'*Uter Ventorum*, qu'il possédait déjà à mon insu, nous nous sommes heurtés à la Sainte-Vehme. »

Le marchand se remémora cette terrible nuit à Cologne, durant laquelle Vivïen était entré dans la chambre de l'auberge où Ignace et Sibilla dormaient, littéralement pris de panique.

« Vite, fuyez ! s'était-il écrié, les yeux exorbités. Ils vont débarquer ici ! Prenez l'enfant et partez ! »

Ignace baissa les yeux et poursuivit son récit.

« À l'époque, je n'ai pas compris pourquoi Dominus et les Illuminés s'acharnaient sur nous. Mais, face au danger, je n'ai pas pris le temps de réfléchir. Je pensais avant tout à mettre ma famille en lieu sûr, nous avons donc quitté l'Allemagne et fui vers l'Italie. Mais un problème a surgi.

— Lequel ? le pressa Uberto.

— Les Illuminés ne nous laissaient aucun répit. À notre arrivée dans les Alpes, je compris que la meilleure solution était de nous séparer. Vivïen s'achemina vers la France, et je dus prendre la décision la plus douloureuse qui soit, celle qui consistait à me séparer de Sibilla. (Dans l'esprit d'Ignace se profila un visage de femme, empreint de tristesse.) Nous étions mariés depuis peu… Je l'ai convaincue de rentrer en Espagne. Elle pouvait en réchapper plus facilement si elle s'éloignait de moi. Ce fut comme lui arracher le cœur, mais nous n'avions pas le choix… Cependant, les terribles décisions ne s'arrêtaient pas là. Quelque temps après, je fus également contraint d'abandonner mon fils… »

Uberto le fixa, stupéfait, un nœud dans la gorge. Il n'avait pas la force de répliquer. Les paroles de cet homme lui enserraient la poitrine comme un lierre vorace.

« Notre fils était tout petit. (Le visage du marchand s'adoucit.) Il commençait tout juste à marcher… Lors de la fuite en Allemagne, il est tombé malade. Il a contracté une bronchite, et son état ne semblait pas vouloir s'améliorer. Je ne pouvais le confier à Sibilla, il n'aurait pas survécu à un long voyage. Alors je l'ai gardé avec moi, dans l'espoir de trouver au plus vite un lieu sûr où l'on puisse prendre soin de lui. Et, en quête d'un abri, parmi les lagunes du sud de Venise, j'ai atterri par hasard au monastère de Santa Maria del Mare…

— Non, ce n'est pas possible ! s'écria le jeune garçon, le rouge lui montant aux joues. Je ne veux plus écouter ! »

Comment cet homme pouvait-il, après tant d'années de silence, surgir de nulle part et s'arroger le droit de poser sur lui son regard mélancolique ?

« Au contraire, tu dois m'écouter. (Ignace se leva avec difficulté et l'étreignit. Son masque impassible était tombé, laissant transparaître amour et émotion.) À cette occasion, j'ai connu l'abbé Maynulfo de Silvacandida... J'étais un homme désespéré, tu comprends ? Traqué comme un bandit, avec un petit être malade dans les bras ! Maynulfo m'a accueilli et a eu pitié de moi. Il a offert de m'aider... Je m'en suis remis à lui et lui ai confié l'enfant. Cela m'a paru la meilleure chose à faire, alors... Je l'ai prié de garder le secret sur ses origines et de ne révéler sous aucun prétexte l'identité du père, étant donné que connaître mon nom ne lui aurait attiré que des ennuis. J'ai promis, bien sûr, que je reviendrais le chercher dès que possible. Maynulfo a tenu sa promesse. Il a menti aux frères, en cachant l'identité de tes parents et t'a gardé sous sa protection, devenant ainsi le dépositaire de mon plus précieux secret.

— Je... l'enfant ! Comment as-tu pu l'abandonner... (Uberto se dégagea de l'étreinte d'Ignace.) Tu n'as pas idée à quel point il a haï ses parents. Tu ignores ce que c'est, de croire que tu as été abandonné comme un déchet. Ou de passer des nuits entières à tenter d'imaginer le visage de ton père. Tu aurais dû m'emmener avec toi ! »

L'homme baissa les yeux.

« Pardonne-moi, Uberto. Je voulais te protéger, pas te faire souffrir. Ça n'a pas été facile de vivre toutes ces années sans te voir, dans la terreur que les Illuminés t'enlèvent pour me faire chanter.

— Où étais-tu tout ce temps, loin de moi ? » demanda le jeune garçon, d'une voix brisée.

Il ne voulait pas s'avouer qu'il avait déjà pardonné, et se cramponnait à une colère obstinée.

« J'ai fui en Orient, mais la trêve fut de courte durée. Sous le prétexte des croisades, la Sainte-Vehme s'étendit également en Terre sainte. (Le marchand s'approcha d'Uberto, sans l'effleurer.) Comment aurais-je pu t'exposer à un danger aussi grand ? Je me suis contenté d'entretenir une relation épistolaire avec Maynulfo, qui m'informait de ton état. J'envoyais régulièrement de l'argent pour que tu ne manques de rien… Je ne pouvais rien faire de plus… Tu n'imagines pas le bonheur que tu m'as donné ces derniers mois, malgré les dangers que nous avons courus ensemble. J'ai eu le plus grand mal à contenir mes émotions, et aussi à imposer le silence à Sibilla… Mais la mort de Dominus et de Vivïen m'a délivré de tout danger. Désormais, tout est fini ! Nous pouvons retourner auprès d'elle, si tu le souhaites. Tu n'imagines pas à quel point Sibilla désire te serrer contre son cœur. Personne ne menacera plus notre quiétude, je te le promets.

— Sibilla, ma mère… murmura le jeune garçon. (Toute trace de colère fut balayée par le visage de cette femme. Il comprit son silence tourmenté, et souhaita intensément la prendre dans ses bras et la voir sourire.) Nous devons la rejoindre sans tarder, dit-il, le visage illuminé.

— C'est ce que nous allons faire, le rassura Ignace. Elle nous attend. »

Uberto eut un instant d'hésitation, puis hocha la tête.

« Ça ne va pas être facile, de t'appeler "père". »

Des larmes ruisselèrent sur les joues du jeune garçon.

« Si c'est le prix à payer, je l'accepte, répondit Ignace. Je ne veux que ton bonheur. »

Uberto essuya ses larmes.

« J'apprendrai peut-être, avec le temps. »

Les trois compagnons se mirent en route vers l'ouest, leurs regards embrassant les massifs alpins et les vallées, en direction d'une contrée lointaine portant le doux nom de « foyer ».

Remerciements

Écrire un roman est un travail solitaire, qui exige patience et recueillement. Je tiens toutefois à remercier les personnes qui m'ont apporté leur soutien au cours des différentes phases de l'élaboration et de la publication du *Marchand de livres maudits* : mon amie bibliothécaire, Stefania Calzolari, pour la lecture de mes premières ébauches et les longues conversations sur le Moyen Âge ; le personnel au complet de chez Newton Compton, et en particulier Alessandra Penna, qui a immédiatement cru en mon roman ; Roberta Oliva, mon agent, et Silvia Arienti, pour leur implication tenace et constante. Un remerciement spécial va également à mon ami l'écrivain Alfredo Colitto, pour ses précieux conseils et sa disponibilité. Un immense merci, enfin, à ma famille, qui me reste proche, même lorsque, en période d'écriture, j'ai tendance à m'isoler du monde réel. Et merci encore, avec tout mon amour, à Giorgia.

Cette ouvrage a été composé par
PCA – 44400 Rezé

Imprimé en France par

MAURY IMPRIMEUR
à Malesherbes (Loiret)
en septembre 2015

POCKET – 12, avenue d'Italie – 75627 Paris Cedex 13

N° d'impression : 200862
Dépôt légal : octobre 2015
S25308/01